Zum Buch:

Der Traum von einer Auszeit in Småland rückt für Anne in weite Ferne, als ihr Vater die verheerende Diagnose Demenz erhält. Gemeinsam mit ihrer erwachsenen Tochter Tilda nimmt sie die Herausforderung an. Doch schon bald stoßen beide Frauen an ihre emotionalen Grenzen. Während Anne versucht, mit der neuen Realität umzugehen, platzt ihre beste Freundin Birte herein. Fest entschlossen, ihrem Leben eine neue Wendung zu geben, zieht sie bei Anne ein. Während Tilda mit ihrem Freund und dessen Eltern eine Segelreise durch Schweden unternimmt, findet Anne keine Ruhe. Die Ereignisse überschlagen sich, als ihre Schwester nach vielen Jahren überraschend auftaucht. Zwischen familiären Geheimnissen, persönlichen Grenzen und unerwarteten Wiedersehen entfaltet sich eine bewegende Geschichte über Liebe, Verlust und die Suche nach einem Neuanfang.

Zur Autorin:

Frieda Lamberti ist das Pseudonym einer gebürtigen Hamburgerin. Die Autorin lebt gemeinsam mit ihrer Golden Retriever Hündin Lotte in der Lüneburger Heide. Frieda Lamberti ist erst spät in ihrem Leben zum Schreiben gekommen und veröffentlichte ihr Debüt mit 50 Jahren. Inzwischen hat sie bereits mehr als fünfzig Romane erfolgreich veröffentlicht.

FRIEDA LAMBERTI

Mittsommer in Småland

Roman

HarperCollins

1. Auflage 2024
Originalausgabe

Umschlaggestaltung von Zero Media, München
Umschlagabbildung von FinePic®, München
Gesetzt aus der Minion
von GGP Media GmbH, Pößneck
Druck und Bindung von GGP Media GmbH, Pößneck
Printed in Germany
ISBN 978-3-365-00616-0
www.harpercollins.de

Druckprodukt mit finanziellem
Klimabeitrag
ClimatePartner.com/15109-2009-1001

MIX
Papier
FSC
FSC® C014496

ANNE

Kuh oder Ziege

In diesem Jahr habe ich mir den obligatorischen Frühjahrsputz gespart. Der Grund, weshalb ich mich dazu entschieden habe, war der, dass es gar keinen Frühling gab. Meine liebste Jahreszeit fand nicht statt. Von März bis Mai herrschte typisches Aprilwetter. Wenn es nicht stürmte, prasselten ständig Regenschauer nieder. Es verging kein Tag, an dem ich nicht durchgepustet wurde oder nass geworden bin. Früher habe ich den Einfluss von Wetter auf das persönliche Wohlbefinden für blanke Einbildung gehalten. Doch mittlerweile bin ich zu der Überzeugung gelangt, dass an dem Thema »Wetterfühligkeit« doch etwas dran sein könnte. Ich mache den Mangel an Sonnenlicht für meine permanente Niedergeschlagenheit verantwortlich. »Problem erkannt – Problem gebannt«, sage ich zu mir und nehme mir vor, morgen den Hausarzt meines Vertrauens zu konsultieren. Dass ich dafür von meinem Zuhause in der Heide fünfzig Kilometer fahren muss, nehme ich gern in Kauf.

Ohne Termin schlage ich morgens in der Hamburger Praxis auf. Als ich sehe, welch reger Betrieb herrscht, bitte ich die Sprechstundenhilfe, mir nur ein Rezept auszustellen. Nach vorheriger Onlinerecherche habe ich mich für ein hoch dosiertes Vitamin-D-Präparat entschieden, das meine Lebensgeister aus dem Winterschlaf wecken soll. Doch so reibungslos, wie ich es mir vorgestellt habe, klappt es nicht. Kurzerhand werde ich von der resoluten Empfangsdame in den Wartebereich geschickt.

Geschlagene zwei Stunden sitze ich zwischen keuchenden und schniefenden Patienten und hoffe darauf, als Nächste aufgerufen zu werden. Just in dem Moment, als mir der Geduldsfaden reißt und ich beschließe, mir in der Apotheke ein frei verkäufliches Mittel zu besorgen, öffnet sich die Tür. Uli, der Doc, der mit meiner besten Freundin Birte verheiratet ist, erlöst mich höchstpersönlich aus dem Viren-Hotspot. Obwohl wir uns gut kennen, spricht er mich förmlich an. »Frau Töpfer, bitte.«

Erst als ich ihm im Untersuchungszimmer gegenübersitze, wechselt er zum Du und schaut mich prüfend an. »Na, was führt dich zu mir, Anne?«

»Ich bin ständig müde, obwohl ich genug Schlaf bekomme. Irgendwie fühle ich mich schlapp und antriebslos. Mir fehlt die Sonne.«

»Schon mal an Urlaub im Süden gedacht?«, witzelt er und hört mich ab, misst meinen Blutdruck und prüft den Sauerstoffgehalt mittels Pulsoximeter. Gleich darauf gibt er Entwarnung. »Deine Werte sind in Ordnung. Allerdings …« Nach kurzem Zögern fährt er fort. »Mir ist aufgefallen, dass du zugelegt hast, seit wir uns das letzte Mal gesehen haben. Weißt du nicht, dass Fettleibigkeit zu gesundheitlichen Problemen führt?«

Ich reiße ungläubig die Augen auf. Hat er mich gerade »fett« genannt? Es ist unstrittig, dass ich zugenommen habe.

Die Rede ist von einigen Kilo Hüftgold, die sich hartnäckig halten und mich von meinem Idealgewicht trennen. Ich versuche mich in Erklärungen. »Es ist doch normal, dass sich der Körper in den Wechseljahren verändert.«

»Dumme Ausrede! Die Menopause ist keine Entschuldigung dafür, sich gehen zu lassen.« Verschwörerisch zwinkert er mir zu. »Ich verrate dir mal was. Übergewichtige Frauen wirken nicht gerade sexy auf Männer. Gerade in deinem Alter ist es wichtig, auf die Figur zu achten.«

Was erlaubt er sich? Und was bedeutet: In *meinem* Alter? Wieso sagt er nicht in *unserem* Alter? Wenn ich mich nicht täusche, ist er mein Jahrgang.

»Du hast die Wahl, Anne. Kuh oder Ziege? Es ist deine Entscheidung. Das predige ich meiner Frau auch ständig.«

Jetzt weiß ich, dass er lügt. Uli würde sich niemals trauen, Birte eine solche Unverschämtheit an den Kopf zu werfen. Sie würde derart mit ihm Schlitten fahren, dass ihm Hören und Sehen vergeht. Den Blick auf seinen Monitor gerichtet rät er mir, mehr Sport zu treiben und auf meine Ernährung zu achten. »Dein letzter Check-up liegt schon eine Weile zurück. Es wird mal wieder Zeit für ein großes Blutbild. Bist du nüchtern?«

»Nein, ich habe bereits gefrühstückt.«

»Dann komm morgen vor der Sprechstunde vorbei. Einen Termin brauchst du dafür nicht. Und sonst? Wie läuft es zu Hause? Wohnt Tilda noch immer im Hotel Mama? Und wie geht es deinem Vater?«

Nachdem ich den halben Vormittag damit vertrödelt habe, mir auf unverfrorene Art anzuhören, was meine Waage mir längst offenbart hat, steht mir nicht der Sinn nach einer privaten Unterhaltung mit ihm. »Danke der Nachfrage. Daheim läuft alles bestens.« Ich nehme das Rezept entgegen und verzichte darauf, Birte Grüße von mir auszurichten. Das ist nicht nötig, da ich vorhabe, ihr einen kurzen Besuch abzustatten, bevor ich den Rückweg in die Lüneburger Heide antrete. Per Handschlag verabschiede ich mich.

Seine Worte hallen noch minutenlang in mir nach. Was ist bloß in ihn gefahren? Offensichtlich ignoriert er, dass der Zahn der Zeit auch an ihm genagt hat. »Fass dir an die eigene Nase!«, hätte ich kontern sollen, statt zu verstummen. Leider gehört Schlagfertigkeit nicht zu meinen Stärken. Zu dumm, dass mir passende Retourkutschen immer erst einfallen, wenn es zu spät ist.

Auf der Fahrt durch die Elbvororte bemerke ich, dass die Vegetation hier deutlich weiter vorangeschritten ist als bei mir auf dem Land. Die Bäume am Straßenrand tragen sattes Grün, und das Thermometer zeigt stolze zwanzig Grad, obwohl die Sonne den Zenit noch gar nicht erreicht hat. Ich freue mich wie verrückt darauf, bei Birte auf der Terrasse zu sitzen und meinen Blick über ihr topgepflegtes Anwesen schweifen zu lassen. Meine Freundin verfügt über das, was man gemeinhin als grünen Daumen bezeichnet. Ich kenne keine andere Person, die sich der Botanik mit so viel Hingabe und Leidenschaft widmet wie sie. Bei Birte blüht es bis in den Spätherbst hinein, indes in meinen Beeten lediglich das Unkraut sprießt. Ich bin, was Gartenarbeit angeht, eine absolute Niete.

Sie reagiert nicht auf mein Klingeln. Da ihr Wagen vor der Garage parkt, gehe ich davon aus, dass sie zu Hause ist. Ich werfe einen Blick über die Gartenpforte und entdecke sie sogleich. Schnaubend schleppt sie einen schweren Sack Blumenerde über den akkurat geschnittenen Rasen.

»Heb dir bloß keinen Bruch«, rufe ich ihr zu und trete ein. »Wieso nimmst du keine Schubkarre zu Hilfe?«

Sie wirft den Sack auf den Boden und wischt ihre Hände an der karierten Schürze ab. »Die hat Uli unserem neuen Nachbarn geborgt. Aber bisher hat er es nicht für nötig gehalten, sie zurückzugeben, obwohl ich sie bitter nötig hätte. Meine vorgezogenen Dahlien sind den Eisheiligen zum Opfer gefallen. Sie haben den Nachtfrost nicht überstanden. Alle Mühe war umsonst.«

Ich stehe auf dem Schlauch. »Welcher neue Nachbar?«

Mit ausgestrecktem Arm deutet sie nach links auf das angrenzende Grundstück, auf dem eine verfallene Laube steht. Bis vor ein paar Wochen hat dort ein alter, alleinstehender Mann mehr gehaust als gewohnt. Birte war dieser Schandfleck von Anfang an ein Dorn im Auge. Damals hatte sie sich mit Händen und Füßen gewehrt, ihr neues Zuhause neben dieser Bruchbude entstehen zu lassen. Nur unter der Bedingung, einen Sichtschutz in Form einer mannshohen Rhododendronhecke zu pflanzen, hat sie vor fünfzehn Jahren dem Bau ihrer mondänen Stadtvilla auf diesem Platz zugestimmt.

»Ich habe so einen Hals«, schimpft sie und unterstreicht ihre Aussage mit einer entsprechenden Geste.

»Wegen der Schubkarre? Wo ist das Problem? Geh doch einfach rüber und hol sie dir zurück.«

»Vergiss die Karre! Deshalb bin ich nicht wütend. Ich bin stinksauer auf Uli. Er wusste genau, wie wichtig mir das Nachbargrundstück war. Ich hatte den alten Kauz bereits so weit gebracht, dass er an uns verkaufen wollte. Wir hätten lediglich zum Notar gehen müssen, um den Kaufvertrag beurkunden zu lassen. Aber mein viel beschäftigter Gatte konnte keine Stunde seiner kostbaren Zeit opfern, um den Termin wahrzunehmen. Jetzt ist das eingetroffen, was ich immer befürchtet habe. Der Alte ist gestorben, und ich wische mir die Nase.«

Ich höre zum ersten Mal von ihrem Vorhaben. »Du wolltest das Nachbargrundstück kaufen? Wozu?«

»Für mein Gewächshaus. Ich hätte die Schrotthütte abreißen lassen und stattdessen ein großes Glashaus errichtet, in dem meine kälteempfindlichen Pflanzen überwintern können. Es war bereits alles in die Wege geleitet. Sogar meine Bauvoranfrage wurde positiv beschieden, aber Mister Wichtig hat mir einen fetten Strich durch die Rechnung gemacht. Ich weiß nicht, wem ich lieber an die Gurgel gehen möchte. Uli oder dem Kerl, der das Grundstück nebst Altlasten geerbt hat.«

»Es gibt einen Erben? Hieß es nicht stets, der Kauz hätte keine Angehörigen?«

Birte wirft einen hasserfüllten Blick über die Hecke. »Angeblich ist der Typ ein Verwandter um sieben Ecken, der noch nicht einmal von der Existenz des Verstorbenen gewusst hat.«

»Beabsichtigt er, dort einzuziehen?«

Birte zuckt mit den Achseln. »Keine Ahnung, was er vorhat. Auf jeden Fall hat er mein Angebot, ihm die Parzelle abzukaufen, mit einem müden Lächeln abgelehnt.«

»Sieh es doch positiv. Wenn er neu baut, verschwindet die Bruchbude. Ein Gewächshaus kannst du auch bei mir aufstellen. Platz genug habe ich.«

Mein Versuch, sie aufzumuntern, läuft ins Leere.

»Darum geht es doch gar nicht!«

»Sondern?«

»Es geht ums Prinzip. Uli hat mich hängen lassen. Mal wieder. Meine Wünsche sind ihm völlig schnuppe.«

Ich nehme ihr die Entscheidung ab. »Verschone deinen Nachbarn und geh Uli an die Gurgel. Er hat es verdient. Ich war heute bei ihm in der Praxis. Du glaubst nicht, was er sich geleistet hat. Er nannte mich fettleibig und stellte mich vor die Wahl, Kuh oder Ziege zu sein.«

Birte lacht. »Und? Wie hast du dich entschieden?«

Bitte? Sie wirft sich nicht für mich in die Bresche, sondern teilt seine Meinung. »Kuh! Eindeutig Kuh! Die Zeiten, dass ich mich kasteie, um anderen zu gefallen, sind endgültig vorbei. Entweder man mag mich so, wie ich bin, oder …«

Sie beendet meinen Satz. »Oder sie können uns alle mal …«

Gleich darauf schlägt sie vor, auf die Terrasse zu gehen und einen Kaffee zu trinken. »Vielleicht magst du lieber etwas Erfrischendes? Ich habe Eistee vorbereitet.«

Ich entscheide mich für das Kaltgetränk und rücke den Korbsessel zurecht, um mir die Sonne ins Gesicht scheinen zu lassen, als mein Handy klingelt.

TILDA

Halbe-halbe

Liebend gern würde ich das Nest verlassen und nach zwei Jahren Beziehung mit meinem Freund zusammenziehen. Doch Luka stellt hohe Ansprüche an unser gemeinsames Zuhause. Obwohl er ein Vielfaches mehr verdient als ich, besteht er darauf, dass wir bei allen Ausgaben fifty-fifty machen. Meine Freunde halten ihn für knauserig. Aber ich kenne den wahren Grund für seine Haltung. Nachdem seine erste Ehe nach kurzer Zeit gescheitert ist und er Alimente für Ex-Frau und Kind zahlen muss, kommt es für ihn nicht infrage, jemals wieder als »Zahlmeister« ausgenutzt zu werden. Als emanzipierte Frau, die mit beiden Füßen auf dem Boden steht, stellt diese Regel kein Problem für mich dar. Ich brauche keinen Mann, der mich aushält. Mir genügt es, dass wir gemeinsame Interessen haben und unser Liebesleben auf einer Skala von eins bis zehn eine satte Neun verdient.

Auch heute treffen wir uns während meiner Mittagspause, weil er mir ein Penthouse im Stadtteil Winterhude zeigen will.

Seine Augen leuchten, als wir das noble Objekt besichtigen. Es handelt sich um Erstbezug mit einer tollen Raumaufteilung und einer traumhaften Ausstattung, die keine Wünsche offenlässt.

»Das ist es! Oder was meinst du, Tilda?«

Auch mir gefallen die hundertzwanzig Quadratmeter, wäre da nicht die horrende Preisforderung.

»Wir sollten nichts überstürzen«, antworte ich, obgleich für mich feststeht, dass der gemeinsame Kauf meine finanziellen Möglichkeiten erheblich übersteigt. Ich arbeite doch nicht, um eine Hypothek zu bedienen. Lieber investiere ich mein überschaubares Gehalt in Hobbys, Reisen, gutes Essen und gelegentlich in Klamotten, die nur im Schrank hängen, weil es keine Gelegenheit gibt, sie zu tragen.

Nach einem Blick auf die Uhr bitte ich ihn, mich zurückzubringen.

Auf der kurzen Fahrt redet er unentwegt auf mich ein. In Gedanken hat er die Räume bereits komplett eingerichtet und malt unser künftiges Zusammenleben in schönsten Farben aus.

Ich bereite seiner Euphorie ein abruptes Ende. »Vergiss es. Keine Bank wird mir einen Kredit in der erforderlichen Höhe gewähren.«

Luka greift nach meiner Hand. »Keine Sorge, Schatz. Bei deinen Sicherheiten wird das kein Problem sein.«

Laut hörbar atme ich durch die Nase aus. »Zum allerletzten Mal. Mein Elternhaus ist tabu. Mein Vater hat gewollt, dass Mutter und ich nach seinem Tod finanziell abgesichert sind und wir immer ein Dach über dem Kopf haben.«

Ich war noch ein Vorschulkind, als die Polizei abends bei uns klingelte und die Schreckensnachricht überbrachte. Mein Vater kam bei einem Verkehrsunfall ums Leben. Er wurde nur zweiunddreißig Jahre alt. Es war das erste und letzte Mal, dass ich meine Mutter habe weinen sehen. Fortan war sie mein

Fels und ich ihr Halt. Niemals käme ich auf die Idee, zu ihren Lebzeiten auf die Auszahlung meines Erbes zu bestehen.

Luka fragt ungläubig nach. »Ist das dein letztes Wort in dieser Sache?«

»Absolut!«

Er stoppt den Wagen direkt vor dem Eingang der Kanzlei, in der ich arbeite. Weil ich nicht im Streit mit ihm auseinandergehen möchte, beuge ich mich zur Fahrerseite und spitze meine Lippen. Obwohl Luka schmollt, küsst er mich. Ich steige aus und marschiere ins Gebäude, wo ich bereits sehnlich erwartet werde.

»Tilda, dein Opa hat mehrfach angerufen. Er klang sehr aufgebracht«, offenbart mir meine Kollegin.

Hektisch ziehe ich mein Handy aus der Tasche und melde mich bei ihm. »Alles in Ordnung, Opi?«

»Nichts ist in Ordnung«, schimpft er. »Ich warte seit zwei Stunden auf dich. Du wolltest doch herkommen und meine Fenster putzen.«

Angestrengt denke ich nach. Ich kann mich nicht daran erinnern, ihm versprochen zu haben, ihn heute zu besuchen.

»Du musst dich irren, Opi. Heute ist Mittwoch, und ich muss arbeiten. Wenn du willst, komme ich am Wochenende zu dir.«

»Aber meine Fenster sind schmutzig. Es ist, als würde ich durch Milchglas schauen.«

»Hast du deine Brille aufgesetzt?«

»Vergiss es, Anne. Auf dich ist einfach kein Verlass!«

Zack. Er hat aufgelegt und mich mal wieder mit meiner Mutter verwechselt. Noch auf dem Weg zu meinem Schreibtisch rufe ich sie an. »Wo steckst du, Mama?«

»Ich bin in Hamburg bei Birte. Wieso?«

»Warst du heute mit Opa verabredet? Er wartet darauf, dass du seine Fenster putzt.«

Ihr Stöhnen ist nicht zu überhören. »Das habe ich doch gestern schon erledigt. Meine Güte, er wird immer schusseliger.«

Sie legt auf und lässt mich mit einem mulmigen Gefühl zurück. Ich nehme mir fest vor, nach Feierabend bei ihm vorbeizufahren und nach dem Rechten zu sehen.

Mit meinem Firmenflitzer düse ich nachmittags über die Elbbrücken. Bereits unterwegs rufe ich Opa an, um meinen Besuch anzukündigen. Dass er sich nicht meldet, beunruhigt mich. Ich hoffe inständig, dass er nicht wieder etwas Dummes angestellt hat, so wie vor zwei Monaten, als er seine Küche in Brand setzte und um ein Haar das Haus abgefackelt hätte. Es war ein Segen, dass die Nachbarn den Rauchmelder hörten und ihm sofort zu Hilfe eilten. Seither bekommt er Essen auf Rädern, das mittags angeliefert wird und bei Bedarf in der Mikrowelle erhitzt werden kann.

Als ich vor seiner Doppelhaushälfte vorfahre, fällt mir sofort die graue Styroporbox vor der Eingangstür ins Auge.

Ich nehme sie an mich und schließe mit meinem Schlüssel auf. »Opi«, rufe ich. »Ich bin es.«

Keine Reaktion. Erfolglos suche ich alle Zimmer nach ihm ab. Die offen stehende Küchentür lässt vermuten, dass er sich draußen aufhält. Und richtig. Er liegt schlafend auf seiner Hollywoodschaukel. Das wäre nicht ungewöhnlich, wenn man davon absieht, dass er keine Kleidung trägt.

Energisch spreche ich ihn an. »Wieso hast du nichts an?«

Als er die Augen aufschlägt, nennt er mich »Kindchen«. Offensichtlich kann er sich in diesem Moment nicht an meinen Namen erinnern.

»Du musst dich anziehen.«

»Warum?«

Statt mit ihm zu diskutieren, laufe ich ins Haus und hole seinen Morgenmantel aus dem Bad.

Minuten später reiche ich ihm drinnen frische Wäsche. Während er sich nebenan ankleidet, inspiziere ich in der Küche seine Wasservorräte. Die Kiste, die ich ihm am letzten Samstag gebracht habe, ist noch komplett gefüllt.

»Opa, du musst essen und trinken.«

Er nickt, aber ich bin mir sicher, dass meine Mahnung ihn gar nicht erreicht. Ich beschließe, ihn heute nicht sich selbst zu überlassen.

»Putzt du jetzt die Fenster?«

Ich nehme seine Brille vom Tisch, reinige sie mit einem Putzmittel über dem Spülbecken und setze sie ihm auf. »Siehst du? Alles picobello sauber.«

»Prima«, freut er sich. »Jetzt kann man wieder rausgucken. Danke, Kindchen.«

Ich ertrage es nicht, dass er mich so nennt, und schaue ihm direkt in die Augen. »Wer bin ich, Opi? Wie heiße ich?«

»Du bist mein Sonnenschein.«

»Und wie lautet mein Name?«

Er fällt ihm nicht ein. Stattdessen singt er: »You are the sunshine of my life.« Danach nimmt er mich fest in den Arm und drückt mich so fest, dass mir der Atem wegbleibt.

Ich muss dringend dafür sorgen, dass er ausreichend Flüssigkeit zu sich nimmt. Rasch schenke ich uns zwei Gläser Sprudel ein und fordere ihn heraus. »Mal sehen, wer es schafft, das Glas als Erster zu leeren.«

Er trinkt vor mir aus und fragt mich nach der Uhrzeit.

Als ich sie ihm sage, verfällt er in Panik. »Was? Schon so spät? Verdammt, ich muss zur Arbeit. Wieso hältst du mich im Schnack auf, wenn du genau weißt, dass ich in Eile bin? Ich habe mich noch nie verspätet. Oh, das gibt Ärger mit meinem Chef.«

»Opa, du musst nirgendwohin. Du bist Rentner.«

Er schaut mich an. »Wer sind Sie?«

Ich kämpfe mit den Tränen. »Ich bin es doch. Deine Tilda. Erkennst du mich nicht?«

Er zögert. »Natürlich. Ich bin doch nicht meschugge.«

Ich schalte den Fernseher an und reiche ihm die Fernbedienung. Nachdem er durch alle Programme gezappt hat, scheint er eine Sendung gefunden zu haben, die ihn interessiert. Gebannt schaut er auf die Mattscheibe und folgt einem Beitrag über Haie und andere Meeresbewohner. Ich nutze den Moment und rufe abermals meine Mutter an. Den Fahrgeräuschen nach zu urteilen, befindet sie sich im Auto.

Sie bestätigt meine Annahme. »Ich habe mich bei Birte festgequatscht, aber jetzt bin ich auf dem Rückweg. Bist du schon zu Hause?«

»Nein, ich bin bei Opa. Er ist in einer Verfassung, in der wir ihn nicht sich selbst überlassen können. Deshalb nehme ich ihn mit.«

Ich ahne, dass sie von meiner Idee nicht begeistert ist. Aber ich bleibe dabei. Schließlich haben wir ausreichend Platz für ihn. Er könnte in dem Raum übernachten, der ursprünglich als Gästezimmer vorgesehen war, jedoch noch nie Gäste beherbergt hat. Unsere Freunde aus Hamburg bleiben nie über Nacht. Sollten sie uns tatsächlich mal besuchen, treten sie den langen Heimweg vor Einbruch der Dunkelheit an.

Skeptisch fragt sie nach. »Und damit ist der Sturkopf einverstanden?«

»Noch weiß er nichts davon. Keine Sorge. Es wird mir schon gelingen, ihn zu überzeugen.«

Sie wünscht mir viel Glück und beendet das Gespräch.

BIRTE

Grenzstein

Unangemeldeten Besuch zu bekommen, schätze ich gar nicht. Es gibt nur eine Person, die spontan bei mir klingeln darf, und das ist meine Freundin Anne. Sie ist mir jederzeit willkommen. Leider verlässt sie viel zu selten ihr Kaff in der Lüneburger Heide. Obwohl sie gebürtige Hamburgerin ist, käme es für sie nicht mehr infrage, in der Stadt zu leben. Im Laufe der Jahre ist sie zu einem Landei mutiert. Zu einem gewichtigen Landei, aber das habe ich für mich behalten, als sie mich gebeten hat, ein Urteil über ihre Figur zu fällen, das machen Freundinnen schließlich so. Dabei ist nicht zu übersehen, dass sie wie ein Hefekloß aufgegangen ist.

Viel zu schnell ging unsere Plauderstunde vorbei. Liebend gern hätte ich noch länger mit ihr gequatscht und sie gefragt, wie ihre Geschäfte laufen. Anne betreibt eine Galerie für Glaskunst auf ihrem Anwesen. Mehrmals im Jahr stellen internationale Künstler ihre Arbeiten in ihrer umgebauten Scheune aus. Zu diesen Events reisen betuchte Besucher aus ganz Deutschland an, die ihr sündhaft teure Stücke abkaufen. Bei der letzten Veranstaltung hat sie ein Exponat, das keinerlei Nutzen hatte, an den Mann gebracht. »Was soll das darstellen?«, wollte ich von ihr wissen und warf einen Blick auf das Preisschild. »Im Ernst? Das Ding kostet zwanzigtausend Euro? Mit der Summe könnte ich mein Grundstück in einen japanischen Garten verwandeln.«

»Kunst fragt nicht nach dem Sinn«, antwortete sie und stellte ein Kärtchen mit der Aufschrift »Reserviert« auf.

Ich bringe unsere Gläser und die geleerte Karaffe zurück in die Küche und stelle den Backofen an. In weniger als einer halben Stunde müsste Uli eintreffen. Wenn seine Praxis nur bis Mittag geöffnet ist, nutzt er den freien Nachmittag und verabredet sich zum Tennisspielen. Nach seinem schweißtreibenden Einzel, das zu seiner Freude endlich wieder draußen stattfindet, steht ihm der Sinn nach einer warmen Mahlzeit. Noch überlege ich, wo wir essen werden. Trotz aufziehender Wolken entscheide ich mich für draußen.

Gerade bringe ich Geschirr hinaus, als ohrenbetäubender Lärm auf mich einstürzt. Ich kann den Verursacher sofort ausmachen. Unser neuer Nachbar ist dafür verantwortlich. Während er mit einer Kettensäge hantiert, trägt er Kopfhörer, um seine Ohren zu schützen. Ich trage keine und befürchte, dass mir das Trommelfell platzt.

Neugierig stelle ich mich auf den Stuhl und spähe hinüber zu ihm. Mich trifft fast der Schlag, als ich erkenne, was er macht. Er säbelt meine schöne Hecke ab.

»Stopp!«, schreie ich, so laut ich kann. Aber mein Rufen geht im Krach unter. Ich laufe zu ihm. »Haben Sie den Verstand verloren? Hören Sie auf der Stelle damit auf!«

Ob er ungeniert weitermacht, weil er mich nicht bemerkt, oder er mich absichtlich ignoriert, kann ich nicht mit Gewissheit sagen. Doch ich weiß, wie ich seine Aufmerksamkeit wecken kann. Kurzerhand greife ich zum Gartenschlauch, drehe das Wasser auf und spritze ihm einen harten Strahl ins Gesicht. Augenblicklich verstummt die Säge.

»Geht's noch?«, beschwert er sich und wischt sich mit dem Handrücken über die Wangen.

»Das frage ich Sie! Was zum Teufel fällt Ihnen ein, sich an den Rhododendren zu vergehen? Das ist unsere Hecke.«

»Die meterweit auf mein Grundstück ragt.«

»Ihr Grundstück?«

»Ganz richtig. Mein Grundstück. Finden Sie sich endlich damit ab, Frau von und zu!«

»Sollten Sie nicht auf der Stelle aufhören, mein Eigentum zu zerstören, rufe ich die Polizei.«

»Tun Sie sich keinen Zwang an. Die Nummer lautet 110.«

In diesem Moment werfe ich alle Manieren über Bord und drohe ihm. »Ich warne Sie! Fällt noch ein weiterer Zweig, werde ich Ihnen sehr wehtun.«

Schallend werde ich ausgelacht. Also gut, er hat es nicht anders gewollt. Wasser marsch!

Er ist bereits pitschnass, als Uli vorfährt.

Statt seinen Wagen direkt in unsere Garage zu lenken, bremst er mitten auf der Straße und lässt die Scheibe herunterfahren. Verstört schaut er mich an. »Was ist denn hier los?«

»Der Typ hat den Verstand verloren. Er sägt unsere Hecke ab.«

Nach dieser Kurzfassung erwarte ich, dass mein Mann aussteigt und sich gerademacht. Doch er bleibt seelenruhig sitzen und verzieht genervt das Gesicht. Ich glaube, das Wort »Theater« von seinen Lippen abzulesen.

Da von ihm keine Unterstützung zu erwarten ist, suche ich mir anderweitig Hilfe. Wie zuvor angekündigt, kehre ich ins Haus zurück und verständige die Polizei.

Während ich auf das Eintreffen der Beamten warte, bahnen sich erste Tränen ihren Weg. Vor Wut zittere ich am ganzen Leib, als ich höre, wie gelassen Uli sich mit dem Nachbarn unterhält.

»Bitte, verzeihen Sie das Verhalten meiner Frau. Beim Thema Garten gehen die Pferde mit ihr durch.«

Ich hoffe, mich verhört zu haben. Er entschuldigt sich bei ihm und stellt mich als hysterisch dar? Weiß er denn nicht, wie wertvoll die Gehölze sind? Die haben uns seinerzeit ein Vermögen gekostet. Mittlerweile sind sie stolze vierzig Jahre alt und lassen sich nicht so mir nichts, dir nichts ersetzen.

»Zugegeben, die Hecke ist schön anzusehen. Insbesondere jetzt, da sie in Blüte steht«, räumt der Nachbar ein. »Aber ich brauche den Platz für meinen neuen Geräteschuppen.«

Wie bitte? Er will noch einen weiteren Holzverschlag auf dem Grundstück errichten? Ich fasse mir entsetzt an den Kopf, als es klingelt. Endlich ist die Streife eingetroffen.

»Haben Sie uns gerufen, Frau Mertens?«

»Ja, das war ich. Es geht um Vandalismus. Der Nachbar zur Linken kappt wie ein Berserker meine immergrünen Sträucher«, erkläre ich dem jungen Ordnungshüter.

Wenig motiviert folgt er mir zum Ort des Geschehens.

Seine Kollegin hat sich einen Überblick verschafft. Für sie ist der Fall bereits gelöst.

»Der Mann ist im Recht. Die Büsche haben sich enorm ausgebreitet, wie der Grenzstein beweist.«

»Welcher Grenzstein? Wo soll der sich befinden?«, gifte ich.

Sie deutet mit ausgestreckter Hand genau auf die Stelle, an der ich den Nachbarn gestern Abend habe buddeln sehen. »Pah!«, platzt es aus mir heraus, und ich berichte von meinen Beobachtungen. »Den hat er versetzt!«

»Das geht zu weit!«, schreit der Beschuldigte und fordert mich auf, meine Zunge zu zügeln. »So eine Ungeheuerlichkeit lasse ich mir nicht unterstellen.«

»Aber merkwürdig ist es schon, dass der Boden überall mit Moos bedeckt ist, aber der besagte Stein nach all den Jahren fein säuberlich frei liegt«, stimmt mir der Polizist zu und schlägt vor, die Rodungsarbeiten so lange einzustellen, bis feststeht, wo die Grenze tatsächlich verläuft. »Wenden Sie sich an das Landesamt für Vermessung«, rät er mir. »Die schicken jemanden, der die Grundstücke neu vermisst. Sollte sich dabei herausstellen, dass der Stein absichtlich verlegt worden ist, drohen hohe Strafen.«

Nachdem bereits ein Drittel der Hecke unwiederbringlich zerstört wurde, kann ich meinen Triumph nicht genießen. Die Polizei rückt ab. Ich warte, bis Uli auf unsere Einfahrt fährt. Erst danach knöpfe ich mir den Frevler vor. »Ich hoffe, Sie haben genügend Rücklagen, um für den Schaden aufzukommen. Seien Sie versichert, das wird nicht billig.«

»Beten Sie lieber, dass ich Ihnen keine Rechnung für das Abholzen und die Entsorgung stelle.«

In Gedanken zeige ich ihm den Stinkefinger und verziehe mich ins Haus.

In der Küche treffe ich auf Uli. Er öffnet den Kühlschrank und nimmt zwei Pils aus dem Fach.

»Für mich musst du keine Flasche öffnen. Ich möchte kein Bier trinken«, erkläre ich und stelle den Backofen aus. »Wir können jetzt essen, obgleich mir nach dieser Aufregung der Appetit vergangen ist.«

»Ich habe auch keinen Hunger mehr nach diesem Theater«, lässt er mich mürrisch wissen. »Hätte man die Angelegenheit nicht friedlich regeln können?«

»Wie denn?«

»Du hattest keine andere Wahl, als die Polizei einzuschalten? Meine Güte, Birte. Merkst du gar nicht, dass du völlig überzogen reagierst, wenn es um den neuen Nachbarn geht?«

»Der Kerl ist dreist!«

»Aber er ist im Recht. Deine Hecke ragt tatsächlich meterweit auf sein Grundstück.«

Statt ihn darauf hinzuweisen, dass noch gar nicht bewiesen ist, wo die Grenze verläuft, wiederhole ich seine Worte. »Meine Hecke?«

Uli wird lauter. »Ja, deine blöde Hecke in deinem blöden Garten.«

Beleidigt drehe ich ihm den Rücken zu. »Ich dachte stets, es wäre unser Garten. Schließlich mache ich mir die Mühe auch für dich.«

»Das kannst du dir sparen. Deine grüne Oase ist mir völlig schnuppe. Wenn ich nach Hause komme, möchte ich in Ruhe den Tag ausklingen lassen und keinen Nachbarschaftsstreit schlichten.«

»Muss ich dich wirklich daran erinnern, weshalb er überhaupt unser Nachbar geworden ist?«

»Jeden Tag die gleiche Leier«, nuschelt er sich in den Bart, aber ich habe ihn sehr wohl verstanden.

Obwohl ich ihm gerade mitgeteilt habe, dass ich kein Bier trinken möchte, öffnet er beide Flaschen, nimmt sie in die Hand und huscht wortlos an mir vorbei. Ich nehme an, dass er sie auf den gedeckten Tisch stellen wird, doch sein Ziel ist nicht die Terrasse. Forschen Schrittes marschiert er über den Rasen. Als er aus meinem Blickfeld verschwindet, laufe ich hinauf ins Obergeschoss. Vom Fenster im Schlafzimmer habe ich freien Blick auf den Platz, den er ansteuert. Ich traue meinen Augen nicht, als Uli dem Kerl eine Pulle reicht und sie sich zuprosten.

Seit einer geschlagenen Viertelstunde unterhalten sie sich. Immer wieder lachen sie. Vermutlich über mich. Ich kann nicht fassen, dass mir mein eigener Mann in den Rücken fällt. Zutiefst verletzt über seinen Verrat verlasse ich meinen Beobachtungsposten und frage mich, wo der einfühlsame und rücksichtsvolle Uli abgeblieben ist, in den ich mich einst unsterblich verliebt habe. Vergangenheit! Heute schert es ihn einen Dreck, was mich bewegt.

»Meinetwegen können wir jetzt essen«, tönt er kurz darauf, tritt in die Küche und stellt die geleerten Bierflaschen in die Kiste. Ich nehme die Lasagne aus dem Ofen. Mit einem gezielten Griff öffne ich den Abfalleimer und lasse das noch warme Pastagericht nebst Schüssel hineinplumpsen. Herausfordernd baue ich mich vor ihm auf. »Merke dir das aktuelle Datum, denn heute habe ich zum letzten Mal für dich gekocht!«

Unbeeindruckt kontert er: »Halte den Ball flach, Birte. So gut, wie du denkst, sind deine Kochkünste nicht.«

»Das wird ja immer schöner«, entrüste ich mich und fasse einen Entschluss.

ANNE

Vor dem großen Sturm

In Windeseile gelingt es mir, das Dachzimmer für meinen Vater herzurichten. Noch einmal streiche ich die frisch bezogene Bettdecke glatt, als draußen eine Autotür zuklappt. »Na, das ging aber schnell«, sage ich zu mir, flitze die Treppe hinunter und öffne die Haustür. Unerwartet stehe ich einem begossenen Pudel gegenüber. »Hey, Luka, willst du zu mir?«

»Eigentlich zu Tilda, aber offensichtlich ist sie nicht da, sonst würde ihr Wagen auf dem Hof parken.«

Kombinieren kann er, denke ich und verrate ihm, dass sie auf dem Weg ist. »Komm doch rein«, biete ich an und nehme ihn genauer ins Visier. Es ist nicht zu übersehen, dass ihn etwas bedrückt. Bisher habe ich den Freund meiner Tochter nicht als großen Redner wahrgenommen, aber ihn stumm wie einen Fisch im Wohnzimmer stehen zu sehen, weckt in mir das Gefühl, dass etwas im Busch sein muss. »Alles in Ordnung?«, fühle ich vorsichtig vor.

Er nickt und schaut auf seine Uhr. »Kommt sie immer erst so spät von der Arbeit heim?« Noch bevor ich ihm verraten kann, dass Tilda noch nicht zu Hause ist, weil sie nach Büroschluss ihren Großvater aufgesucht hat, fährt er fort.

»Ich finde, ihr weiter Arbeitsweg ist eine Zumutung. Was bleibt denn noch vom Tag übrig, wenn sie täglich zwei Stunden auf der Autobahn verbringt? Würde sie sich endlich durchringen und zu mir nach Hamburg ziehen, hätten wir viel mehr Zeit für uns.«

Wow, das waren mehr Worte, als ich bisher aus seinem Mund gehört habe. »Aber die Entscheidung hat sie doch längst getroffen. Ihr seid doch auf Wohnungssuche.«

»Ja, seit Wochen. Aber Tilda hat an jedem Objekt etwas auszusetzen. Mittlerweile glaube ich, dass sie mich nur hinhalten will.«

Mit der Annahme ist er auf dem Holzweg. Meine Tochter ist vernarrt in ihn. An seinem Äußeren kann es nicht liegen. Das ist eher durchschnittlich. Aber Tilda findet ihn »mordsmäßig« attraktiv, schlau, lustig und extrem feinfühlig. Für sie steht fest, dass er der Richtige ist.

»Warum sollte sie dich hinhalten?«

»Na, Ihretwegen. Ich glaube, sie hat Bedenken, Sie alleinzulassen.«

»Das ist absoluter Quatsch.«

»Aber Sie und Tilda haben eine besonders innige Bindung.«

»Das stimmt, dennoch bedeutet das nicht, dass wir lebenslänglich wie Kletten aneinanderkleben wollen.«

»Dann verstehe ich nicht, weshalb sie ihre Zusage immer wieder hinausschiebt. Heute haben wir ein tolles Penthouse besichtigt, das wie für uns gemacht ist. Tilda war ganz begeistert. Trotzdem hat sie nicht zugestimmt.«

Seine Äußerung verwundert mich. Hat mein Kind im letzten Moment kalte Füße bekommen? Ist ihr rechtzeitig bewusst geworden, dass dieser Mann sie niemals heiraten und eine Familie mit ihr gründen wird? Oder sollte es tatsächlich stimmen, was er behauptet, und ich bin der Grund für ihr Zögern? Sobald sich die Gelegenheit ergibt, werde ich ein Mutter-Tochter-Gespräch mit ihr führen.

»Wo bleiben die beiden bloß?«, frage ich. »So langsam müssten sie eintrudeln.«

Sichtlich irritiert hakt Luka nach. »Von welchen beiden ist die Rede?«

»Tilda bringt meinen Vater her. Offensichtlich ist das eingetreten, was ich seit geraumer Zeit befürchtet habe. Wir können ihn nicht mehr alleine lassen.«

Ich erhalte einen mitfühlenden Blick. »Das tut mir leid. Aus eigener Erfahrung weiß ich, was Ihnen bevorsteht. Meine Oma war auch dement. Für kurze Zeit hat meine Mutter sie betreut. Aber rasch musste sie sich eingestehen, dass sie allein mit dieser Aufgabe gänzlich überfordert ist.«

»Du sagst, deine Großmutter ›war‹ dement?«

»Ja, sie ist verstorben. Einen Tag bevor wir endlich einen Heimplatz für sie bekommen haben. Und das war gar nicht so einfach, wie man glaubt. Obwohl die finanziellen Mittel vorhanden waren, stand sie wochenlang auf der Warteliste. Na ja, vielleicht war es besser so für sie.«

Ich stoße einen tiefen Seufzer aus. »Du verstehst es, mir Mut zu machen.«

»Sorry, Frau Töpfer. Es war nicht meine Absicht, Sie zu entmutigen.«

Ich bereue meine Bemerkung augenblicklich. Obwohl Luka schon seit zwei Jahren mit Tilda zusammen ist, kennt er mich noch nicht gut genug, um zu verstehen, dass ich es nicht ernst gemeint habe. Es wird Zeit, das zu ändern.

»Das hast du nicht. Es war nur ein flapsiger Spruch. Aber bitte, nenne mich nicht mehr Frau Töpfer. Ich bin Anne.«

Er grinst. »Wir wechseln zum Du, ohne darauf anzustoßen?«

Ich begreife den Wink mit dem Zaunpfahl und zähle auf, welche Getränke ich anbieten kann. Bei »Weißwein« zeigt er den Daumen hoch.

»Aber nur eine Schorle, bitte. Ich muss noch fahren.«

Just in diesem Augenblick ruft Tilda an.

»Opa will nicht mit. Ich habe mir den Mund fusselig geredet, aber er ist stur wie ein Esel.«

»Und nun?«

»Mir bleibt nichts anderes übrig, als hierzubleiben. Könntest du mich morgen früh ablösen? Es reicht, wenn du um halb acht kommst und mir frische Sachen zum Anziehen mitbringst. Sieben Uhr wäre natürlich besser. Dann müsste ich mich nicht hetzen. Oder ist das zu früh für dich?«

Endlich legt sie eine Pause ein, und ich komme zu Wort, um ihr von Lukas Besuch zu berichten.

»Wieso denn das? Wir waren doch gar nicht verabredet.«

»Klärt das unter euch.«

Ich reiche ihm mein Telefon und verlasse den Raum, damit sie ungestört reden können.

Derweil hole ich eine Flasche Wein aus der Vorratskammer. Mein Versuch, den Drehverschluss zu öffnen, scheitert kläglich. Ich nehme mein scharfes Kartoffelschälmesser und versuche, die über den Verschluss geführte Banderole am Flaschenhals zu lösen. Nach einer Minute habe ich es geschafft und erkenne, dass die Flasche gar keinen Drehverschluss hat, sondern mit einem Korken versehen ist.

Inzwischen hat Luka das Telefonat beendet. Er tritt zu mir in die Küche.

»Ich hab's gleich. Nun gilt es nur noch, den Korkenzieher zu finden. Dann können wir anstoßen.«

»Wir müssen den Drink auf ein anderes Mal verschieben. Ich habe Tilda versprochen, ihr Klamotten für die Nacht zu bringen. Sie hat mich gebeten, einen Pyjama, Zahnputzzeug und ihr Duschgel einzupacken.«

Ich übernehme den Auftrag meiner Tochter, stecke die Sachen in einen Beutel und gebe auch den Wein dazu. »Nimm die Flasche mit und macht euch einen netten Abend, sofern das mit meinem alten Herrn möglich ist.«

»Wird schon schiefgehen, Anne. Und du genieße die Zeit vor dem großen Sturm.«

Zu meiner Überraschung verabschiedet er sich nicht winkend, wie ich es bisher von ihm gewohnt war, sondern beugt sich vor und deutet einen kurzen Wangenkuss an. »Mach dir keine Sorgen. Wir lassen dich mit deinem Vater nicht allein.«

Völlig verblüfft schaue ich ihm nach. Vielleicht sollte ich meine Meinung über ihn doch noch einmal auf den Prüfstand stellen. Obwohl er mich nie zur Oma machen wird, scheint er doch ein Netter zu sein.

Ich nehme mir vor, seinen Rat zu befolgen und den Abend zu genießen. Mir steht der Sinn nach einem Vollbad mit ganz viel Schaum. Kurzerhand verwandle ich mein Badezimmer in eine Wellnessoase. Ich entzünde Kerzen und starte die Playlist mit meinen Lieblingssongs. Bevor ich in die Wanne steige, ziehe ich die Jalousie hoch, um im Liegen aus dem Fenster schauen zu können. Der Abendhimmel zeigt sich in spektakulären Gelb- und Rottönen und deutet darauf hin, dass morgen schönes Wetter zu erwarten ist. Eingehüllt in die wohltuende Wärme des Wassers, beruhigen sich meine Gedanken. Nach und nach fällt sämtliche Anspannung von mir ab. Ich inhaliere den zarten Duft von Vanille, der den Raum erfüllt und mich meine Sorgen für einen Moment vergessen lässt.

Nachdem ich meine kurze Badesession beendet habe, wickle ich mich in ein großes Frotteehandtuch und tappe barfuß die Treppe hinunter. Mit der Absicht, mir einen Tee zu kochen, suche ich die Küche auf. Doch kurzerhand überlege ich es mir anders und entscheide mich für einen Dämmerschoppen. Mit dem Mixgetränk in der Hand begebe ich mich auf die Veranda, setze mich auf den Schaukelstuhl und warte darauf, dass die Sonne langsam hinter den Wiesen untergeht.

Ich liebe die goldene Stunde. Zu dieser Zeit fahren keine Autos oder Trecker mehr vorbei, die meine Ruhe stören könnten. Es ist so leise, dass ich den Wind hören kann, der durch die Bäume weht. Die himmlische Ruhe wird durch das Vibrieren meines Handys unterbrochen. Ich habe eine Nachricht erhalten. Gespannt überprüfe ich, wer mir geschrieben hat. Mir huscht sogleich ein Lächeln übers Gesicht, als ich erkenne, wer der Absender ist. Als ich lese, dass ich schmerzlich vermisst werde, macht sich Wehmut in mir breit. »Ja, ich wäre auch gern bei dir.« Mit geschlossenen Augen stelle ich mir vor, ich würde mich an seine starke Schulter lehnen. Plötzlich schaltet sich die Außenbeleuchtung an. Zunächst denke ich mir nichts dabei, denn das passiert ständig, wenn ein Vogel am Bewegungsmelder vorbeifliegt. Doch als knirschende Schritte auf dem Kies zu hören sind, spricht alles dafür, dass sich jemand meinem Haus nähert.

TILDA

Weltmeister

Ich bin heilfroh, dass Luka herkommt. Mir geht es nicht um die Sachen, die er mir bringen wird. Für mich stellt es kein Problem dar, eine Nacht im Shirt zu schlafen. Ich baue auf seine Unterstützung, die ich dringend benötige, um nicht die Geduld mit Opa zu verlieren.

Ständig bittet er mich, ihn nach Hause zu bringen. Zweimal hat er sich seine Jacke angezogen, die ich ihm erst nach gutem Zureden wieder abnehmen durfte.

Endlich klingelt es. Ich flitze zur Haustür und lasse meinen Schatz herein. Noch bevor er den Flur betritt, falle ich ihm um den Hals. »Du ahnst nicht, was sich hier seit Stunden abspielt.«

Ich komme nicht dazu, ihm davon zu berichten, denn es tönt lautstark aus dem Wohnzimmer: »Ist das Taxi gekommen?«

Luka begrüßt meinen Großvater.

»Das wird auch Zeit, junger Mann«, grummelt Opa und erhebt sich aus seinem Sessel. »Nimm meine Tasche, Kindchen«, trägt er mir auf und watschelt an uns vorbei.

»Wo willst du denn schon wieder hin?«, rufe ich ihm nach.

»Nach Hause. Der Mann soll mich nach Hause fahren.«

Luka prescht vor. »Das kann ich gut verstehen, Herr Töpfer. Zu Hause ist es am schönsten.«

Augenblicklich entspannen sich Opas Gesichtszüge. Luka zwinkert mir zu, aber ich stehe auf dem Schlauch. Ich habe keine Ahnung, was er vorhat, und schaue ihn fragend an.

»Herr Töpfer möchte nach Hause gebracht werden. Also, worauf warten wir?«

Ich folge den beiden nach draußen, wo Luka meinem Opa beim Einsteigen in seinen Wagen hilft. Behutsam legt er ihm auf dem Rücksitz den Gurt an. Danach schließt er die Tür und flüstert mir zu: »Du solltest ihm niemals widersprechen. Mit Belehrungen kommst du nicht weiter, sondern provozierst seinen Widerstand.«

»Wohin willst du ihn bringen?«

»Wir drehen lediglich einige Runden um den Block, bis er sich beruhigt hat. Vertraue mir. Ich weiß, was ich tue.«

Dass auch ich im vermeintlichen Taxi sitze, fällt Opa gar nicht auf. Er schaut aus dem Fenster und macht einen zufriedenen Eindruck.

Einige Gebäude, an denen wir vorbeifahren, scheinen ihm noch gegenwärtig zu sein. »Das ist der Bahnhof«, ruft er aus.

»Richtig. Bahnhof Dammtor.«

»Dann ist es nicht mehr weit.«

Wir kurven bereits zum dritten Mal um die Binnenalster, als mein Großvater müde wird und wir zurückfahren können.

Eigenständig steigt er aus und wirft einen skeptischen Blick auf seine Hausfassade. Ich rechne sekündlich damit, dass er behauptet, hier nicht zu wohnen. Doch er überrascht mich mit einem anderen Spruch. »Meine Güte sind die Fenster schmutzig. Anne muss schnellstens herkommen und sie putzen.«

»Stimmt. Die Scheiben sind so dreckig, dass man kaum noch durchsehen kann. Keine Sorge, Opi. Ich rufe sie gleich an und gebe ihr Bescheid.«

Lukas Tipp war Gold wert. Nachdem ich meinem Großvater uneingeschränkt zugestimmt habe, lässt er sich nicht nur widerstandslos ins Haus, sondern auch ins Bett bringen.

Ich bin völlig fertig mit den Nerven. Den Tränen nahe lasse ich mich aufs Sofa plumpsen. »Ist es nicht unfassbar traurig? Früher konnte ich mit ihm leidenschaftlich über Politik diskutieren. Frage ihn mal, wie unser Bundeskanzler heißt. An guten Tagen antwortet er: ›Willy Brandt‹. An schlechten schaut er dich nur ahnungslos an. Mein Opa mutiert immer mehr zu einem hilflosen Kind.«

»Apropos Kind! Das ist mein Stichwort«, wirft Luka ein. »Emil kommt am Samstag zu mir.«

Verwundert frage ich nach. »War er nicht am vergangenen Wochenende bei dir?« Zweimal im Monat stecke ich zurück und lasse Lukas Sohn den Vortritt. Zwar könnten wir auch zu dritt etwas unternehmen, aber das möchte Emils Mutter nicht.

»Marie hat mich gebeten, mit ihr zu tauschen. Bist du jetzt sauer?«

»Nein, das bin ich nicht«, gebe ich vor, obwohl ich gern wissen würde, weshalb seine Ex unsere Pläne zum wiederholten Mal über den Haufen wirft. Ich kann nicht zählen, wie oft Tickets verfallen sind, weil Marie unpässlich war und sich außerstande sah, ihr Kind zu versorgen.

»Wollen wir ein Glas Wein trinken? Anne hat uns eine Flasche mitgegeben.«

Amüsiert schaue ich ihn an. »Seit wann sagst du Anne, wenn du meine Mutter meinst?«

»Seit sie mir vorhin das Du angeboten hat. Wir haben uns nett unterhalten. Plötzlich meinte sie, dass die Zeit reif sei, die Förmlichkeiten zu lassen.«

Ich verziehe das Gesicht. »So, meinte sie das.«

»Was ist los, Tilda? Was passt dir jetzt schon wieder nicht?«

Ich wiegle ab. »Nichts, alles fein.«

»Mach mir nichts vor. Mir sind dein abfälliger Blick und deine angekratzte Tonlage nicht entgangen. Was ist falsch daran, dass deine Mutter und ich uns duzen?«

»Nicht falsch, sondern erstaunlich. Angesichts der Tatsache, dass ich deine Eltern noch immer nicht kennengelernt habe, darf ich mich wohl wundern.«

Er antwortet wie gewohnt, wenn ich das Thema anspreche. »Glaub mir, du hast nichts versäumt.«

Aber heute lasse ich nicht locker. »Warum schirmst du mich vor deiner Familie ab? Bin ich etwa nicht vorzeigbar?«

Kopfschüttelnd kommt er auf mich zu und nimmt mich in den Arm. »Was sind denn das für dumme Gedanken? Ich liebe dich. Ich wünsche mir nichts mehr, als endlich mit dir zusammenzuziehen. Gib dir einen Ruck und stimme dem Kauf des Penthouse zu.«

Abrupt löse ich mich von ihm und trete einen Schritt zurück. »Und dann? Wie stellst du dir das vor? Muss ich jedes zweite Wochenende unser Zuhause verlassen, weil deine Ex euren Sohn bringt? Werden wir auch künftig Geburtstage und Weihnachten getrennt feiern? Du bei deinen Eltern mit Marie und Emil, ich hingegen ohne dich bei meiner Mutter? Nee, Luka, so funktioniert das nicht. Unter diesen Voraussetzungen werde ich keine halbe Immobilie kaufen, die ich mir eigentlich gar nicht leisten kann.«

Es ist nicht zu übersehen, dass ihm meine Antwort nicht schmeckt. »Dann ziehe ich unser Angebot zurück«, knurrt er, nimmt sein Handy aus der Hosentasche und verschickt eine Nachricht. »So, erledigt«, verkündet er und öffnet die Weinflasche. »Können wir jetzt zum gemütlichen Teil des Abends übergehen?«

Mit keiner Silbe ist er auf den Kern unseres Problems eingegangen. Weil ich zu erschöpft bin, um die Debatte fortzusetzen, hole ich zwei Gläser aus der Vitrine und lasse mir einschenken.

Wir machen es uns auf dem Sofa gemütlich und schmusen, als wir Opa brüllen hören. »Nimm die Finger von ihr!«

Gleich darauf stürmt er ins Wohnzimmer und durchbohrt mich mit stechenden Blicken. »Du bist und bleibst ein schamloses Luder«, beschimpft er mich. »Deine Mutter hatte ganz recht. Wegen deiner Zügellosigkeit wird es noch ein böses Ende mit dir nehmen. Aber nicht unter meinem Dach! Verschwinde, Ella!«

Was redet er? Und wer ist Ella? Ich schaue Luka entschuldigend an. »Ich glaube, es ist besser, du gehst jetzt. Ich komme schon klar.«

Mein Schatz widerspricht sofort. »Nein, ich lasse dich nicht mit ihm allein.« Während Luka beruhigend auf Opa einwirkt, klingelt sein Handy. Er ignoriert den Anruf. Stattdessen fragt er, was es heute Abend im TV zu sehen gebe.

»Müsste nicht gerade die Champions League übertragen werden? – Mögen Sie Fußball, Herr Töpfer?«

Als hätte Opa einen Schalter umgelegt, antwortet er friedlich. »HSV. Ich bin Mitglied seit 1967.«

»Dann sollten wir unserem Club ganz fest die Daumen drücken, oder?«, schlägt Luka vor.

Opa nickt. »Stell die Kiste an, Kindchen.«

Ich gehorche und geleite ihn zu seinem Sessel.

Das Spiel läuft. Er kneift die Augen zusammen, um seinen Blick zu schärfen. »Wieso spielen die Hamburger heute in Rot?«

»Weil es ein Auswärtsspiel ist«, behauptet Luka und verheimlicht ihm, dass es sich bei den Roten um Spieler des FC Bayern handelt.

Schon in der Halbzeit nickt Opa ein. Wir wecken ihn erst nach dem Abpfiff.

»Wer hat gewonnen?«, will er von mir wissen.

»Der HSV hat den Gegner mit drei zu null zerlegt.«

»Dann sind wir Weltmeister?«

»Ja, zum fünften Mal. 54, 74, 90, 2014 und heute.«

»Das müssen wir feiern.«

»Es ist schon sehr spät. Besser, wir feiern morgen, wenn Anne kommt und deine Fenster putzt.«

Er zieht mich rüde am Arm zu sich heran. Erst als unsere Nasen sich berühren, flüstert er mir verschwörerisch ins Ohr. »Wenn sie herkommt, darfst du nicht hier sein, Ella.«

»Wer ist Ella, Opa?«

»Das bist doch du, Kindchen.«

BIRTE

Blöd, blöder, am blödesten

Auf keinen Fall werde ich dem Wunsch meines Mannes, den Tag in aller Ruhe ausklingen zu lassen, im Weg stehen. Er wird künftig mehr Ruhe haben, als ihm lieb ist. Kurzerhand packe ich meine Reisetasche und stecke noch zwei Flaschen Wein hinein.

Uli liegt im Wohnzimmer auf der Couch und hört mit geschlossenen Augen laute Musik. Klassik! Er weiß genau, dass mich dieses Klaviergeklimper zur Weißglut bringt. Für mich steht fest, dass er die Chopin-CD absichtlich eingelegt hat, um mich zu ärgern. Aber seine Provokation läuft ins Leere.

»Tschüss«, rufe ich, doch er nimmt mich gar nicht wahr. Er wird noch früh genug merken, dass ich weg bin, denke ich und ziehe die Haustür mit einem lauten Knall hinter mir zu.

Bevor ich ins Auto steige, nehme ich mein Smartphone zur Hand und knipse Fotos von der botanischen Verwüstung. Ich brauche Beweisbilder, wenn ich Anne später von den ungeheuerlichen Vorkommnissen berichten werde.

Mein Weg führt über die A7. Aufgrund der vielen Baustellen komme ich nur schleppend voran. Erst nachdem ich den Elbtunnel passiert habe, kann ich Gas geben. Nach einer halben Stunde wechsle ich auf die Landstraße. Die kurvenreiche Strecke führt mich vorbei an Wäldern, Wiesen und Feldern, bis ich die pittoreske Ortschaft erreiche, die vornehmlich mit reetgedeckten Fachwerkhäusern bebaut ist. Von hier ist es nicht mehr weit. Es gilt nur noch drei Bauernhöfe hinter mir zu lassen, dann kann ich den Blinker setzen und habe mein Ziel erreicht.

Der Himmel leuchtet im schönsten Abendrot, als ich Annes Landhaus erreiche. Ich lasse mein Gepäck im Wagen liegen und nehme nur den Wein mit. Leise schleiche ich ums Haus.

»Na, lässt du es dir gut gehen?«, rufe ich meiner Freundin zu. Sie sitzt in ein Handtuch gehüllt auf der Veranda und genehmigt sich einen Drink. Als sie mich erblickt, reißt sie erschrocken die Augen auf.

»Verdammt, Birte. Du hast mich zu Tode erschreckt!«

»Seit wann bist du so schreckhaft?«

»Ich habe gar nicht gehört, dass jemand aufs Grundstück gefahren ist.«

»Ich besitze ein E-Auto. Das fährt geräuschlos und ist obendrein umweltfreundlich. Du solltest dich auch mal von deinem stinkenden Verbrenner verabschieden.« Ich präsentiere die beiden Weinflaschen. »Was hältst du von einem feuchtfröhlichen Mädelsabend? Oder störe ich dich?«

»Du störst nie. Nimm Platz. Ich gehe rasch hinein und ziehe mich an.«

Während sie sich ankleidet, schreite ich über ihr Grundstück. »Meine Güte«, platzt es aus mir heraus. »Wie kann man dieses Idyll bloß derartig vernachlässigen?«

In meinem Kopf rattert es. Ich würde Stauden und Gräser in die Beete pflanzen und unter die Obstbäume im Herbst unzählige Blumenzwiebeln setzen, die im Laufe der Jahre verwildern. Schneeglöckchen, Krokusse und Narzissen wären geeignet, um das Frühjahr einzuläuten. Später könnten hier Spanische Hasenglöckchen und Prärielilien blühen. Ich stehe gerade total auf tiefblaue Blumen. Schon bald wird der Agapanthus in meinem *blöden* Garten blühen. Ob ich ihn in diesem Sommer sehen werde, hängt von meinem *blöden* Ehemann ab, der sich mit unserem noch *blöderen* Nachbarn verbündet hat. Bis Uli reumütig vor mir zu Kreuze kriecht, werde ich hierbleiben. Das ist mein Plan, in den ich meine Freundin allerdings erst einweihen werde, nachdem wir die erste Flasche geleert haben.

Anne hat sich in einen Jogginganzug geworfen. Das ist kurios, denn sie joggt nie. Auch für andere Sportarten ist sie nicht zu begeistern. Ich kann nicht zählen, wie oft ich versucht habe, sie zu überreden, mich ins Fitnessstudio zu begleiten. »Probiere es doch wenigstens mal aus. Wenn du deinen inneren Schweinehund überwunden hast, wirst du feststellen, dass es sogar Spaß macht.« Aber sie hat die Augen verdreht und mir erklärt, dass ihr der übertriebene Körperkult gewaltig auf die Nerven ginge.

Gerade stellt sie zwei Gläser auf den Tisch.

»Warum nur zwei? Hat mein Patenkind keine Lust, uns Gesellschaft zu leisten?«

»Tilda ist gar nicht zu Hause. Sie übernachtet bei Robert.« Anne stößt einen tiefen Seufzer aus. »Jetzt ist es so weit. Mein Vater kann und darf nicht mehr allein bleiben.«

Das war abzusehen. Bereits als er gezündelt hat, habe ich

vorgeschlagen, schnellstens einen Platz im Pflegeheim zu organisieren. Ich wiederhole meinen Rat, doch davon will Anne auch heute nichts wissen.

»Das bringe ich nicht übers Herz. In einem Heim würde er eingehen wie eine Primel. Nein, ich werde ihn nicht aus seiner gewohnten Umgebung reißen.«

»Wie lautet dein Plan B?«

Sie schenkt uns ein. »Ich werde eine Pflegekraft engagieren.«

Ich frage, ob sie eine Ahnung hat, was eine Rund-um-die-Uhr-Betreuung kostet. Da ich weiß, dass ihr Vater nur eine geringe Rente bezieht, werden seine finanziellen Mittel kaum dafür ausreichen.

»Ich habe bereits vor Wochen für ihn eine höhere Pflegestufe beantragt. Jetzt warten wir nur noch auf den Medizinischen Dienst, der Robert erneut begutachten muss.«

Auch eine höhere Pflegestufe genügt nicht, um ihrem Vater die erforderliche Fürsorge zukommen zu lassen, die er braucht. Aber Anne ist fest entschlossen und erklärt sich sogar bereit, den fehlenden Betrag aus eigener Tasche beizusteuern.

Zwar ahne ich, dass ihr meine nächste Frage nicht behagen wird, dennoch stelle ich sie. »Warum willst du allein dafür aufkommen? Dein Vater hat zwei Töchter.«

Sie verzieht verächtlich das Gesicht. »Lass uns über etwas Angenehmeres reden«, bittet sie. Gleich darauf trifft mich ihr prüfender Blick. »Und nun spuck es aus! Was ist passiert, dass du dich auf den weiten Weg zu mir gemacht hast, obwohl wir heute schon ausgiebig gequatscht haben?«

Keiner kennt mich so gut wie sie. Es hat keinen Sinn, ihr etwas vorzumachen. »Das ist passiert«, antworte ich und zeige ihr die Fotos auf meinem Handy.

»Oh mein Gott. Wer hat das gemacht?«

Die Geschichte ist schnell erzählt.

»Du hast ihn nass gespritzt?«, hakt sie amüsiert nach und kann sich ihr Grinsen kaum verkneifen.

Ich weiß nicht, was daran komisch sein soll. »Hältst du das etwa für lustig?«

Nun kichert sie laut. »Gut, dass es in eurem Haus keine Waffen gibt. Wenn es um deinen Garten geht, traue ich dir alles zu.«

Erst, als ich berichte, dass Uli sich auf die Seite des Nachbarn gestellt hat, kehrt sie zur Ernsthaftigkeit zurück.

»Das ist wirklich ein starkes Stück«, pflichtet sie mir bei. »Ich kann deine Wut verstehen.«

Ihre Zustimmung ist Balsam für meine Seele und verleiht mir den Mut, sie zu fragen, ob ich für eine Weile bei ihr bleiben darf.

Sie stimmt sofort zu. »Das Gästezimmer ist bereits hergerichtet.«

Nachdem das geklärt ist, stehe ich auf und hole meine Tasche aus dem Auto. Als ich die Wagentür schließe, huscht ein Tier über den Hof. Ich zucke kurz zusammen, denn ich bin mir sicher, dass es keine Katze war, sondern ein Fuchs. Sogleich fällt mir der Spruch von Fuchs und Hase ein, die sich gute Nacht sagen.

Aber das sagen Anne und ich uns noch nicht.

Seit Stunden sitzen wir gemütlich in der Wohnküche zusammen und philosophieren darüber, wie ein perfektes

Leben aussehen könnte. Ich spreche mit ihr über verpasste Chancen und meinen Traum, trotz meines Alters doch noch Landschaftsarchitektur zu studieren.

Anne sieht für sich keinen Optimierungsbedarf. Sie bekräftigt wiederholt, rundum glücklich und zufrieden zu sein.

»Fühlst du dich nicht manchmal einsam?«, will ich von ihr wissen. Sie verneint. »Aber wenn Tilda auszieht, wirst du ganz allein hier leben. Macht dir das gar keine Angst?«

»Wovor sollte ich Angst haben?«

»Vor der Einsamkeit. Sehnst du dich nicht manchmal nach einem festen Partner?«

Sie schaut mich an, als hätte ich den Verstand verloren. »Ob ich mich nach einem Mann sehne, der hier bei mir wohnt? Bist du noch gescheit? Ich bin froh, keinen Uli zu haben, der nur nach Hause kommt, um seine Füße gemütlich unter den Tisch zu legen. Nein, ganz gewiss nicht. Ich liebe meine Unabhängigkeit und würde sie um keinen Preis der Welt aufgeben. Anders als du kann ich tun und lassen, was ich will, ohne Rücksicht zu nehmen.«

Sie steht auf, öffnet den Kühlschrank und nimmt ein Fleischpaket heraus.

»Was hast du denn jetzt vor?«

»Ich verspüre Appetit auf ein saftiges Steak. Magst du auch?«

»Jetzt noch? Es ist gleich Mitternacht.«

»Na und?«

»Es ist doch gemeinhin bekannt, dass spätes Essen dick macht. Deshalb sollte man die letzte Mahlzeit nicht später als drei Stunden vor dem Schlafengehen zu sich nehmen.«

»Wenn ich hungrig ins Bett gehe, kann ich nicht einschlafen. Ergo bekomme ich zu wenig Schlaf und bin am nächsten Tag schlecht gelaunt. Was hilft gegen Übellaune? Schokolade in großen Mengen. Und die macht dick. Sag das deinem neunmalklugen Mann«, erwidert sie in ihrer ureigenen Logik und stellt eine Pfanne auf den Herd.

Als mir kurz darauf der Bratenduft in die Nase steigt, läuft mir das Wasser im Mund zusammen. Kein Wunder. Meine letzte Mahlzeit war das Frühstück, das ich vor siebzehn Stunden zu mir genommen habe. Es bestand lediglich aus einem kleinen Becher Naturjoghurt und einer Handvoll Blaubeeren. Da ich den Nudelauflauf in die Tonne gekippt habe, wird Ulis Magen bestimmt auch knurren. Wieso denke ich jetzt an ihn? Vielleicht ist es die Macht der Gewohnheit, wenn man so lange verheiratet ist, wie wir es sind. Ich nehme mein Handy zur Hand, um nachzusehen, ob er sich gemeldet hat. Hat er nicht.

Anne bringt Teller und Besteck zum Tisch. »Magst du deins auch medium oder lieber durchgebraten?«

»Medium wäre perfekt.«

»Perfekt wird es erst, wenn wir uns noch eine Portion Röstzwiebeln dazu machen.«

Ich biete an, das tränenbringende Gemüse in feine Ringe zu schneiden, und bräune sie in zerlassener Butter, indes Anne Weißbrotscheiben toastet.

»Es geht doch nichts über einen Mitternachtssnack«, tönt sie und führt sich den letzten Bissen zum Mund. Recht hat sie, dennoch sollten wir die späte Völlerei nicht zur Gewohnheit werden lassen.

Pappsatt begeben wir uns ins Obergeschoss. Im Gästezimmer packe ich noch meine Tasche aus und suche für eine Katzenwäsche das Bad auf. Danach falle ich erschöpft ins Bett. Obwohl ich hundemüde bin, fällt es mir schwer einzuschlafen. Liegt es an der ungewohnten Umgebung? An der harten Matratze? Oder ist es der Mond, der hell ins Fenster scheint und mich daran hindert, Ruhe zu finden?

ANNE

Brauereipferd

Weil ich Tilda die Gelegenheit geben will, noch vor Arbeitsbeginn zu duschen und gemeinsam mit meinem Vater und mir zu frühstücken, verlasse ich das Haus bereits vor sechs Uhr morgens. Meine Nacht war kurz. Viel Schlaf habe ich nicht bekommen. Birte soll es besser haben als ich. Meinetwegen kann sie bis in die Puppen pennen. Nachdem sie mir gestern stundenlang ihr Herz ausgeschüttet und sich den Frust von der Seele geredet hat, bin ich mir sicher, dass sie ihre Entscheidung, Uli eine Lektion zu erteilen, nach dem Aufstehen revidieren und nach Hause fahren wird.

Ich halte beim Bäcker an, der gerade seine Tore öffnet, und besorge fünf ofenwarme Brötchen. In der Hoffnung, früh genug unterwegs zu sein, um der morgendlichen Rushhour zu entgehen, nehme ich Kurs auf Hamburg.

Ich komme rechtzeitig an, aber es ist mir nicht möglich, vor das Garagentor meines Elternhauses zu fahren. Zwar wäre noch ausreichend Platz vorhanden, um mich neben Tildas Firmenflitzer zu stellen, aber Lukas Wagen parkt quer davor und versperrt die Zufahrt. Notgedrungen muss ich mir einen anderen Parkplatz suchen, was in der Stadt ein aussichtsloses Unterfangen ist. Im Zuge der Verkehrsberuhigung wurden hier in der Wohnstraße riesige Pflanztröge aus Beton errichtet. Die unansehnlichen Dinger nehmen Platz für dringend benötigte Stellplätze ein. Ich bin heilfroh, dass ich auf dem Land wohne und mich der nervigen Parkplatzsuche nicht täglich aussetzen muss.

Wohin ich auch schaue, es gibt keine freie Lücke, in die mein Vehikel passt. Um keine weitere Zeit zu verplempern, greife ich zum Handy und rufe Tilda an. Sie soll ihrem Freund ausrichten, dass er seine Karre umsetzen muss.

Sekunden später stürmt er aus dem Haus. Mit den Worten: »Sorry, Anne. So weit habe ich gestern Abend nicht gedacht«, rennt er an meinem offenen Fenster vorbei, setzt seine Kutsche drei Meter zurück und lässt mich passieren.

Ich warte, bis auch er aussteigt, um ihn zu fragen, wie es gestern gelaufen ist.

»In Wellen. Erst wollte dein Vater nach Hause. Wir haben eine Stadtrundfahrt mit ihm unternommen und ihn danach ins Bett gebracht. Nach zwei Stunden bekam er einen Tobsuchtsanfall, aber wir konnten ihn beruhigen. In der Nacht ist er zweimal aufgestanden und wollte zur Arbeit gehen. Mit Geduld und Spucke haben wir ihn davon abbringen können. Jetzt schläft er.«

Ich bedanke mich bei Luka und auch bei meiner Tochter, die völlig übernächtigt im Flur steht und mir den Kleidersack abnimmt, den ich ihr mitgebracht habe.

»Was haltet ihr von einem starken Kaffee?«, frage ich die beiden und ernte synchrones Kopfnicken.

Tilda verzieht sich ins Bad. Ihr Freund erklärt, nicht mit uns frühstücken zu wollen. Er möchte nur einen Schluck

Wachmacher trinken, weil auch er schnellstens heimfahren will, um sich frisch zu machen.

»Kennst du eine Ella, Anne? Dein Vater hat wiederholt diesen Namen genannt.«

Mit seiner Frage hat Luka mir einen gewaltigen Stoß versetzt, der an Intensität einem Stromschlag gleichkommt. »So, hat er das?«, presse ich zwischen zusammengekniffenen Zähnen hervor und betätige den Knopf der Kaffeemaschine.

»Er hat Tilda mehrmals so angesprochen.«

»Vermutlich hat er sie mit meiner Mutter verwechselt. Er sieht in jeder Frau ihr Ebenbild«, erwidere ich trocken und hoffe, dass das Thema damit erledigt ist.

»Was redest du denn, Mama?«, höre ich meine Tochter hinter mir rufen. »Oma hieß Hannelore. Opa hat sie stets Lorchen genannt.«

»Er ist verwirrt! Ihr habt es doch gestern live miterlebt.«

»Verwirrt scheinst auch du zu sein, wenn dir der Name deiner eigenen Mutter nicht mehr einfällt«, kontert sie und schaut mich kopfschüttelnd an.

Erst nachdem ich tief Luft geholt habe, gelingt es mir, in normaler Tonlage fortzufahren. »Später werde ich in der Agentur anrufen, die ich bereits vor Wochen kontaktiert habe, und einen Auftrag erteilen. Bis man uns eine geeignete Pflegerin schickt, übernehme ich Roberts Betreuung.«

Tilda fischt sich ein trockenes Brötchen aus der Tüte. Mein Angebot, es sich von mir belegen zu lassen, lehnt sie entschieden ab. »Verschone mich mit dem Aufschnitt, der sich im Kühlschrank befindet. Opa muss das Gerät mit der Waschmaschine verwechselt haben. Er hat seine schmutzige Unterwäsche dort hineingelegt.«

Ich weiß nicht, ob ich lachen oder weinen soll. »Sollte ich irgendwann im gleichen Zustand sein wie er, tu mir bitte den Gefallen und erschieße mich«, bitte ich meine Tochter, die das gar nicht komisch findet.

»Ich verstehe nicht, wie das so rasch mit Opa bergab gehen konnte. Es ist erst wenige Monate her, dass wir die Diagnose erhalten haben.«

Luka legt liebevoll den Arm um mein Kind. »Jede Demenz verläuft anders, Schatz. Sei froh, dass er noch wache Momente hat, in denen er sich des Lebens freuen kann.«

Endlich lächelt Tilda mal. »Ja, so wie gestern Abend, als der HSV Weltmeister geworden ist.«

Ich muss das nicht verstehen und widme mich der gurgelnden Kaffeemaschine, die darauf hindeutet, dass das Gebräu endlich fertig ist. Mit einem gezielten Griff nehme ich drei Tassen aus dem Schrank, bei denen ich sicher sein kann, dass sie sauber sind, weil ich sie selbst vorgestern abgewaschen habe.

In Windeseile trinken Tilda und Luka aus. Ich frage mich, wie es möglich ist, ein Heißgetränk derart schnell zu schlucken, ohne sich zu verbrennen.

Gemeinsam verlassen sie das Haus. Sobald die Tür hinter ihnen ins Schloss gefallen ist, luge ich ins Schlafzimmer, um nach meinem Vater zu sehen. Er liegt auf dem Rücken und schnarcht.

Ungeduldig lauere ich darauf, dass es neun wird. Erst dann ist die Agentur telefonisch erreichbar. Ich werfe einen Blick auf die gestrige Post. Es ist kein Brief vom Medizinischen Dienst dabei. Allerdings hat die Bank Kontoauszüge geschickt. Dem Umfang des Umschlags nach zu urteilen, handelt es sich um Ausdrucke mehrerer Monate. Ich öffne das Kuvert und halte Umsatzberichte des letzten Quartals in Händen. Als ich den Saldo sehe, fällt mir alles aus dem Gesicht. Das aktuelle Guthaben beträgt lediglich hundertdrei Euro, obwohl die Rente meines Vaters gerade erst zu Wochenbeginn eingegangen ist.

Konzentriert gehe ich die Auszüge Blatt für Blatt durch. Barabhebungen vom Geldautomaten in beachtlicher Höhe lassen mich stutzen.

Ich begebe mich auf die Suche nach dem Geld, das er abgehoben hat, und öffne die Schublade der Vitrine. Gewöhnlich bewahrt er dort sein Bargeld auf. Aber darin befinden sich lediglich drei Zehneurobanknoten. Es wird Zeit, ihn zu wecken und zur Rede zu stellen.

»Komm, Papa, es gibt Frühstück.«

»Welcher Tag ist heute?«, will er wissen.

»Donnerstag. Sag mal, wieso hast du so viel Geld vom Automaten geholt? Was hast du damit gemacht?«

Wie erwartet erhalte ich keine Antwort. Ich setze nach. »Wo ist dein Portemonnaie?«

Reflexartig greift er hinter sich. Doch in seiner Pyjamahose befindet sich keine Gesäßtasche. »Weiß nicht.«

»Kein Problem. Es findet sich schon wieder.«

Ich geleite ihn zum Tisch, schenke ihm Kaffee ein und frage, was ich ihm auf das Brötchen legen soll.

Er deutet mit dem Finger auf den Tilsiter. »Käse macht lustig.«

In seinem Beisein durchstöbere ich die Küche nach seiner Geldbörse.

»Was suchst du denn, Kindchen?«

Er weiß nicht mehr, worüber wir vor einer Minute gesprochen haben. Ich frage mich, wie er sich seine PIN merken konnte, die er benötigt, um sich Bargeld am Automaten zu ziehen. Ich unterbreite einen Vorschlag. »Was hältst du davon, wenn wir später an der Alster spazieren?«

»Muss ich nicht zur Arbeit?«

»Nein, Papa, du hast heute frei.«

Für eine halbe Stunde herrscht Frieden zwischen uns. Er isst und trinkt, ohne zu murren. Erst als ich ihm bei der Morgentoilette behilflich sein will, herrscht er mich an.

»Lass das! Das kann ich selber!«

Ich lasse ihn gewähren, doch als ich bemerke, dass er Rasierschaum auf die Zahnbürste sprüht, muss ich doch eingreifen.

Um ihn zu beschäftigen, breite ich die Morgenzeitung auf dem Esstisch aus. Seine Brille, die ich zuvor geputzt habe, lege ich daneben.

Aber er will nicht lesen, sondern zur Alster aufbrechen. Meine anfängliche Freude darüber, dass er sich an meinen Vorschlag erinnert, schwindet augenblicklich, als er mich fragt, ob ich seine Tochter Anne kenne.

»Sie hat es geliebt, dort Enten zu füttern. Sie war ganz vernarrt in die Vögel.«

»Ich weiß, Papa. Aber das darf man heutzutage nicht mehr.«

Ich räume den Tisch ab.

Er lacht hinter mir. »Du solltest sie heute mal sehen.«

»Wen sollte ich sehen, Papa?«

»Na, Anne. Aus dem Spargel ist eine Tonne geworden. Sie hat einen Hintern wie ein Brauereipferd«, belustigt er sich und deutet mit ausgestreckten Armen einen Abstand von einem Meter an.

Ich lasse mir nicht anmerken, dass er mich gerade zutiefst verletzt hat.

»Du hast ein hübsches Kleid an«, lobt er mich wenig später. »Gehen wir heute zum Tanzen aus?«

Jetzt bin ich mir sicher, dass er mich für meine Mutter hält. Meine Eltern waren begeisterte Paartänzer, lange bevor »Let's Dance« diese Sportart populär gemacht hat.

Spontan habe ich eine Eingebung und marschiere zum Plattenspieler. Ich lege eine LP auf, dessen Musik ich früher als unerträgliche Fahrstuhlmucke abgetan habe. Schon nach den ersten Klängen tippt mein Vater mit dem Zeigefinger im Takt auf die Tischplatte.

»Kann ich dich einen Moment allein lassen?«, frage ich der Form halber, nehme mein Handy und gehe zum Telefonieren hinaus in den Garten. In der Agentur läuft das Band.

Ich gebe nicht auf und probiere es immer wieder. Erst gegen zehn erreiche ich jemanden.

»Guten Morgen, mein Name ist Anne Töpfer. Es geht um meinen Vater. Ich brauche dringend Ihre Hilfe.«

Die Agenturchefin erinnert sich an mich und verspricht, sich bis Mittag bei mir zurückzumelden.

Ich nutze die Wartezeit und kümmere mich um Vaters Schmutzwäsche. Als ich das Bullauge der Waschmaschine öffne, finde ich sein Portemonnaie. Es enthält nur Münzen. Im Kartenfach befinden sich Ausweis, Führerschein und die Mitgliedskarte des ADAC, aber nicht seine EC-Karte. Ich gehe davon aus, dass er sie verloren hat, und wähle umgehend die 116116, die zentrale Anlaufstelle, um Bank- oder

Kreditkarten sperren zu lassen. Da ich keine Angaben zu Vaters Kartennummer machen kann, werde ich an seine Hausbank verwiesen. Nur dort kann sie gesperrt werden. Gerade will ich dort anrufen, als mein Handy klingelt. In der Annahme, dass es sich um die Agenturchefin handelt, schiebe ich mein Vorhaben auf und nehme erst den eingehenden Anruf entgegen. Doch nicht sie, sondern Uli ist dran.

»Wolltest du nicht heute zur Blutabnahme herkommen?«

»Ja, das hatte ich vor, aber es ist etwas dazwischengekommen. Ich muss heute bei meinem Vater einhüten.«

»Ähm, sag mal«, stottert er verlegen. »Ist Birte bei dir?«

Aha, jetzt kommt er zum eigentlichen Grund seines Anrufs.

»Sie ist gestern Abend nicht nach Hause gekommen.«

Es wäre ein Leichtes für mich, ihm die Sorge um seine Frau zu nehmen und zu verraten, dass sie die Nacht bei mir verbracht hat. Aber das würde Birte mir sehr übel nehmen. Deshalb frage ich, ob er es schon auf ihrem Handy versucht hat.

»Nein, ich möchte nicht mit ihr reden, sondern nur wissen, wo sie steckt.«

Demzufolge handelt es sich bei ihm gar nicht um Sorge, sondern lediglich um Neugierde. Die werde ich nicht befriedigen. »Tut mir leid, Uli, aber ich muss dich abwürgen. Mein Vater hat seine EC-Karte verbummelt. Ich muss dringend mit seiner Bank telefonieren.«

Ich lege auf und wende mich an das kontoführende Kreditinstitut. Nach dem Gespräch kann ich erleichtert aufatmen. Beim nächsten Versuch, Geld von seinem Konto abzuheben, wird die Karte eingezogen.

Nun möchte ich in Erfahrung bringen, wo Birte sich aufhält. Sie meldet sich sofort und erklärt, nach wie vor in der Heide zu sein.

»Dein Einverständnis vorausgesetzt, werde ich so lange bleiben, bis Uli sich bei mir meldet und mich um Verzeihung bittet.«

Als ich ihr berichte, dass er sich bei mir nach ihr erkundigt hat, dankt sie mir für meine Verschwiegenheit.

»Das zählt nicht! Ich will ihn flennend auf Knien vor mir kriechen sehen. Erst wenn er dazu bereit ist, werde ich ernsthaft über eine Rückkehr nachdenken.«

Darauf wird sie lange warten, mutmaße ich und lege auf.

TILDA

Unverhoffte Einladung

Den ganzen Vormittag habe ich damit zugebracht, die Schriftsätze unseres neuen Referendars auf korrekte Rechtschreibung und Zeichensetzung zu überprüfen. Dabei gehört das als ausgebildete Rechtsanwaltsgehilfin gar nicht zu meinen Aufgaben. Wie es dieser Schnösel geschafft hat, mit seinen ungenügenden Orthografie- und Grammatikkenntnissen das Abitur zu bestehen, ist mir ein Rätsel. Ich habe nicht studiert, aber ich weiß, dass es an dieser Stelle des Textes nicht »wie«, sondern »als« heißt. Genauso wie – anders als. Ist denn das so schwer zu begreifen, rege ich mich auf, als mein Handy vibriert. Luka hat mir eine Nachricht geschickt.

> *Heute um neunzehn Uhr Treffen mit*
> *meinen Eltern. Sie laden uns in Luigis*
> *Trattoria ein. Zufrieden? Kuss*

Ich bin baff und rufe ihn sogleich an. »Im Ernst? Wie komme ich plötzlich zu dieser Ehre?«

»Du wolltest sie doch unbedingt kennenlernen.«

Obwohl ich Lukas Eltern noch nie persönlich getroffen habe, sind sie kein unbeschriebenes Blatt für mich. Ich habe sie gegoogelt und weiß, was sie tun und wie sie aussehen. Lukas Vater, Jens Richter, ist ein erfolgreicher Geschäftsmann. Obwohl er aus einfachen Verhältnissen stammt, hat er es durch harte Arbeit zu Wohlstand und gesellschaftlicher Anerkennung gebracht. Sollte es sich bei seinem Foto auf der Firmenwebsite um ein aktuelles handeln, muss ich sagen, dass er sich gut für sein Alter gehalten hat. Seine sechzig Lenze sieht man ihm nicht an. Lukas Mutter, Greta, ist Malerin. Von ihr existiert nur ein Foto im Netz, auf dem sie im Profil zu sehen ist.

»Bitte sei pünktlich, Tilda. Die beiden hassen nichts mehr als Unpünktlichkeit.«

»Mach dir keinen Kopf. Ich werde exakt um sieben auf der Matte stehen.«

Ich beende das Gespräch, weil mein Boss im Anmarsch ist. Er sieht mir an der Nasenspitze an, dass ich privat telefoniert habe. Sogleich zitiert er mich in sein Büro.

Brav folge ich ihm.

Ich werde aufgefordert, ihm gegenüber Platz zu nehmen. Sein strenger Blick lässt nichts Gutes vermuten.

»Mir wurde zugetragen, dass du während der Arbeitszeit häufig mit Privatangelegenheiten beschäftigt bist. Gibt es Probleme, von denen ich wissen sollte?«

Wer hat ihm das zugetragen? Ich überlege kurz und komme zu dem Schluss, dass dafür nur eine Person infrage kommt. Die biestige Frau Keller. Während sich alle Kollegen in der Kanzlei duzen, besteht sie darauf, förmlich angesprochen zu werden.

Ich sage es freiheraus. »Ja, es gibt momentan private Probleme. Mein Großvater ist dement und sorgt ständig für neue Überraschungen.« Gerade will ich versichern, dass meine Arbeit nicht darunter leidet, als er mir sein aufrichtiges Bedauern ausspricht.

»Brauchst du eine Auszeit, Tilda? Wenn es dir hilft, kannst du Urlaub nehmen.«

Ich habe mit allem gerechnet, aber nicht mit seinem Verständnis. Ein paar Tage freizuhaben, wäre in dieser Situation wirklich großartig. Ich könnte meine Mutter unterstützen. Nach meiner jüngsten Erfahrung weiß ich, dass es leichter ist, einen Sack Flöhe zu hüten, als auf Opa aufzupassen. »Das Angebot nehme ich liebend gern an. Vielleicht ab Montag für eine Woche?«

»Nein, nicht erst ab Montag. Mach sofort Feierabend. Du nützt mir nichts, wenn du in Gedanken ganz woanders bist.«

Ich habe den besten Chef der Welt. Breit grinsend nehme ich sein Angebot an.

»Komm zurück, wenn du deine Angelegenheiten geregelt hast. Ich werde Frau Keller Bescheid geben, dass du bis auf Weiteres beurlaubt bist.« Er streckt den Arm aus und hält mir seine Handfläche entgegen. »Den Autoschlüssel, bitte. Den Wagen kannst du während dieser Zeit natürlich nicht behalten.«

War doch klar, dass die Sache einen Haken hat.

»Ich bringe ihn gleich«, verspreche ich und verlasse das Chefbüro.

Eine Viertelstunde später warte ich an der Haltestelle auf den Bus. Ich habe mir vorgenommen, zunächst zu Opa zu fahren, um mir Mutters Wagen auszuleihen. Sie braucht ihn nicht. Ich hingegen bin dringend auf einen fahrbaren

Untersatz angewiesen, weil ich mich für den heutigen Abend richtig schick in Schale werfen will. Der erste Eindruck zählt, und ich beabsichtige, einen sehr guten bei Lukas Eltern zu hinterlassen.

Schon als ich den Flur betrete, höre ich Mutter telefonieren. Sie bedankt sich ständig und strahlt über beide Ohren.

»Das war die Pflegevermittlung«, lässt sie mich wissen. »Heute Abend kommt jemand vorbei, der alles Weitere mit mir besprechen wird. Mit ein wenig Glück zieht schon am Montag eine Fachkraft hier ein.«

Meine Bitte nach ihrem Wagen nimmt sie mit Verwunderung auf. Ich stelle klar, dass ich nicht während meiner Pause hergekommen bin, sondern Urlaub habe und das Firmenauto abgeben musste. »Heute Abend werde ich Lukas Eltern kennenlernen.«

»Wow, jetzt schon?«, amüsiert sie sich und zückt ihren Schlüssel. Ich bekomme ihn nur unter der Bedingung, sie und Opa zur Alster zu bringen.

Während der kurzen Fahrt dorthin warnt sie mich vor. »Wundere dich nicht, wenn du zu Hause ankommst. Wir haben einen Gast. Birte hat sich im Gästezimmer einquartiert.«

Darüber, weshalb sie bei uns ist, schweigt Mutter sich aus.

Als ich in der Heide eintreffe, steht kein Auto auf dem Hof. Birte ist definitiv nicht da, aber die gesäuberten Beete, in denen gestern noch das Unkraut spross, weisen darauf hin, dass sie hier gewesen ist.

Nach einem kurzen Blick ins Gästezimmer steht fest, dass sie nicht abgereist ist. Andernfalls hätte sie ihre Sachen mitgenommen.

Ich lasse mir ein Bad ein. Während sich die Wanne mit Wasser füllt, inspiziere ich meinen Kleiderschrank. Welches Outfit ist für den heutigen Anlass geeignet? Es darf nicht zu sexy sein. Ich will nicht ordinär wirken. Folglich sind kurze Röcke und enge Shirts tabu. Andererseits möchte ich auch nicht bieder erscheinen. Lukas Eltern sollen mich nicht für eine graue Maus halten. Mir bleiben weniger als zwei Stunden, um eine Entscheidung zu treffen.

Ich bin gerade in die Wanne gestiegen, als draußen eine Autotür klappt. Gleich darauf höre ich Birte in der Diele nach meiner Mutter rufen.

»Anne? Wieso bist du schon zurück? Ist etwas passiert?«

»Nein, es ist alles in Ordnung. Mama ist bei Opa. Ich bin hier oben.«

Sie stiefelt die Treppe hinauf und setzt sich zu mir auf den Wannenrand. »Na, Süße, wie geht es dir?«

»Eigentlich gut. Heute findet das erste Treffen mit Lukas Eltern statt. Ich habe dem Tag so entgegengefiebert, aber jetzt bekomme ich Muffensausen. Ich weiß nicht, was ich anziehen soll.«

»Verkleide dich nicht. Zieh das an, was du immer trägst. Du hast doch so elegante Kostüme. Damit liegt man immer richtig.«

Ich verziehe das Gesicht. »Die trage ich doch nur auf der Arbeit, weil ich muss. Nein, Rock und Blazer sind viel zu formell.«

»Dann wähle etwas aus, das du in deiner Freizeit trägst.«

»Du meinst casual?«

Sie nickt. »Aber das bedeutet nicht Schlabberlook. Wähle eine gut sitzende Jeans, aber eine ohne Löcher, kombiniere sie mit einer hübschen Bluse, Jacke drüber, fertig! Viel wichtiger sind die Schuhe. Sie sagen wirklich etwas über den Menschen aus, der sie trägt.«

Ich stöhne laut und bereue zutiefst. »Oh je! Was habe ich mir bloß eingebrockt.«

»Zerbrich dir nicht den Kopf. Seine Eltern werden dich sofort in ihr Herz schließen. Jeder mag dich, denn du bist ein liebenswerter Mensch.« Sie drückt mir einen Schmatzer auf die Stirn. »Ich liebe dich wie mein eigenes Kind.«

Vorsichtig wage ich mich vor. »Weshalb bist du hier und hast bei uns übernachtet? Gibt es dafür einen besonderen Grund?«

»Ja, den gibt es. Ich bringe ein wenig Ordnung in euren Garten.«

»Es ist mir nicht entgangen, dass du dem Giersch und den Brennnesseln bereits zu Leibe gerückt bist«, entgegne ich lachend.

»Nun werde ich meinen Wagen ausladen. Ich war schon unterwegs und habe Kompost gekauft. Gleich fahre ich noch einmal los und besorge Pflanzen.«

»Ach, Birte, warum willst du dir die ganze Mühe machen? Du weißt doch, dass Mama alles vertrocknen lässt.«

»Du kennst mich doch. Ich kann nicht anders.«

Sie rauscht ab und lässt mich mit meiner stetig wachsenden Aufregung allein. Ich bin nervöser als vor meinem ersten Bewerbungsgespräch. Es wird ein entspannter Abend, an dem wir nett plaudern und gut essen werden, rede ich mir ein.

BIRTE

Chefsache

Die Qualität der Pflanzen, die ich vorhin im Gartencenter vorgefunden habe, hat mich nicht überzeugt. Deshalb habe ich dort nur Erde gekauft. Ich hoffe, dass ich in der kleinen Gärtnerei am Ortsausgang gleich mehr Glück haben werde.

Das scheint der Fall zu sein, denn bereits beim Betreten der Freifläche lächeln mich kräftig gewachsene Hortensien an. Ich inspiziere sie mit Argusaugen, als eine Mitarbeiterin aus dem Laden tritt und mich anspricht.

»Die haben wir erst heute reinbekommen. Sind das nicht traumhaft schöne Farben?«

Traumhaft teuer, denke ich, als ich das Preisschild sehe. »Kann ich weiße Impatiens bei Ihnen bekommen?«

»Was suchen Sie?«

Mit dieser Frage hat sie sich sofort disqualifiziert.

»Fleißige Lieschen«, erkläre ich der jungen Frau, die gewiss nicht vom Fach ist.

»Das muss ich den Chef fragen. Einen Moment, bitte.«

Sie flitzt ins Treibhaus, das zwar deutlich größer ist als das Glashaus, das ich mir bauen lassen wollte, aber viel zu klein erscheint, um darin eigene Gewächse anzubauen. Dieser Gärtner ist kein Gärtner, sondern ein Blumenhändler, der sich seine Ware auf dem Großmarkt besorgt und sie mit einem Aufschlag an Endverbraucher verkauft. Doch er scheint ein gutes Auge für gesunde Pflanzen zu besitzen.

»Leider nicht. Wir haben nur noch sechs rote.«

Mal davon abgesehen, dass sechs Töpfe für mein Vorhaben nicht ausreichen, passt Rot nicht in mein Farbkonzept. »Wie sieht es mit Cosmeen aus? Kann ich die bei Ihnen bekommen?« Ihr Blick macht deutlich, dass sie keinen blassen Schimmer hat, wovon ich spreche. »Das sind einjährige Sommerblumen, die auch als Schmuckkörbchen bekannt sind«, erkläre ich ihr wie eine Lehrerin.

»Besser, Sie sprechen mit meinem Vater. Ich helfe hier nur aus. – Papa! Dein Fachwissen ist gefragt!«, schreit sie und lässt mich stehen.

Die Ahnungslose hat sich verdrückt. Ihr Vater lässt sich minutenlang nicht blicken. Ich bin gerade im Begriff abzufahren, als ein braun gebrannter Endvierziger breitbeinig aus dem Treibhaus tritt. Genauso rustikal wie sein Gang ist seine Ansprache.

»Sind Sie das mit den weißen Impatiens?« Ohne meine Antwort abzuwarten und ohne mich anzusehen, fährt er fort. »Die könnte ich für morgen besorgen. Wie viele Kisten brauchen Sie denn?«

Spricht er extra von Kisten, um mich herauszufordern? Kein Problem. Die Herausforderung nehme ich an.

»Das hängt davon ab, wie viele Töpfe sich in einer Kiste befinden. Ich dachte an fünfzig bis sechzig Pflanzen. Dazu benötige ich Efeu. Vorzugsweise Hedera helix der Sorte Baltica. Bei einer 9er-Topfgröße nehme ich 24 Stück. Die Ranken sollten jedoch eine Mindestlänge von 15 Zentimeter haben.«

Augenblicklich ändert sich sein Gesichtsausdruck. In deutlich freundlicher Stimmlage fragt er: »Was haben Sie denn damit vor? Wollen Sie eine Hochzeit ausstatten?«

»Wer ist denn heute noch so dumm und heiratet? Nein, die Lieschen möchte ich auf die Nordostseite des Gartens setzen. Im Halbschatten gedeihen sie prächtig. – Für die Beete in Südlage suche ich Cosmeen. Wie sieht es damit aus?«

»Auch nur weiße?«

»Nein, die hätte ich gern bunt gemischt. 6-mal pink, 6-mal hellrosa, 6-mal rot und 6-mal weiß.«

»Haben Sie sonst noch Wünsche?«

Ich zwinkere. »Oh ja, die habe ich. Machen Sie mich glücklich und besorgen Sie mir zunächst das, worüber wir gesprochen haben. Danach sehen wir zwei Hübschen weiter.«

Nun lacht er und zeigt mir seine makellosen Zähne. »Sind Sie neu zugezogen?«

»Wie kommen Sie denn darauf?«

»Ich merke doch sofort, dass Sie nicht von hier sind. Keine der mir bekannten Kundinnen würde mich derartig frech anmachen.«

Ich lege meine Hand auf sein verschwitztes Hemd und schaue ihm direkt ins Gesicht. »Sie missverstehen mich! Ich bin lediglich an Ihren Pflanzen interessiert.«

Wenn ich mich nicht täusche, habe ich gerade ein leises »Schade« wahrgenommen.

Er bittet mich, ihm in den Laden zu folgen, um sich meine Rufnummer zu notieren. Während ich sie ihm langsam ansage, begutachte ich die Auslagen. Ich habe nicht erwartet, dass es hier auch Obst und Gemüse zu kaufen gibt. Mit einer Schale Erdbeeren, einem Pfund Aprikosen und drei Fleischtomaten begebe ich mich zur Kasse und zahle meinen Einkauf bei der Tochter des Hauses. Rechnen kann sie. Auf den Cent genau gibt sie mir auf den Zwanziger heraus.

Mit den Worten: »Dann vielleicht bis morgen«, verabschiede ich mich und fahre auf direktem Weg zu Annes Haus, wo noch eine Menge Arbeit auf mich wartet.

Ihr Wagen steht nicht mehr auf dem Hof. Demzufolge hat Tilda sich bereits auf den Weg zu ihrem Treffen gemacht. Es ist mir nicht entgangen, wie aufgeregt sie war. Es war mein voller Ernst, als ich ihr sagte, dass es keinen Grund zur Nervosität gebe und die Eltern ihres Freundes sie sofort lieb gewinnen werden. Wer auf Tilda trifft, der kann gar nicht anders, als sie zu mögen. Mal davon abgesehen, dass sie eine bildschöne junge Frau ist, ist sie patent, warmherzig und viel selbstbewusster, als ich es in ihrem Alter war. Das hat sie Anne zu verdanken. Meine beste Freundin hat es als alleinerziehende Mutter vollbracht, dass aus ihrer Tochter eine starke Persönlichkeit geworden ist. Ich war währenddessen ständiger Zaungast, denn mir war dieses Glück nicht vergönnt. Uli und ich sind ungewollt kinderlos geblieben. In den ersten Ehejahren hat mein Kinderwunsch unsere Beziehung stark belastet und hätte beinahe zur Trennung geführt. Erst als wir den Umstand akzeptieren konnten, haben wir an unserem Fundament weitergebaut. Niemals hätte ich gedacht, dass es jemals Risse bekommen würde. Doch das ist passiert. Wie nach einem Steinschlag auf der Windschutzscheibe, der nicht sofort behoben wird, hat sich der einstige Haarriss zu einem unübersehbaren Sprung ausgebreitet. Wir beide sind uns nicht mehr wichtig. Ich fehle ihm nicht. Würde er mich vermissen, hätte er nicht bei Anne, sondern auf meinem Handy angerufen und mich beschworen, wieder nach Hause zu kommen. Als wäre es Hexerei, klingelt es in diesem Moment. Die angezeigte Rufnummer ist mir unbekannt. Ich melde mich förmlich. »Mertens?«

»Ich bin es, Benno, von der Gärtnerei. Ich habe noch eine Nachfrage. Wollen Sie Impatiens von der Sorte Walleriana oder Neu-Guinea?«

»Walleriana, bitte.«

»Dann kann ich Sie glücklich machen. Die sind in ausreichender Menge vorhanden. Soll ich Ihnen die Ware morgen liefern oder kommen Sie vorbei und holen sie ab?«

Um alles in meinem Kleinwagen zu transportieren, müsste ich mehrmals fahren. Daher bitte ich um Lieferung und nenne ihm Annes Anschrift.

»Das ist doch die Glasgalerie Töpfer, oder?«

Ich bestätige und frage, wann ich mit der Anlieferung rechnen kann.

»Entweder komme ich, wenn ich auf dem Rückweg vom Großmarkt bin, oder ich bringe die Bestellung während der Mittagspause zwischen dreizehn und vierzehn Uhr.«

»Dann lieber morgens. Ich spendiere auch einen Kaffee.«

»Mit Milch und Zucker?«

»Das sollte ich hinbekommen. Dann bis morgen früh.«

»Ja, so gegen halb fünf. Plus/minus eine Viertelstunde.«

»Bitte? So früh?«

»Nur der frühe Vogel fängt den Wurm.«

Es ist nicht verwunderlich, dass die Blumen und Sträucher in Annes Garten nicht gedeihen. Der für die Lüneburger Heide typische karge Sandboden bietet kaum Nährstoffe. Bevor neue Pflanzen in die Beete gesetzt werden, muss zunächst der Untergrund aufbereitet werden.

Eine geschlagene Stunde habe ich damit zugebracht, das Erdreich umzugraben. Jetzt reicht es mir. Ich stelle den Spaten beiseite und beschließe, mich für mein Tagwerk mit einem Obstteller zu belohnen. Gerade entsteine ich die Aprikosen, als ich höre, dass ein Wagen vorfährt.

Weil ich wissen möchte, wer gekommen ist, verlasse ich die Küche, gehe hinaus und luge neugierig um die Ecke. Aber dort ist kein Auto zu sehen. Bestimmt hat nur jemand auf dem Grundstück gewendet, rede ich mir ein und kehre zurück ins Haus.

ANNE

Vollmacht

Fest untergehakt spaziere ich mit Vater über den Jungfernstieg. Ich habe ihm versprochen, später am Fähranleger eine Pause einzulegen und mit ihm die Barkassen der Weißen Flotte zu beobachten, die Passagiere über die Alster schippern. Gern würde ich seinen Wunsch erfüllen und mit ihm eine Rundfahrt unternehmen. Aber dazu fehlt heute die Zeit. Bevor die Dame von der Pflegevermittlung eintrifft, möchte ich unbedingt mit ihm bei der Bank vorsprechen.

Mal wieder sperrt er sich. »Was soll ich da?«

»Wir müssen dorthin, damit du eine neue Karte bekommst«, flunkere ich. Der wahre Grund ist, dass ich dringend eine Vollmacht benötige, die mich berechtigt, künftig Zugriff auf seine Finanzen zu erhalten. Wie ich telefonisch erfahren habe, gibt es für diesen Zweck vorgefertigte Formulare, die wir lediglich unterschreiben müssen.

Wir müssen nicht warten und werden am Schalter sogleich bedient. Leider nicht von der Dame, mit der ich vorhin gesprochen habe. Deshalb muss ich ganz von vorn beginnen.

»Mein Name ist Töpfer. Es geht um das Konto meines Vaters, Robert Töpfer. Ich habe bereits heute Vormittag seine EC-Karte als gestohlen gemeldet.«

»Was? Meine Karte wurde gestohlen?«, brüllt Vater in einer Lautstärke, die mir mehr als unangenehm ist.

»Das weißt du doch«, sage ich zu ihm. Beim Bankberater entschuldige ich mich. »Mein Vater ist dement, deshalb …« Weiter komme ich nicht, denn Robert fällt mir sofort ins Wort.

»Ich bin was? Was erlauben Sie sich?« Er tritt einen Schritt zurück und schaut mich erbost an. »Wer ist diese dicke Frau? Warum bringt sie mich hierher?«

Der Bankmensch zeigt Verständnis. So als wäre nichts passiert, schaut er auf seinen Monitor.

»Robert Töpfer, ich habe ihn gefunden.« Dann wendet er sich mit einem freundlichen Lächeln an Vater. »Mensch, Herr Töpfer. Sie sind schon länger als fünfzig Jahre Kunde bei uns.«

»Nein«, widerspricht er sofort. »Ich habe mein Konto am 14.3.1962 eröffnet.«

Ist das zu glauben? Das weiß er, aber dass die dicke Frau seine Tochter ist, die sich seinetwegen gerade in Grund und Boden schämt, weiß er nicht.

»Es geht um eine Kontovollmacht. Sie sehen ja selbst, in welchem geistigen Zustand sich mein Vater befindet«, erkläre ich betont leise. Gleich danach greife ich in meine Handtasche und nehme den Personalausweis aus der Brieftasche, um darzulegen, dass es sich bei der dicken Frau tatsächlich um Robert Töpfers Tochter handelt. Gerade will ich ihm das Dokument überreichen, als er mir erklärt, dass das nicht mehr nötig sei.

»Sie sind doch bereits bevollmächtigt, Frau Töpfer.«

»Ganz sicher nicht«, entgegne ich entschieden.

»Sind Sie nicht Frau Ella Töpfer?«

»Bitte was?«, echauffiere ich mich. »Sie ist kontobevollmächtigt? Seit wann?«

Mein barscher Ton und mein giftiger Blick scheinen den jungen Mann zu verunsichern. »Schon eine Weile«, antwortet er eingeschüchtert, ohne genauere Angaben über den Zeitpunkt zu machen.

Ich bin fassungslos. »Das ist der Gipfel der Unverschämtheit.« Diese Frau, die ich bewusst nicht Schwester nenne, hat sich vor zwanzig Jahren aus unserem Familienkreis verabschiedet. Sie ist weder zu Mutters Beerdigung erschienen, noch hat sie jemals einen Finger für Vater gekrümmt. All das blieb an mir hängen. Und ausgerechnet ihr erteilt er eine Vollmacht. In diesem Moment ist es mir völlig egal, ob Robert im Hier und Jetzt ist. Wutentbrannt schimpfe ich: »Warum hast du das gemacht, Papa?«

Er antwortet nicht, weil er mich gar nicht hören kann. Unbemerkt hat er sich aus dem Staub gemacht.

»Verdammt, wo ist er hin?«

Weit kann er nicht gekommen sein, rede ich mir ein und stürme aus der Bank. Mit den Augen scanne ich den Bürgersteig rechts und links nach ihm ab, doch ich kann ihn nicht entdecken.

»Na, bravo«, ärgere ich mich und bete, dass er den gleichen Weg zurückgegangen ist, den wir bis hier genommen haben. Gerade will ich mich in Richtung Fähranleger aufmachen, als ich höre, dass jemand meinen Namen ruft.

»Frau Töpfer, warten Sie, bitte. Ihr Vater ist hier.«

Ich drehe mich um und blicke in das konsternierte Gesicht des Bankangestellten. »Offensichtlich hat Ihr Vater eine Notdurft verspürt und das Treppenhaus mit den Toiletten verwechselt.«

Ich fasse mir an den Kopf und traue mich gar nicht zu fragen. »Großes oder kleines Malheur?«

Peinlich berührt hebt er die Brauen. »Ich fürchte, es handelt sich um ein großes Missgeschick. Immerhin war er noch so helle und hat sich vorher die Hose heruntergezogen. Eine Kollegin bringt ihn gerade zu den Waschräumen. Aber sie wäre Ihnen dankbar, wenn Sie jetzt übernehmen könnten.«

»Oh, mein Gott.«

TILDA

Saltimbocca

Ich habe Birtes Rat befolgt und mich für Jeans, Bluse und Jacke entschieden. »Auf in die Schlacht«, sporne ich mich an, als ich vor dem Restaurant aus dem Wagen steige.

Ich bin keine Minute zu spät, eher zu früh, doch meine Nachfrage nach der Reservierung auf den Namen Richter löst Verwunderung bei mir aus.

»Die Herrschaften sind bereits eingetroffen. Darf ich Sie zu Ihrem Platz begleiten?«

»Nicht nötig«, denn ich habe Luka bereits an einem Vierertisch entdeckt. Er blinzelt mir zu, während ich mich im aufrechten Gang auf meinen neuen Ballerinas nähere. »Guten Abend«, wünsche ich und reiche seiner Mutter zuerst die Hand, nachdem es mein Freund versäumt hat, aufzustehen und mich vorzustellen. Sie macht eine Faust, wie es einige Leute trotz überstandener Pandemie immer noch handhaben. Na gut, denke ich und balle meine Finger auch, um Herrn Richter zu begrüßen. Der wiederum erwartet einen Handschlag von mir. Das fängt ja gut an, denke ich und nehme Platz. »Vielen Dank für die Einladung.«

»Bedanke dich nicht bei uns, sondern bei Luka«, fletscht Frau Richter. »Er hat uns heute herzitiert. Offenbar will er uns etwas Wichtiges mitteilen, aber bisher hat er den Mund noch nicht aufgemacht.«

»Bestimmt wollte er warten, bis wir vollzählig sind«, mutmaßt Herr Richter und schaut Luka erwartungsvoll an.

»Es gibt keine Verkündung. Tilda hatte den Wunsch, euch kennenzulernen. Das war's.«

Er hat mich frech angelogen. Eigentlich sollte ich sauer sein. Aber ich bin ihm nicht böse. Vermutlich wäre es nie zu einem Treffen gekommen, hätte er nicht zu dieser List gegriffen.

»Gott sei Dank. Ich hatte schon die schlimmsten Befürchtungen«, platzt es aus Frau Richter sichtlich erleichtert heraus.

Ich nehme ihren Ball auf. »Was haben Sie denn Schlimmes befürchtet?«

»Ach«, seufzt sie theatralisch. »Verlobung, Hochzeit, ein zweites Enkelkind. Bei meinem Sohn weiß ich nie, womit er uns überrascht.«

Ich pariere sofort. »Hoffentlich hatten Sie deswegen keine schlaflose Nacht. Denn Ihre Befürchtungen waren derart abwegig, dass allein der Gedanke daran pure Verschwendung gewesen wäre. Luka und ich brauchen keinen Trauschein. Uns reicht es völlig aus zu wissen, dass wir zusammengehören.«

Mit dieser Ansage habe ich die Malerin für einen Moment mundtot gemacht. Herrn Richter nicht.

»Deine Freundin gefällt mir. Warum lernen wir sie jetzt erst kennen?«

»Gute Frage«, stimme ich ihm zu und greife zur Speisekarte.

»Wir haben schon gewählt«, lässt mich Lukas Mutter wissen und deutet auf den Ober, der keinen Meter von uns entfernt steht und darauf wartet, unsere Speisewünsche entgegenzunehmen.

»Keine Sorge, bei mir geht es schnell. Ich nehme Saltimbocca, aber statt Brokkoli hätte ich lieber Blattspinat. Ist das möglich?«

Der Ober nickt und nimmt die Karten vom Tisch.

»Und was möchten Sie trinken?«, erkundigt er sich.

Nach einem kurzen Blick auf die gefüllten Gläser, die vor mir stehen, erkläre ich, dass ich mich anschließen werde. Noch immer ist mir nicht klar, weshalb bereits Wein und Wasser serviert wurde. Ich war überpünktlich.

»Du isst Fleisch?«, werde ich von Frau Richter pikiert gefragt.

Ich nicke und nehme Luka das Wasserglas ab, das er mir gerade eingeschenkt hat. »Ja, nicht täglich, aber wenn, dann mit großem Appetit. Sie nicht?«

»Selten, eher äußerst selten, aber wenn, dann niemals Kalb oder Lamm. Ich könnte es nicht mit meinem Gewissen vereinbaren, dass ein junges Tier für mich sterben muss.«

Hier wird gleich ein ganz anderer sterben, sollte Luka sich nicht sofort am Gespräch beteiligen. Er sitzt wie ein kleiner Junge neben mir und hat sich bisher kaum geäußert.

»Geht es dir nicht gut, Schatz? Du bist so schweigsam.«

Er legt seinen Arm um mich und entschuldigt sich. »Sorry, ich überlege gerade, wie ich meine anstehenden Termine verschieben kann. Mein Vater hat mich gebeten, gemeinsam mit ihm unsere alte Hermine herzuholen.«

»Wer ist Hermine? Eine Tante? Ein Hund oder eine Katze?«

Ich schaue in die Runde und werde laut ausgelacht.

»Nein, Hermine ist unsere Segeljacht«, lässt Herr Richter mich wissen. Danach platzt der Knoten. Fortan geht es ungezwungener zu.

»Wir sind passionierte Segler. Kannst du dich auch dafür begeistern?«, fragt mich Frau Richter.

»Das kann ich erst beantworten, wenn ich es mal ausprobiert habe. Aber ich befürchte, dass hoher Seegang nicht mein Ding ist.«

»Die Gefahr besteht im Göta-Kanal nicht. Warum kommst du nicht mit und begleitest uns?«, schlägt sie unerwartet vor.

Luka schüttelt den Kopf. »Wie stellst du dir das vor, Mama? So kurzfristig bekommt sie keinen Urlaub.«

Ich atme tief durch die Nase aus. »Nee, den bekommt ›sie‹ nicht, denn den hat ›sie‹ heute schon erhalten«, entgegne ich verärgert und erinnere ihn daran, dass ich einen Namen habe und es nicht mag, wenn in meinem Beisein in der dritten Person von mir gesprochen wird. Er schluckt.

»Göta-Kanal? Der ist in Schweden, richtig?«, erkundige ich mich bei Herrn Richter.

Er nickt und klärt mich auf. »Ganz genau. Er führt quer durchs Land. Darauf bringen wir das Boot von Göteborg nach Stockholm. Die Passage dauert fünf oder sechs Tage. Auf der Strecke müssen wir zahlreiche Schleusen und Brücken passieren. Deshalb hätte ich Luka gern als helfende Hand dabei. Und dich natürlich auch. Platz ist ausreichend vorhanden.«

»Unsere Hermine verfügt über drei komfortable Kajüten«, berichtet Frau Richter stolz. »Es wäre doch eine gute Gelegenheit, einander näher kennenzulernen, bevor mein Mann und ich auf große Fahrt gehen.«

»Große Fahrt? Wo soll es denn hingehen?«, frage ich interessiert nach.

»Wohin der Wind uns binnen vier Wochen trägt«, schwärmt sie. Ich kann ihre Vorfreude förmlich spüren.

»Was meinst du, Tilda? Bist du dabei, oder gibst du uns einen Korb?«, setzt Lukas Vater nach.

»Klingt nach einem tollen Abenteuer. Ich bin dabei.«

Luka reagiert auf meine spontane Zusage mit versteinerter Miene. Warum schaut er so verkniffen? Ich frage nach.

»Weil ich hungrig bin. Warum dauert es heute so lange?«

Ich bin mir absolut sicher, dass das nicht der wahre Grund für seine Übellaune ist.

Nach dem Essen und einem Absacker auf Kosten des Hauses, begleicht nicht Luka, sondern sein Vater die Rechnung. Seine Eltern verabschieden sich, und ich erhalte die Gelegenheit, ihn erneut zu fragen, warum er sich die ganze Zeit so mürrisch verhalten hat.

»Du bist blind in ihre Falle getappt! Warum hast du bloß sofort zugesagt?«

»Warum nicht? Hätte ich die Chance auf eine kostenlose Reise mit dir etwa ausschlagen sollen?«

»Ich garantiere dir, das wird ein Horrortrip!«

Eng schmiege ich mich an meinen Nörgler. »Ach, Luka, die Aussicht darauf, mit mir in einer engen Kajüte zu kuscheln, sollte doch auch dir gefallen. Oder?«

»Dafür brauchen wir keine Kajüte. Beengt haben wir es auch in meiner kleinen Butze. Kommst du heute mit zu mir?«

Obwohl ich mich in seinem ungemütlichen Apartment nicht wohlfühle, stimme ich zu.

BIRTE

Für Lieschen

Statt den Abend vor dem Fernseher zu verbringen, stelle ich meinen Laptop an und widme mich meiner neuesten Lieblingsbeschäftigung. Seit ich mir eine Software für Landschaftsbau zugelegt habe, kann ich Stunden damit verbringen, virtuelle Gärten zu planen. Es hat eine Weile gedauert, bis ich mit dem Programm umgehen konnte, aber mittlerweile beherrsche ich es aus dem Effeff. Dass meine Konzepte niemals realisiert werden, ist zwar schade, mindert meinen Enthusiasmus jedoch nicht.

Mit einem Mausklick öffne ich das Archiv, in dem sich bereits zahlreiche Entwürfe befinden. Meine Wahl fällt auf »Projekt Nummer 12«, für das mir Annes Grundstück als Vorlage diente. Heute werde ich den Plan modifizieren, bis aus dem ursprünglichen Bauerngarten ein Heidegarten geworden ist.

Hoch konzentriert bin ich bei der Arbeit. Ich tausche anspruchsvolle Pflanzen gegen anspruchslose aus, als mein Handy klingelt. Es ist Anne, die zu dieser späten Stunde noch dringenden Gesprächsbedarf hat. Sie erklärt, den »schlimmsten Tag ever« erlebt zu haben, und berichtet mir haarklein vom überaus peinlichen Zwischenfall, der sich im Treppenhaus der Bank zugetragen hat.

»Wenn du glaubst, dass das schon alles war, irrst du dich. Das, was dem Ganzen die Krone aufgesetzt hat, kommt jetzt: Mein Vater hat Ella eine Kontovollmacht erteilt. Wann sie sich bei ihm eingeschlichen und ihn um den Finger gewickelt hat, kann ich nicht mit Bestimmtheit sagen, aber ich vermute, dass es vor einem Vierteljahr war. Das würde die zahlreichen Barabhebungen erklären, die seit drei Monaten stattgefunden haben. Zunächst habe ich angenommen, dass Robert seine EC-Karte verloren hat, aber mittlerweile bin ich fest davon überzeugt, dass sie sein Konto geplündert hat. Aber damit ist jetzt Schluss. Beim nächsten Versuch, am Automaten Geld abzuheben, wird die Karte eingezogen.«

Anne hat sich in Rage geredet. Sie ist auf hundertachtzig. Ihr in diesem Moment vorzuschlagen, die alte Geschichte mit ihrer Schwester endlich ruhen zu lassen und sich die Verantwortung für Robert mit ihr zu teilen, würde einen Tsunami auslösen. Auch nach all der Zeit ist meine Freundin nicht bereit, das Geschehene hinter sich zu lassen. Von wegen: Zeit heilt alle Wunden.

»Wie geht es denn nun mit deinem Vater weiter? Hast du eine Pflegerin für ihn bekommen?«

Sie bejaht. »Wenn alles klappt, werde ich schon am Sonntag wieder im eigenen Bett schlafen.«

Ich spreche ihr Mut zu. »Kopf hoch! Die drei Tage schaffst du auch noch.«

Ob ich es bis dahin schaffe, sie mit einem gepflegten Garten zu überraschen, bleibt abzuwarten.

Anne verabschiedet sich. Sie wird sich hinlegen. Ich verspüre noch keine Müdigkeit und bleibe wach. Viel zu lang, wie sich wenig später herausstellt.

Als der Gärtner bei Sonnenaufgang klingelt, habe ich erst drei Stunden geschlafen. Bevor ich völlig verknautscht die Haustür öffne, ziehe ich eine Jacke über mein Nachthemd und schlüpfe barfuß in meine Schlappen. Kraftlos watschle ich hinaus zu seinem Transporter. »Haben Sie alles bekommen?«

Er nickt. »Ist der Kaffee schon fertig?«

Ich bereue zutiefst, ihm gestern dieses Angebot gemacht zu haben. Lieber würde ich schnellstens die Blumen bezahlen und mich sofort wieder aufs Ohr legen. Aber ich stehe zu meinem Wort. »Noch nicht. Geben Sie mir fünf Minuten.«

Während ich Kaffee zubereite, holt er die Kisten aus seinem Transporter und stellt sie vor der Scheune ab.

Durch das Küchenfenster beobachte ich, wie er die frisch geharkten Beete in Augenschein nimmt.

»Haben Sie etwa vor, die Impatiens und das Efeu dort einzupflanzen?«, ruft er.

Ich schenke zwei Becher Kaffee ein, seinen mit Milch und Zucker, meinen schwarz, und gehe hinaus zu ihm.

»Nein, damit werde ich die Kästen und Kübel bestücken«, erkläre ich und reiche ihm das Heißgetränk. »Was die Beete angeht, bin ich noch unschlüssig. Lavendel, Akelei und Storchschnabel würden sich anbieten. Aber meine Freundin ist keine passionierte Gärtnerin. Sie bringt es fertig, Kakteen verdursten zu lassen. Deshalb habe ich überlegt, eventuell einen Steingarten anzulegen und den mit Gräsern zu bepflanzen.«

»Ich habe Blauschwingel und Federgras im Wagen.«

Nach einem kurzen Blick auf die Ladefläche werde ich augenblicklich putzmunter. »Handelt es sich bei der Hydrangea paniculata etwa um die Sorte ›Limelight‹? Schon seit zwei Jahren bin ich auf der Suche danach. Mich faszinieren die außergewöhnlichen hellgrünen Blüten. Die würden sich ausgezeichnet in meinem Garten in Hamburg machen.«

»Sie wohnen in Hamburg? Dann sind Sie nur zu Besuch hier?«

Ich nicke und frage nach dem Preis.

»Das kann ich Ihnen nicht aus dem Stegreif beantworten. Dafür müsste ich erst auf die Rechnung gucken.«

»Apropos Rechnung. Was bin ich Ihnen schuldig?«

Statt mir die Summe zu nennen, zieht er einen Zettel aus seiner Hosentasche und reicht ihn mir. Ich muss lachen. Nicht über die geforderte Summe, die ich für angemessen halte, sondern über seine handschriftliche Notiz, die er auf die Einkaufsliste gekritzelt hat. »Für Lieschen aus der Glasgalerie.«

»Moment, ich hole rasch mein Portemonnaie.«

»Haben Sie es passend?«

Das habe ich nicht und biete ihm Kartenzahlung an. Aber das war ein dummer Vorschlag. Selbstverständlich hat er kein Lesegerät dabei.

»Kein Problem, kommen Sie einfach später im Laden vorbei.« Er bedankt sich für den Kaffee und gibt mir den Becher zurück.

»Ich habe zu danken«, erwidere ich und warte, bis er vom Hof fährt.

Mich wieder hinzulegen macht keinen Sinn mehr. Jetzt bin ich wach. Hellwach bin ich, nachdem ich geduscht habe.

Einige Minuten verweile ich auf der Veranda und lausche dem fröhlichen Gezwitscher der Vögel. Sie verbreiten lautstark ihre melodischen Rufe, während die Blätter der umstehenden Bäume noch mit Tau bedeckt sind und unter den ersten Sonnenstrahlen glänzen.

»Morgenstund hat Gold im Mund«, sinniere ich und genieße diesen friedlichen Moment, den ich, wenn ich in Hamburg wäre, gewiss verschlafen hätte. Doch dann klatsche ich in die Hände. »Auf geht's! Die Arbeit macht sich nicht von allein.«

Höchst zufrieden betrachte ich zwei Stunden später die Arrangements von Lieschen und Efeu, als Tilda nach Hause kommt. Mit einer Brötchentüte in der Hand bewegt sie sich freudestrahlend auf mich zu.

»Meine Güte, ist das hübsch. Du hast wirklich ein Händchen für Blumen«, werde ich gelobt und sogleich von ihr zum Frühstück eingeladen.

»Na, wie war der Abend mit Lukas Eltern?«

Sie zeigt Daumen hoch, doch ihr Gesichtsausdruck sagt etwas anderes.

Erst in der Küche rückt sie mit der Sprache heraus. »Ich habe mich gestern zu etwas hinreißen lassen, das ich im Nachhinein bereue. Ohne über die Konsequenzen nachzudenken, habe ich zugestimmt, Luka und seine Eltern auf einen einwöchigen Segeltörn durch Schweden zu begleiten.«

Mir ist nicht klar, was Tilda mit »Konsequenzen« meint, und hake nach.

»Ich kann Mutter doch jetzt nicht mit Opa alleinlassen.«

Mein Widerspruch folgt auf dem Fuße. »Sie ist nicht allein. Schon am Sonntag tritt eine Pflegerin ihren Dienst an.«

»Ich weiß. Aber die arbeitet keine vierundzwanzig Stunden, sondern höchstens sieben. Danach muss jemand von uns übernehmen. Obwohl ich mich sehr auf die Reise gefreut habe, kann ich Mutter nicht hängen lassen. Es führt kein Weg daran vorbei, ich werde Lukas Eltern absagen.«

»Stopp, Süße! Nicht so schnell. Schließlich bin ich auch noch da.«

Sie lächelt gequält. »Das ist lieb von dir, aber ich kann dein Angebot nicht annehmen. Mein Chef hat mir keinen spontanen Urlaub genehmigt, um durch den Göta-Kanal zu schippern, sondern um meine familiären Angelegenheiten zu regeln.«

»Du musst es ihm doch nicht auf die Nase binden.«

»Es bleibt dabei. Ich fahre nicht mit.«

Was Sturheit angeht, steht Tilda ihrer Mutter in nichts nach. Aber das trifft ebenso auf ihre Gewissenhaftigkeit zu. Gleich nachdem wir gefrühstückt haben, macht sie sich auf den Weg, um Anne abzulösen.

Gestärkt setze ich meine Pflanzarbeiten fort und zaubere mit den Schmuckkörbchen eine farbenfrohe Sommerwiese.

ANNE

Reine Nervensache

»Nein, Papa, ich kann nicht mit dir frühstücken. Ich muss nüchtern bleiben«, erkläre ich ihm bereits zum dritten Mal.

»Wo ist sie denn hin? Eben war sie doch noch da.«

»Tilda kommt gleich wieder. Sie ist nur rasch nach Hause gefahren, um sich umzuziehen. Sobald sie wiederkommt, lasse ich euch allein. Ich muss zum Arzt. Aber ich beeile mich.«

»Du gehst weg? Das ist gut. Ich will nicht, dass du hier bist. Ich mag dich nicht.«

Warum er sich ausgerechnet mir gegenüber so böse verhält, ist mir schleierhaft. Bis zu seiner Diagnose hatten wir das beste Verhältnis. Täglich haben wir miteinander telefoniert und uns regelmäßig besucht. Ich bin sogar mit ihm in den Urlaub gefahren, als er nach Mutters Tod in seiner Trauer zu versinken drohte.

Obwohl mich seine offensichtliche Abneigung mitten ins Herz trifft, bleibe ich gelassen. »Das macht nichts, Papa. Ich mag dich trotzdem und habe dich sehr lieb.«

»Die Fenster …«, beginnt er.

Ich kann das Wort »Fenster« nicht mehr hören und falle ihm ins Wort. »Die putze ich heute Nachmittag, okay?«

Es geht in die vierte Runde. »Wo ist sie denn hin? Eben war sie doch noch da.«

Auch ich kann es kaum erwarten, dass Tilda eintrudelt, damit ich die Gelegenheit erhalte, diesem Wahnsinn für eine Stunde zu entfliehen.

Kurz nach zehn hupt sie. Bei laufendem Motor vollziehen wir einen fliegenden Wechsel.

»Mama, du siehst total fertig aus«, attestiert sie mir. Ich sehe nicht nur so aus, ich bin es. Und zwar mit »Jack un Büx«, wie man in Hamburg sagt.

Auf wackligen Beinen betrete ich eine Viertelstunde später die Praxis.

»Töpfer, ich komme nur zur Blutabnahme«, erkläre ich und muss mich am Empfangstresen festhalten, weil mir ganz schwummrig vor Augen ist.

Die Resolute schaut auf die Uhr. »Sie sind zu spät dran. Das Labor hat die heutigen Proben bereits abgeholt.«

Wie sie kann auch ich patzig werden. »Na und? Dann wird meine Probe halt am Montag untersucht. Wo ist das Problem?«

Mit einem unfreundlichen Blick schickt sie mich in die Kabine. Ich bin heilfroh, dass nicht sie, sondern eine junge Kollegin mir die Nadel in den Arm stechen wird. Die ist netter, trifft aber die Vene nicht. Nach dem vierten missglückten Versuch gibt sie auf.

»Das soll lieber der Doc machen«, erklärt sie und lässt mich allein. Während ich auf Uli warte, bemerke ich, dass meine Hände zittern.

Minuten später wird die Tür aufgerissen, und der Gott in Weiß tritt herein. »Keine Angst, Anne, du hast es gleich überstanden. Schließe die Augen, wenn du dabei nicht zusehen kannst.«

»Ich habe keine Angst, sondern bin völlig mit den Nerven am Ende.«

Er lacht. »Jetzt schon? Wenn Birte dich bereits nach zwei Tagen stresst, bekommst du vielleicht eine Vorstellung davon, was ich all die Jahre durchgemacht habe.«

»Wer redet denn von deiner Frau?«

»Streite nicht ab, dass sie bei dir ist. Ich bin gestern Abend in die Heide gefahren und habe ihren Wagen auf deinem Hof stehen sehen.«

»Birte hat damit gar nichts zu tun. Es ist mein Vater, der mich die letzte Kraft kostet.«

Jetzt ist es passiert. Ich breche in Tränen aus. Völlig aufgelöst berichte ich von Roberts Zustand. »Er erkennt mich nicht. Für ihn bin ich die dicke Frau, die seine Fenster putzt. Ständig beschimpft und beleidigt er mich. Wenn ich ihm beim Ankleiden helfen will, stößt er mich weg. Heute Morgen hat er mir zweimal das Wasserglas aus der Hand geschlagen. – Oh, jetzt wird mir richtig schwindelig.«

Nun scheint Uli zu begreifen, dass er es mit einer Patientin zu tun hat, die kurz vor einem Kreislaufkollaps steht. Er hilft mir, mich flach auf die Liege zu legen, und stellt meine Beine hoch. Danach ruft er eine seiner Helferinnen und trägt ihr auf, Saft und Kekse zu bringen.

»Bleibe ruhig liegen, Anne. Gleich wird es dir besser gehen.«

Nach gefühlten fünf Minuten will ich aufstehen. Zwar bin ich noch immer benommen, aber das sollte sich legen, sobald ich getrunken und einen Keks gegessen habe.

Ich will mich verabschieden, doch Uli lässt mich noch nicht gehen. Zum zweiten Mal in dieser Woche misst er meinen Puls und kontrolliert meinen Blutdruck.

»Hast du diese Zitter- und Schwindelanfälle öfter?«

»Nein, noch nie. Aber ist das verwunderlich? Es ist elf Uhr durch, und ich habe nicht gefrühstückt.«

»Bleib doch noch, Anne. Es warten nur noch zwei Patienten auf mich. Danach habe ich Zeit und lade dich ein. Beim Essen kannst du mir ausführlich Bericht erstatten.«

»Nette Idee, aber ich muss dringend zurück. Ich kann Tilda nicht so lange mit Robert allein lassen.«

Uli reicht mir eine Informationsbroschüre »Leben mit Demenz«. »Danke, doch die und all die anderen Ratgeber kenne ich schon in- und auswendig.«

»Hast du schon einmal darüber nachgedacht, dich einer Selbsthilfegruppe für Angehörige anzuschließen?«

Was redet er denn? Glaubt er, dafür hätte ich Zeit? Mein Tag hat schon jetzt zu wenig Stunden. Ich wechsle das Thema. »Rufst du mich an, wenn das Ergebnis vorliegt?«

Er nickt. Bevor ich die Behandlungskabine verlasse, drehe ich mich noch einmal um. »Soll ich Birte etwas von dir ausrichten?«

Seine Antwort fällt einsilbig aus. »Nein.«

Die beiden benehmen sich wie zwei unreife Kinder. Statt ihre Differenzen wie Erwachsene auszutragen, verkriecht meine Freundin sich bei mir und wartet darauf, dass er den ersten Schritt auf sie zumacht. Warum ruft er sie nicht einfach an, anstatt in der Heide nach ihr zu suchen? Nachdem er gestern ihren Wagen auf meinem Hof aufgespürt hat, hätten sie in aller Ruhe reden können. Aber er ist abgefahren, ohne sich bemerkbar zu machen. Das verstehe, wer will, ich kapiere es nicht. Verständnislos verlasse ich die Praxis.

Bereits heute Morgen habe ich beim Lieferservice angerufen und das Essen auf Rädern abbestellt. Heute werde ich kochen. Ab Montag wird das Roberts neue Mitbewohnerin erledigen. In der Theorie macht der Plan, den ich mit der Agenturchefin vereinbart habe, Sinn. Ob er in der Praxis tatsächlich funktionieren wird, muss sich erst herausstellen.

Jetzt gilt es, Roberts Vorräte aufzufüllen. Ich suche den Supermarkt auf und packe alles in den Einkaufswagen, was für eine Woche nötig ist. An der Fleischtheke bin ich versucht, bei ihm anzurufen und zu fragen, worauf er Appetit hat. Ich lasse es bleiben, da ohnehin nicht davon auszugehen ist, eine klare Antwort von ihm zu erhalten. Vielleicht ist er mir wohlgesinnter, wenn ich ihm seine Lieblingsspeisen auf den Tisch bringe.

»Drei Kalbsschnitzel und zwei Kilo gemischtes Gulasch«, sage ich zur Verkäuferin und klammere meine Hände, so fest ich kann, um den Griff des Einkaufswagens. Der Schwindel ist zurück. Ich sende ein stummes Stoßgebet in den Himmel. »Lieber Gott, bitte sorge dafür, dass ich jetzt nicht umkippe.«

TILDA

Schlüsselfrau

Obwohl ich längst beschlossen habe, Luka und seine Eltern nicht auf ihrem Törn zu begleiten, schwirrt mir ihr Angebot noch immer im Kopf herum. Liebend gern würde ich mit ihnen segeln, denn anders als Mutter war ich noch nie in Schweden. Sie reist seit Jahren regelmäßig dorthin und trifft sich mit Glaskünstlern, die vornehmlich im Südosten von Småland ansässig sind. Als Kind habe ich sie oft gefragt, warum ich sie nie begleiten darf. Jedes Mal bekam ich die gleiche Antwort: »Ich fahre nicht in den Urlaub, Tilda-Mäuschen, sondern muss arbeiten. Du würdest dich nur langweilen. Wir machen was Schönes, wenn ich wieder zu Hause bin.« Von ihren kurzen Exkursionen brachte sie mir stets etwas mit. Nichts aus Glas, wie man vermuten könnte, sondern aus Holz. Rot bemalte Pferdchen, die von Hand geschnitzt werden. Meine umfangreiche Kollektion umfasst alle Größen von drei bis fünfundsiebzig Zentimeter. Obwohl Mama bekanntlich kein TV-Junkie ist, versäumt sie weder Krimis noch Schmonzetten, die in ihrem geliebten Schweden gedreht wurden. Sollte ihr die Geschichte zu trivial sein, schaltet sie den Kasten nicht etwa aus, sondern betätigt lediglich die Stummtaste auf der Fernbedienung. »Die

Handlung interessiert mich nicht die Bohne, es geht mir ausschließlich um die Bilder«, höre ich sie in Gedanken sagen. Beim Wort »Bilder« durchzuckt mich ein Geistesblitz. Mutter hat auf ihren Reisen stets unzählige Fotos geknipst. Nach ihrer Rückkehr ließ sie davon Alben drucken und hat sie meinen Großeltern geschenkt. Statt Opa aus der Zeitung vorzulesen, nehme ich einen dieser Bildbände aus dem Bücherregal und setze mich zu ihm an den Küchentisch. Vor seinen Augen schlage ich die erste Seite auf, die die Überschrift »Småland Herbst 2016« trägt.

»Warum schauen wir uns das an?«, will er wissen.

»Das ist Mamas Sehnsuchtsort. Schau doch mal, wie traumhaft schön es dort ist. Es muss himmlisch sein, direkt an einem See zu wohnen. Oder was meinst du?«

»Ich will da nicht hin. An Seen gibt es viele Mücken.«

Ich blättere weiter und staune über die gestochen scharfen Landschaftsaufnahmen. Mutter ist wirklich eine begnadete Fotografin. Das Bild, auf dem ein kleines rotes Holzhaus zu sehen ist, das sich im Wasser spiegelt, hat es mir besonders angetan. Dort wäre ich jetzt gern, zusammen mit Luka. In meiner Vorstellung rennen wir Hand in Hand über den langen Holzsteg und springen simultan in die Fluten.

Für eine Weile ist es mir gelungen, Opa zu beschäftigen. Nun rutscht er ungeduldig auf dem Stuhl herum.

»Musst du zur Toilette? Soll ich dich ins Bad bringen?«

Er will nicht ins Bad, sondern in den Garten gebracht werden. Doch vorher nimmt er seine gesteppte Jacke von der Garderobe, in die ich ihm helfen soll.

»Die brauchst du heute nicht. Draußen ist es warm.«

Doch er besteht darauf.

»Wo ist sie denn hin?«, fragt er mich. »Eben war sie doch noch da.«

»Sie ist beim Arzt und wird danach noch einkaufen. Bestimmt kommt sie bald wieder. Dann kochen wir ein leckeres Mittagessen.«

Brummend lässt er sich in den Gartenstuhl fallen. »Das verstehe ich nicht. Eben war sie doch noch da.«

Die Sonne scheint ihm direkt auf den Kopf. Rasch flitze ich hinein und hole seine Schirmmütze, um seine Glatze vor einem Sonnenbrand zu schützen, als ich Schließgeräusche wahrnehme. Das ging aber schnell, denke ich. So zeitig habe ich nicht mit Mutters Rückkehr gerechnet.

»Wo steckst du?«, tönt es aus der Küche.

Gerade will ich antworten, dass wir draußen sind, als ich eine mir wildfremde Frau im Türrahmen stehen sehe.

»Wer sind Sie?«, will ich wissen.

Der Frau steht der Schreck ins Gesicht geschrieben. Doch statt mir zu antworten, entschuldigt sie sich. »Tut mir leid, ich habe nicht gewusst, dass du Besuch hast. Ich habe dir Obst besorgt. Die Tüte lege ich auf den Küchentisch.« Sie winkt Opa zu und dreht sich auf dem Absatz um.

»Halt! Nicht so schnell«, rufe ich und laufe ihr nach. Noch bevor sie im Flur die Haustür erreicht, stelle ich sie und wiederhole meine Frage.

»Wer sind Sie? Und weshalb haben Sie einen Schlüssel zum Haus meines Großvaters?«

»Wenn Robert dein Großvater ist, musst du Tilda sein.«

Was stimmt nicht mit dieser Person? Sie weiß, wer ich bin, besitzt die Frechheit, mich zu duzen, aber weigert sich, mir zu verraten, wer sie ist. Ich lasse nicht locker.

»Es gibt zwei Möglichkeiten«, beginne ich und versperre ihr den Weg, um sie daran zu hindern abzuhauen, was sie augenscheinlich beabsichtigt. »Entweder, Sie sagen mir auf der Stelle, wer Sie sind und was Sie hier zu suchen haben, oder ich rufe die Polizei.« Meine Drohung zeigt Wirkung.

Sie atmet tief aus. »Ich bin Ella.«

Der Name ist während der letzten Tage häufiger gefallen, erklärt aber nicht, welche Rolle diese Ella spielt. Genau das will ich von ihr wissen.

»Ich bin Roberts Tochter, die Schwester deiner Mutter und deine Tante.«

Ungläubig starre ich sie an. »Wollen Sie mich für dumm verkaufen?«

»Deiner Reaktion nach zu urteilen, weißt du nichts von meiner Existenz.«

»Ganz richtig«, bestätige ich und schaue sie noch immer fassungslos an. Sie hält meinem Blick nicht stand, macht eine Kehrtwendung und marschiert in den Garten. Vor meinen Augen drückt sie Opa einen Kuss auf die Wange. »Ich komme ein anderes Mal wieder.«

Schneller, als ich gucken kann, verschwindet sie durch die Gartenpforte.

Um zu begreifen, was hier gerade passiert ist, knöpfe ich mir Opa vor. »Stimmt das, was die Frau gesagt hat? Hast du eine Tochter, die Ella heißt?«

Mal wieder weiß er nicht, was ich von ihm will. Ich setze nach. »Wer ist Ella, Opa?«

Er lacht. »Das bist doch du, Kindchen.«

»Nein, ich bin Tilda, deine Enkelin. Wer war die Frau, die dich gerade geküsst hat?«

Er schaut zur Gartenpforte. »Wo ist sie denn hin? Eben war sie noch da.«

Ich sehe ein, dass es völlig sinnlos ist, ihn weiter zu befragen. Ungeduldig warte ich darauf, dass Mutter kommt.

Nach einer Stunde fährt sie schwer beladen vor. Ich warte nicht, bis sie hereinkommt, sondern laufe hinaus zu ihr. Die vielen Tüten auf den hinteren Sitzen deuten darauf hin, dass sie den halben Supermarkt leer gekauft hat. Sie bittet mich, ihr beim Ausladen des Wagens zu helfen. Doch das kann warten. Erst bin ich dran. Ohne Umschweife sage ich es frei heraus. »Ella war hier.«

Gänzlich unbeeindruckt öffnet sie die Kofferraumklappe. »Würdest du bitte die Getränke reintragen?«

Sie schnappt sich zwei Einkaufstaschen und huscht an mir vorbei. Ich greife mir die Kisten und folge ihr.

»Wo ist Robert? Schläft er?«

»Hast du mir nicht zugehört? Ich habe dir gerade gesagt, dass Ella hier gewesen ist.«

»Welche Ella?«

»Eine Frau, Anfang fünfzig, dunkle kurze Haare, kleiner, aber schlanker als du, die behauptet hat, Roberts Tochter zu sein.«

Mit verkniffener Miene schaut Mutter mich an. »Ich hoffe, du hast sie nicht reingelassen.«

»Das war nicht nötig. Sie besitzt einen Schlüssel.«

»Gut zu wissen, dann werde ich sämtliche Schlösser austauschen lassen.«

Damit scheint das Thema für sie erledigt zu sein, denn sie lässt mich einfach stehen, geht hinaus und holt die restlichen Einkäufe aus dem Auto.

Das darf doch nicht wahr sein. »Hättest du bitte die Güte und sprichst mit mir!«, fordere ich, als sie die Haustür hinter sich schließt und in die Küche geht. Wie ein Hündchen dackle ich ihr hinterher. »Ist es wahr? Ist diese Ella wirklich Opas Tochter?«

»Wenn sie das sagt, wird es wohl stimmen.«

»Mama!«, schreie ich sie an. »Wieso erfahre ich erst jetzt und zudem rein zufällig, dass du eine Schwester hast?«

»Das ist sie schon lange nicht mehr. Sie gehört nicht zu uns, deshalb war es nicht nötig, diese Person zu erwähnen.« Sie greift nach der Obsttüte, die auf dem Küchentisch liegt, und schaut hinein. »Hat sie die matschigen Erdbeeren mitgebracht?«

Ich nicke. Sogleich wirft Mutter sie in den Mülleimer.

Mein Handy klingelt. Es ist Luka, den ich schnell abwimmele. »Schatz, du rufst mich gerade in einem wirklich unpassenden Moment an. Lass uns später reden, bitte. Ich melde mich bei dir«, verspreche ich, als ich bemerke, dass Mutter mit ausgestreckter Hand mein Smartphone einfordert.

»Gib ihn mir mal! Ich möchte ihn etwas fragen.« Nichts ahnend reiche ich es ihr.

»Luka, mein Lieber, kann ich dich um einen Gefallen bitten? Könntest du mir drei neue Sicherheitsschlösser besorgen? Ich muss das Haus meines Vaters einbruchsicher machen.«

Sie bedankt sich und gibt mir das Handy zurück. Ich lege sofort auf, denn ich beabsichtige, das Gespräch über Ella fortzusetzen.

»Warum habt ihr seit Jahren keinen Kontakt?«

»Lass es gut sein, Tilda. Es ist alles gesagt!«, faucht sie mich ungewohnt schroff an. Doch sogleich ändert sie ihren Ton. »Mir ist nicht gut. Ich muss mich einen Moment hinlegen. Könntest du das Kochen übernehmen?«

Selbstverständlich lehne ich nicht ab. Dennoch wundere ich mich über ihre Bitte. Normalerweise überlässt sie mir nie freiwillig den Herd.

BIRTE

Feuer und Wasser

Was hatte der Gärtner über seine Mittagspause gesagt? Zwölf bis vierzehn oder dreizehn bis fünfzehn Uhr? Egal, wenn ich mich spute, schaffe ich es auf jeden Fall noch rechtzeitig, meine Schulden zu begleichen.

Wie ich kurz darauf feststelle, schließt die Gärtnerei gar nicht über Mittag, sondern hat durchgehend geöffnet. Aktuell ist sie stark frequentiert. Ich verbiete es mir, weitere Pflanzen zu kaufen, und begebe mich direkt in den Laden, in dem einige Kunden vor der Kasse Schlange stehen. Die Tochter des Chefs ist sichtlich überfordert. Ganz allein verkauft sie Obst, packt Blumen ein und kassiert.

»Wird draußen gar nicht bedient?«, ruft jemand hörbar gereizt.

»Ich komme gleich zu Ihnen«, antwortet sie freundlich.

Hinter mir drängelt sich eine Dame vor. Sie hält eine Fuchsie in der Hand. »Entschuldigung, ich habe nur eine Frage. Verträgt diese Blume pralle Sonne?«

Die Tochter nickt. Ich reiße sofort die Augen auf und signalisiere ihr durch kräftiges Kopfschütteln, dass das nicht der Fall ist. Daraufhin revidiert sie ihre Aussage.

»Wo steckt denn Ihr Vater?«, frage ich über die Schulter des Mannes, der vor mir steht.

»Er liefert noch aus.«

Ich nehme mich der Kundin an, die nur eine Frage hatte. »Sie suchen etwas, das für die Südlage geeignet ist? Dann empfehle ich Ihnen Geranien oder Petunien. Damit können Sie nichts falsch machen.«

So wie sie mich ansieht, kennt sie sich noch weniger mit Blumen aus als des Gärtners Tochter. Ich biete an, ihr die entsprechenden Pflanzen zu zeigen, und begleite sie nach draußen.

Ehe ich mich versehe, berate ich nicht nur sie, sondern auch andere Leute, die mich um eine Expertise bitten.

»Nein, das ist keine gute Idee«, antworte ich einem Mann, der beabsichtigt, Lavendel und Rosen zusammen in einen Kübel zu pflanzen. »Die beiden vertragen sich nicht gut.«

»Aber es heißt doch, dass Lavendel gegen Blattläuse wirkt.«

»Das kann er auch, allerdings nicht in derselben Erde. Beide Pflanzen stellen völlig unterschiedliche Ansprüche. Rosen brauchen viel Nährstoffe und Wasser. Der Lavendel nicht. Der mag es karg. Wenn Sie Blattläusen vorbeugen wollen, setzen Sie die Pflanzen in zwei separate Gefäße und stellen sie nebeneinander. Oder Sie wählen einen anderen Rosenbegleiter.« Ich empfehle ihm Lobelien.

Mein kleiner Vortrag hat weitere Kunden hellhörig gemacht. »Meine Kletterrose ist unten total verkahlt. Eigentlich wollte ich auch Lavendel davorsetzen, aber wenn Sie davon abraten, was könnte ich stattdessen nehmen?«

Ich deute auf Frauenmantel, den liebe ich. Doch die zartgrünen Blüten sagen der Kundin nicht zu. Sie wünscht sich einen kräftigen Farbtupfer und fragt mich, wie es mit Salbei aussehe.

»Damit verhält es sich exakt wie mit dem Lavendel.«

Ich schlage ihr blauen Ehrenpreis vor, für den sie sich schließlich entscheidet.

Der Ansturm reißt nicht ab. Wie lange ich schon berate und fachkundige Ratschläge erteile, kann ich nicht sagen. Es macht mir so viel Spaß, dass ich die Zeit völlig vergessen habe. Doch dann fällt mir der Grund ein, weshalb ich eigentlich gekommen bin. Ich gehe zurück in den Laden und lege den Zettel vor, den ich heute Morgen erhalten habe.

Noch während ich meine Geldbörse zücke, bedankt sich die junge Frau bei mir. »Ohne Sie wäre ich heute Mittag ertrunken.«

»Es war mir ein Vergnügen.«

»Nein, wirklich. Sie waren meine Rettung. Ich verstehe rein gar nichts vom Blumen-Business. Es war ein Fehler, hier auszuhelfen. Besser, ich hätte mir bis zum Semesterbeginn einen anderen Job gesucht.«

Ich reiche ihr die Geldscheine, mit denen ich schon heute in der Früh zahlen wollte. »Seien Sie nicht so hart zu sich. Es ist noch kein Meister vom Himmel gefallen. Was Ihnen an Fachwissen fehlt, machen Sie durch Freundlichkeit wett.«

»Möchten Sie noch Obst? Damit kenne ich mich aus.«

Eigentlich nicht, denn ich habe noch Aprikosen von gestern übrig. Doch ich kann ihr nichts abschlagen. »Ich nehme drei Nektarinen.«

Sie sucht die schönsten aus der Steige aus und packt sie in eine Papiertüte. »Die gehen aufs Haus.«

Ich nehme den Lohn für meine Arbeit dankend an.

Gerade sitze ich im Wagen und will den Motor starten, als der Chef mit seinem Transporter aufs Gelände fährt. Er betätigt die Lichthupe und hält direkt neben mir an.

»Na, schon alles eingepflanzt?«

Ich nicke. »Na, schon alles ausgeliefert?«

»Ja, jetzt ist endlich Pause angesagt.«

Eine Pause habe ich mir auch verdient. Und zwar eine Kaffeepause mit einem großen Stück Kuchen.

Ich stehe vor der Konditorei, als Tilda mich anruft.

»Du, Birte«, beginnt sie so leise, dass ich sie kaum verstehen kann. »Was weißt du über Mamas Schwester?«

Mir rutscht sogleich das Herz in die Hose. Ich weiß alles und könnte ihr die ganze Geschichte erzählen, aber das werde ich nicht tun. Ich habe Anne geschworen, Tilda gegenüber niemals ein Wort darüber zu verlieren.

Doch Tilda legt nach. »Kennst du Ella? Hast du sie mal persönlich kennengelernt?«

Ich werde mein Patenkind nicht anlügen und behaupten, dass ich heute zum ersten Mal von dieser Person höre. Ich muss Zeit schinden. »Du, Süße, ich stehe gerade beim Bäcker an. Können wir später reden?«

»Bei Bäcker Lorenz?« Ich bestätige. »Der hat den leckersten Erdbeerkuchen der Welt. Bring Luka und mir bitte auch ein Stück mit. Wir sind in einer halben Stunde zu Hause.«

Sie legt auf, und ich rufe sofort Anne an, doch sie geht nicht ran. Mir bleiben lediglich dreißig Minuten, um mir zu überlegen, was ich über Ella preisgeben werde und was nicht.

Der Kaffee ist bereits gekocht, die Sahne ist steif geschlagen, und den Tisch auf der Veranda habe ich auch schon gedeckt, als nur Tilda eintrudelt.

»Sagtest du nicht, du wolltest mit Luka kommen?«

»Der ist noch damit beschäftigt, Opas Schlösser auszutauschen. Er kommt gleich nach.«

»Warum ist das nötig? Hat Robert seine Schlüssel verbummelt?«

»Nein, Mama hat darauf bestanden, nachdem sie erfahren hat, dass Ella im Besitz eines eigenen ist.«

Ich ahne nichts Gutes und bin auf das Schlimmste gefasst. »Sind die beiden sich heute begegnet?«

Sie verneint. »Ella tauchte überraschend auf, als Mama beim Arzt war.«

Bei der Wut, die Anne in sich trägt, seit sie von der Kontovollmacht erfahren hat, kann Ella nur von Glück reden, nicht auf ihre Schwester getroffen zu sein. Doch plötzlich blitzt ein anderer Gedanke in mir auf. Anne war bei Uli? Schon wieder? Hatte sie vor, zwischen uns zu vermitteln? Sollte das der Fall sein, lege ich keinen Wert auf seine Entschuldigung. Entweder er kommt aus freien Stücken auf mich zu, weil er eingesehen hat, dass sein Verhalten zutiefst verletzend war, oder er soll bleiben, wo der Pfeffer wächst.

»Alles klar, Birte? Du wirkst genauso geistesabwesend wie Mama. Was zum Teufel verheimlicht ihr mir?«

»Nichts! Um auf deine Frage von vorhin zurückzukommen: Ja, ich habe Ella persönlich kennengelernt. Aber das liegt Jahrzehnte zurück.«

»Dann weißt du, weshalb sie sich entzweit haben.«

Jetzt muss ich wohlüberlegt antworten. »Es ist nicht so, dass alle Geschwister ein Herz und eine Seele sind, nur weil sie in die gleiche Familie geboren wurden. Anne und Ella waren schon immer wie Feuer und Wasser.«

»Du bist mir keine große Hilfe«, murrt sie und macht sich über den Kuchen her. Als sie sich auch Lukas Stück schnappt, schaue ich sie verwundert an.

»Er hat vorhin zwei Drittel von meinem Schnitzel gegessen. Es ist nur gerecht, dass ich meinen Hunger mit seinem Erdbeerkuchen stille.«

»Wie hat er denn auf deine Absage reagiert?«, erkundige ich mich und bin froh, nicht weiter über Ella ausgefragt zu werden.

»Gefasst. Er versteht, dass ich Mutter in dieser Situation nicht alleinlassen möchte. Wir machen uns heute noch einen schönen Abend, bevor er morgen nach Schweden aufbricht.«

»Hier?« Sie nickt. »Wenn das so ist, werde ich nach Hause fahren. Dann habt ihr sturmfreie Bude.«

Sie schüttelt entschieden den Kopf. »Unsinn! Du störst uns nicht.«

Ich weiß, wann ich fehl am Platz bin. Noch bevor Luka eintrifft, mache ich mich auf den Weg.

Hinter einem Lastwagen zuckle ich im Stop-and-go-Tempo über die Autobahn und male mir aus, wie das Zusammentreffen mit Uli aussehen wird. Ich hoffe, dass ich vor ihm zu Hause eintreffe. Dann ist er es, der mich zuerst begrüßen muss. Derjenige, der kommt, wünscht als Erster guten Tag oder sagt hallo. Das sind normale Umgangsformen, die man auch befolgt, obwohl man sich gerade nicht grün ist.

»Wo warst du?«, wird er mich fragen und mich vorwurfsvoll ansehen.

»Weg«, werde ich antworten und meinen Blick abwenden. Vermutlich werden wir uns minutenlang anschweigen, dann werde ich meine Tasche ins Schlafzimmer bringen, die Tür hinter mir verriegeln und mich ins Bett legen. Da Uli sich jedoch nicht aussperren lässt, wird er kurz darauf anklopfen und mich auffordern zu öffnen.

»Erst, wenn du dich entschuldigst!«

»Wofür soll ich mich entschuldigen? Nicht ich habe überreagiert, das warst du, Birte!«

Sollte er das sagen, werde ich ihn einladen, mich mal gernzuhaben, mich umdrehen und mir die Decke über den Kopf ziehen.

Ja, so in etwa wird es sich abspielen.

Alle Gedanken, die ich mir gemacht habe, waren vergebens. Er ist zu Hause. Sein Wagen parkt in der Garage, aber von ihm fehlt jede Spur. Wie kann das sein? Ich kann ihn doch hören? Sein Lachen erkenne ich unter Hunderten.

Ich flitze ins Schlafzimmer und spähe aus dem Fenster. Zu sehen, dass er beim Nachbarn ist, gemeinsam mit ihm den Holzkohlegrill befeuert, bringt das Fass zum Überlaufen.

Wie auf Speed packe ich meine Tasche aus, stopfe frische Klamotten hinein und wünsche, den beiden möge die Grillwurst im Hals stecken bleiben. »Du mieser Verräter. Werde glücklich mit deinem neuen Schrebergarten-Buddy. Mich bist du los. Endgültig!«

ANNE

Schleich dich!

Unter der Dunstabzugshaube bereite ich Gulasch zu. Der Lärm, den das alte Ding verursacht, steht in keinem Verhältnis zum Nutzen. Es werden weder Gerüche gefiltert noch Dämpfe abgesaugt. Meine Brille beschlägt. Jetzt bin ich blind und fast taub. Auch Robert stört sich am Krach, denn er stellt den Fernseher lauter.

Der Geräuschpegel ist eine Zumutung für die Nachbarn, die auf der Terrasse gemütlich zu Abend essen wollen. Erst stelle ich die Höllenmaschine aus, danach schließe ich die Fenster und nehme Robert die Fernbedienung ab. Nun herrscht wieder Zimmerlautstärke, und ich höre, dass es an der Haustür klingelt. Ich kann mir denken, wer gekommen ist, nachdem mein Wagen nicht mehr vor dem Haus steht. Aber das kann diese Person vergessen. Ich werde mit allen Mitteln verhindern, dass sie noch einmal die Hilflosigkeit unseres Vaters ausnutzt.

»Du kommst hier nicht mehr rein. Schleich dich, du miese Abzockerin!«, rufe ich durch den Flur.

Es klopft. »Anne, ich bin es, Birte.«

Ich schließe auf und entschuldige mich. »Tut mir leid, ich dachte es wäre jemand anderes.«

»Rede nicht um den heißen Brei. Ich weiß, dass du mit Ella gerechnet hast. Tilda hat mir erzählt, dass sie heute hier war. – Wo steckt dein Vater? Schläft er schon?«

»Nein, so früh bringe ich ihn nicht ins Bett, sonst steht er nachts zigmal auf und will zur Arbeit gehen.«

Birte guckt ins Wohnzimmer und begrüßt ihn. »Guten Abend Herr Töpfer. Geht es Ihnen gut?«

»Ja, ja«, murmelt er, schaut aber gar nicht auf. Ich hole Birte zu mir in die Küche und biete ihr eine Tasse Tee an.

»Ich komme gerade von zu Hause. Uli hat einen neuen besten Freund. Er und der Nachbar tun das, was richtige Männer tun. Sie grillen.«

Nach ihrer mimischen Darbietung will ich wissen, ob Uli sich bei ihr gemeldet hat. Sie verneint.

»Dann verstehe ich nicht, warum du nach Hamburg gefahren bist. Du wolltest doch warten, bis er sich rührt.«

»Sollte ich Tilda und Luka ihren letzten gemeinsamen Abend vermiesen?«

Wovon redet sie? »Wieso letzter Abend?«

»Luka reist doch mit seinen Eltern nach Schweden, um ein Segelboot von der Nordsee zur Ostsee zu schippern. Herr und Frau Richter wollten Tilda dabeihaben und haben sie auf den Törn eingeladen. Weißt du das nicht?«

Ich hatte keine Ahnung und hörte zum ersten Mal davon.

»Sie hat einen Rückzieher gemacht, weil sie dich mit Robert nicht alleinlassen möchte.«

»Das sieht meiner Tochter ähnlich, aber das kommt nicht infrage. Ich erlaube nicht, dass sie sich aufopfert. Sie soll ihr Leben genießen und Spaß haben.«

»Dann sag ihr das. Auf mich wollte sie nicht hören.«

Ich greife sofort zum Telefon und rufe sie an, aber ich beiße genauso auf Granit wie meine Freundin zuvor.

»Für Birte wurde eine Topfpflanze abgegeben«, berichtet Tilda und fügt an, dass eine Karte beiliegt.

Ich gebe die Information sogleich weiter und mutmaße, dass Uli ihr Blumen geschickt hat.

Birte lacht höhnisch auf. »Der weiß doch gar nicht, wo ich bin.«

»Doch, das weiß er«, widerspreche ich. Bevor sie auf die Idee kommt, ich hätte es ihm gesteckt, berichte ich von seiner heimlichen Kontrollfahrt in die Heide.

Birte schaut nachdenklich an die Decke. »Dann war er es, den ich abends gehört habe.«

Sie bittet Tilda, die Karte vorzulesen. Ich stelle mein Handy auf Mithören.

»Da steht nur ›Tausend Dank‹, aber kein Name.«

»Wer bedankt sich bei dir? Und wofür?«, frage ich erstaunt.

Birte zuckt ahnungslos mit den Achseln und bittet Tilda, die Pflanze zu beschreiben.

»Grüne Blätter und faustgroße hellgrüne Blütenbälle.«

»Dann weiß ich, wer sie gebracht hat«, ruft Birte und grinst wie ein Honigkuchenpferd.

Ich möchte auch gern wissen, wer der Bote war, und beende das Gespräch mit meiner Tochter.

»Das kann ich dir noch nicht verraten, sonst platzt meine Überraschung, die ich für dich vorbereitet habe.«

»Kein Problem. Mein Bedarf an Überraschungen ist für heute hinreichend gedeckt.« Ich stelle Birte die Frage, die mir seit ihrem plötzlichen Auftauchen unter den Nägeln brennt. »Hat Tilda dich auf Ella angesprochen?«

Sie nickt und versichert, nur eine unverbindliche Aussage über nicht vorhandene Geschwisterliebe getroffen zu haben.

Das ist gut, aber das ist nur die halbe Wahrheit. Als Ella und ich Kinder waren, passte kein Blatt zwischen uns. Mit ihrer rebellischen Art hat sie es unseren Eltern nicht leicht gemacht. Aber egal, was sie anstellte, auf mich konnte sie stets zählen. Tja, so war das, als wir noch Kinder waren.

Birte holt mich aus meinen Erinnerungen zurück. »Warum schenkst du Tilda nicht endlich reinen Wein ein? Sie ist alt genug, um zu erfahren, was damals passiert ist.«

Ich schicke einen bitterbösen Blick über den Tisch.

»Mensch, Anne, sie hat Lunte gerochen und wird nicht lockerlassen. Du weißt, wie hartnäckig sie ist.«

Mir platzt der Kragen. »Was soll ich ihr sagen? Dass ihr Vater kein Kostverächter war und meine Schwester nicht zu der Sorte Frauen gehört hat, die man zweimal bitten musste? Nein, ich werde das Bild, das Tilda von ihrem Vater hat, nicht zerstören.«

Jetzt ist der Moment gekommen, einfach den Mund zu halten. Aber Birte legt nach. »Das ist Jahrzehnte her. Meine Güte, kannst du nicht endlich damit abschließen?«

»Wie soll das möglich sein? Ella hat …«

»Was ist hier los?«, poltert Vater. Ich verstumme sofort. »Wir haben Besuch?« Er kommt zum Tisch und beäugt meine Freundin. »Kennen wir uns?«

»Aber ja, Herr Töpfer. Ich bin Birte. Wir beide kennen uns schon ganz lange. Auf Ihrer goldenen Hochzeit haben wir zusammen getanzt. Erinnern Sie sich?«

Wieso stellt sie ihm eine solche Frage? Sie sollte doch wissen, dass er sich an rein gar nichts mehr erinnert.

Doch mal wieder überrascht Robert mich und straft mich Lügen. »Natürlich weiß ich, wer du bist. Du bist die Freundin mit dem hässlichen Mann.«

Birte lacht laut auf. »Genau, die bin ich.«

Robert setzt noch einen drauf. »So eine hübsche Frau und so ein hässlicher Mann.«

Ich bremse ihn, bevor er Uli noch einen Buckel andichtet. »Was meinst du, Papa. Soll ich dich ins Bett bringen? Es wird Zeit«, sage ich und zeige auf die Wanduhr.

Er schüttelt den Kopf, nimmt neben uns Platz und greift nach meiner Teetasse. »Welcher Tag ist heute?«, fragt er Birte.

»Freitag.«

»Nach Freitag kommt das Wochenende. Da muss ich nicht arbeiten.«

Birte schnuppert und schaut zum Herd. »Brennt da was an?«

Ich springe sofort auf und reiße den Topf von der Flamme. »Oh nein! Das nicht auch noch«, jaule ich.

Birte eilt mir zu Hilfe und bittet mich, ihr eine große Schüssel zu reichen. Im Nu füllt sie das Fleisch um. »Siehst du, alles halb so wild.«

»Kochen kann sie auch nicht«, lästert Robert und zeigt mit ausgestrecktem Arm auf mich.

Nach diesem Spruch verliere ich endgültig die Nerven. »Weißt du was, Papa. Ich reiße mir den Hintern für dich auf. Statt ein klitzekleines bisschen dankbar zu sein, machst du mich ständig runter. Wenn du meinst, ich bringe nichts zustande, dann sag doch deiner Ella Bescheid! Soll sie dich nach einer schlaflosen Nacht morgens wecken, dich anziehen, dir Frühstück machen, mit dir spazieren gehen, deine Wäsche waschen und deine Fenster putzen, obwohl sie blitzblank sind.«

Birte umgreift meinen Arm. »Anne, beruhige dich! Er meint es nicht so.«

»Es ist mir scheißegal, ob er es so gemeint hat oder nicht. Ich ertrage seine Boshaftigkeit nicht mehr.«

»Man sagt nicht ›Scheiße‹. Hat man dir das nicht beigebracht?«, tadelt er mich.

»Man hinterlässt auch keine im Treppenhaus der Bank!«

»Nein, so was macht man nicht. Das ist igitt«, antwortet er ganz klein mit Hut.

Birte schlägt mir vor, für eine Weile an die frische Luft zu gehen und mich abzuregen. »Los, geh schon, ich bin hier und halte die Stellung.«

Ich nehme ihr Angebot an, schnappe mir die Zigarettenpackung und verziehe mich nach draußen. Während ich auf der Treppe hocke und mir eine Fluppe anstecke, höre ich die beiden reden.

»Wo ist sie denn hin? Eben war sie doch noch da.«

»Sie ist im Garten.«

»Was macht sie da?«

»Sie raucht eine Zigarette.«

»Was? Anne raucht wieder?«

Zu hören, dass er sich seit Tagen wieder an meinen Namen erinnert, treibt mir die Tränen in die Augen.

»Fuck you, verdammte Demenz!«, schimpfe ich und nehme einen kräftigen Zug, bevor ich die Kippe ausdrücke.

BIRTE

Die Neue

Ich weiß nicht, wen ich mehr bedauern soll. Robert, der körperlich topfit ist, sich jedoch mental mit Riesenschritten aus der Welt verabschiedet. Oder Anne, die deutlich mehr darunter leidet, als ich angenommen habe. Gerade hat sie mir gezeigt, dass sie doch nicht so tough ist, wie sie stets behauptet. Seit zehn Minuten sitzt sie draußen auf der Treppe und weint bitterlich.

»Wo ist sie denn hin?«, fragt ihr Vater mich zum wiederholten Mal.

Ich nehme seine Hand und streichle mit den Fingern sanft darüber. Doch er will sich nicht von mir berühren lassen. Er steht auf und schaut aus dem Fenster. »Ist sie traurig?«

»Ja, das ist sie.«

Besser, ich hätte den Mund gehalten, denn nun will er zu ihr gehen.

Doch Anne kommt vor ihm wieder herein. Ihre Augen sind gerötet, und sie schnieft durch die Nase. Ich reiße ein Blatt von der Küchenrolle ab und will es ihr reichen, doch Robert kommt mir zuvor. Er zieht ein Stofftaschentuch aus seiner Hosentasche und tupft ihr damit behutsam übers Gesicht. »Nicht weinen, kleine Anne-Maus. Alles wird wieder gut. Ich bin doch da.«

Sie nimmt ihm die Rotzfahne ab und schnäuzt sich. »Danke, Papa«, krächzt sie und küsst ihn auf die Wange. »Bitte entschuldige, ich wollte dich nicht anschreien.«

»Ich bin jetzt müde«, verkündet er völlig unerwartet.

Ich biete an, ihn zu Bett zu bringen.

Er schaut mich mit großen Augen an. »Wer sind Sie?«

Anne führt ihn ins Schlafzimmer. Ich nutze den Moment und schreibe dem Gärtner.

Danke für die »Lime Light«. Ich habe
mich sehr darüber gefreut.

Gleich darauf ruft er an. »Dann sind Sie doch noch da. Ich habe schon befürchtet, Sie hätten Ihren Besuch beendet.«

»Sie hatten Befürchtungen?«, amüsiere ich mich.

»Ja, ich möchte Sie gern wiedersehen.«

Mir stockt der Atem. Das hat mir zuletzt ein Mann vor dreißig Jahren gesagt. Und das war Uli.

»Ich möchte Sie etwas fragen.«

»Fragen Sie jetzt! Ich werde antworten.«

»Nein, nicht am Telefon. Lieber persönlich. Wo sind Sie?«

»Weit weg. In Hamburg.«

»Was haben Sie heute Nacht vor?«

Jetzt wird der Mann mir unheimlich. »Schlafen, was sonst?«

»Das werde ich auch gleich, allerdings nur kurz, denn Ihretwegen muss ich noch einmal zum Hamburger Großmarkt fahren.«

»Wieso meinetwegen?«

»Sie haben fast meine ganze Ware verkauft. Ich brauche Nachschub. Kommen Sie mit?«

»Zum Großmarkt? Was soll ich da?«

»Sie wollen doch einen Steingarten anlegen. Ich gebe Ihnen die Möglichkeit, zu Großhandelspreisen einzukaufen. Treffen wir uns um drei vor dem Haupttor?«

Ich zögere. »Mal sehen, ich überlege es mir.«

Anne ist im Anmarsch. Ich beende das Gespräch.

»So, fertig. Mal sehen, ob er heute durchschläft«, stöhnt sie. Ich stelle mein Handy aus und nehme sie tröstend in den Arm.

»Du hast es bald überstanden. Sobald die Pflegerin da ist, kannst du durchatmen.«

»Ich schäme mich so«, jammert sie. »Wie konnte ich bloß die Kontrolle verlieren und ihn anraunzen?«

»Weil auch du nur ein Mensch bist. Mach dir keinen Kopf. Ich bin mir sicher, er hat es längst vergessen.«

»Ich dachte, gestern wäre der schlimmste Tag ever gewesen, aber der war heute.«

»Ein Glas Wein würde dir jetzt guttun.«

Sie schaut begeistert auf. »Hast du welchen mitgebracht?«

Zu meinem Bedauern muss ich verneinen.

»Hier gibt es nur Eierlikör und eine Flasche Cognac, von der ich nicht sagen kann, wie lange sie schon im Schrank steht.«

»Cognac wird doch nicht schlecht, sondern von Jahr zu Jahr besser.«

Anne holt die Buddel, ich koche Kaffee.

Wir trinken einen starken Café Brûlot, als sie mir anbietet, auf dem Sofa zu schlafen.

Eine halbe Stunde später mache ich mich im Wohnzimmer lang und kuschle meinen Kopf ins Kissen, aber einschlafen kann ich nicht. Nebenan schnarcht Robert wie ein Bär. Gegen halb drei gebe ich auf und verlasse auf leisen Sohlen das Sägewerk.

»Soll ich wirklich zum Großmarkt fahren?«, frage ich mich, als ich im Auto sitze. Warum nicht? So ein verlockendes Angebot bekomme ich nicht alle Tage.

Als ich auf die Zufahrt biege, entdecke ich ihn sofort. Ich lasse meinen Wagen auf dem Seitenstreifen stehen und steige zu ihm in den Transporter. Anders als ich ist er hellwach. Vermutlich hat er geduscht. Auf jeden Fall ist er frisch rasiert, wie mir der Duft seines Aftershaves verrät.

»Wie schaffen Sie es, um diese unchristliche Zeit so fit zu sein?«

»Das ist eine Frage der Gewohnheit.«

Wir nähern uns der Einfahrt, die von Gelbwesten kontrolliert wird. Offensichtlich ist der Gärtner hier bekannt, denn uns winkt man durch.

Wie bekannt er ist, erfahre ich, als wir die Halle betreten. An jedem Stand, den wir passieren, wird er mit einem lauten »Moin, Benno« begrüßt. Das umfangreiche Angebot an Schnittblumen überwältigt mich. Wäre ich Floristin, wüsste ich nicht, wofür ich mich entscheiden soll. Eine Blume ist schöner als die andere. Ich bekomme kaum Gelegenheit, die Rosen, Lilien und Päonien zu bewundern, denn er schlägt einen Haken und wechselt den Gang. Hier wird Bindegrün in allen Variationen angeboten. Nach weiteren hundert Schritten erreichen wir Stände, die geschlossen sind.

»Nicht jeder Händler öffnet seine Pforten am Samstag«, erklärt er mir. Nach einem weiteren Zickzacklauf erreichen wir die Verkaufsfläche eines Erzeugers aus der Region.

»Moin, Karin«, ruft er der Marktfrau zu.

»Moin, Benno, wen hast du denn heute dabei? Ist das deine Neue?«

Mir war schon bewusst, dass hier ein derber Ton herrscht, aber das geht zu weit.

»Wir werden sehen«, antwortet er und inspiziert einen Container, auf dem seine reservierte Ware steht.

»Käffchen? Wie immer mit Milch und Zucker.«

»Gern. Lieschen trinkt ihren schwarz«, erklärt er und nimmt Karin den Becher aus der Hand.

»Nein danke, ich möchte keinen.« Mein Interesse gilt ausschließlich den Pflanzen. Wie es beim Großhandel üblich ist, kann ich keine einzelnen Töpfe kaufen. Sie sind mindestens zu sechst oder sogar im Dutzend abgepackt. Zudem sind sie nicht ausgezeichnet. Ohne die Preise zu kennen, mag ich keine Entscheidung treffen.

»Nichts für Sie dabei?«, fragt Benno.

»Doch, aber zwölf pro Sorte sind mir zu viel.«

»Kein Problem, ich nehme Ihnen die ab, die Sie nicht brauchen.«

Nach dieser Zusage geht es ganz schnell. Ich stelle meine Auswahl auf die Karre. Benno hat ebenfalls seine Einkäufe beisammen, dann zahlt er, und wir bringen die Ware zu seinem Transporter. Beim Einladen frage ich ihn, was der dumme Spruch zu bedeuten hatte. »Ihre Neue?«

Er grinst. »Karin hat angenommen, Sie würden meine neue Verkaufskraft sein. Nachdem meine langjährige Mitarbeiterin im Mutterschutz ist, suche ich händeringend Ersatz.«

»Und dabei haben Sie an mich gedacht?«

»Ich brauche dringend Unterstützung für die Hochsaison. Sie haben doch selbst mitbekommen, dass meine Tochter mit der Aufgabe völlig überfordert ist.«

»Wie kommen Sie ausgerechnet auf mich? Ich bin lediglich eine ambitionierte Hobbygärtnerin.«

Er schließt die Heckklappe. »Jetzt kommen wir zum angenehmen Teil unseres Einkaufs. Wir gehen hinüber in die Gemüsehalle und gönnen uns eine Wurst vom Grill. Ich garantiere, dass Sie in ganz Hamburg keine bessere bekommen werden als bei Schorsch.«

»Ist das Ihr Ernst? Grillwurst um diese Zeit?«

»Absolut! Kommen Sie!«

Um den mobilen Imbiss haben sich vornehmlich junge Männer aller Nationalitäten versammelt. Während die Stadt noch im Tiefschlaf liegt, schnasseln die Mitarbeiter des Großmarktes während der Arbeitszeit Köm aus kleinen Flaschen. Mir ist diese Welt völlig fremd, und ich fühle mich deplatziert. Dort, wo ich zu Hause bin, trinkt man um diese Zeit keinen Schnaps. Man legt Wert auf ein gepflegtes Äußeres und beginnt seinen Satz nicht mit »Alter«.

»Schinken, Krakauer oder Thüringer?«, werde ich gefragt. Benno rät mir zur Krakauer. Noch bevor ich ablehnen kann, bestellt er und bezahlt zwei.

Als ich sehe, wie er in die heiße Wurst beißt, muss ich unwillkürlich an Uli denken.

»Wie wollen wir es machen? Treffen wir uns vor der Glasgalerie?«, erkundigt Benno sich und wischt sich mit der Papierserviette über den Mund.

Auf keinen Fall möchte ich Tilda und ihren Freund um diese Zeit wecken.

»Dafür ist es noch zu früh. Besser, ich komme später zu Ihnen in die Gärtnerei.«

In seinem voll beladenen Transporter bringt er mich zu meinem Wagen. Auf dem kurzen Weg bittet er mich, über seinen Vorschlag nachzudenken.

»Wenigstens für die nächsten vier Wochen«, bettelt er.

Seit meiner Heirat habe ich nicht mehr gearbeitet. Zumindest nicht offiziell auf Steuerkarte. Es würde sich nicht lohnen, hat Uli stets gemeint.

Die Straßen sind frei. Noch nie zuvor habe ich es so schnell in die Heide geschafft wie an diesem Samstagmorgen. Ich war auch noch nie so müde wie in diesem Moment.

Auf Zehenspitzen schleiche ich die Treppe hinauf und öffne die Tür zum Gästezimmer. Leise ziehe ich mich aus und lege mich ins Bett. Noch bevor ich unter die Decke krabble, stelle ich den Wecker auf halb acht. Drei Stunden Schlaf müssen ausreichen.

TILDA

Abschied

Ich wache auf und fasse neben mich. Doch ich greife ins Leere. »Luka?«, nuschle ich. »Wieso bist du schon aufgestanden? Musst du etwa schon los?«

»Nein, ich habe ein Geräusch gehört. Jemand ist gekommen.« Er schaut aus dem Fenster. »Auf dem Hof steht ein weißer Mini Cooper mit Hamburger Kennzeichen.«

»Der gehört Birte. Komm wieder ins Bett.«

Schwungvoll lässt er sich neben mich fallen. Gleich darauf spüre ich seine Hand, die unter mein Shirt wandert.

»Eine ganze Woche«, knurrt er. »Ich weiß nicht, wie ich all die Tage ohne dich überstehen soll.«

»Ja«, jaule ich und schmiege mich noch dichter an ihn. »Du wirst mir auch fehlen.«

Statt wieder die Augen zu schließen, starrt er an die Decke. Ich kann nicht wieder einschlafen, bevor ich nicht weiß, worüber er grübelt.

»Was ist mit dir? Was geht dir durch den Kopf?«

»Es nützt nichts. Ich werde über meinen Schatten springen und mit meinem Vater sprechen. Der Törn ist eine gute Gelegenheit, ihn zu fragen.«

Ich schaue ihn an. »Was willst du ihn fragen?«

»Ob er das Penthouse kauft und es an uns vermietet.«

Es geht schon wieder um das alte Thema. »Spar dir das! Ich will das nicht. Entweder schaffen wir es aus eigener Kraft oder ...«

Er setzt sich auf und blickt mich entsetzt an. »Oder was?«

Ich greife nach seinen Händen und schaue ihm tief in die Augen. Mit zuckersüßer Stimme beende ich meinen Satz. »Oder wir denken mal ernsthaft darüber nach, uns hier niederzulassen.«

»Ich soll in die Heide ziehen? Das kannst du vergessen!«

»Aber hier ist es noch erschwinglich.«

»Tilda, denk doch mal nach. Wir arbeiten beide in Hamburg. Mein Sohn lebt dort. Ich habe keine Lust, täglich die weite Strecke im Auto zurückzulegen.«

»Wir könnten mit der Bahn fahren. In vierzig Minuten wären wir am Hauptbahnhof. Das machen alle Pendler.«

»Ich bin kein Pendler, sondern von Kopf bis Fuß ein Stadtmensch. Diese ländliche Idylle ist nichts für mich.«

Ich lasse von ihm ab. »Dann haben wir ein Problem, denn ich kann mir die Stadt nicht leisten.«

»Du könntest, aber du willst nicht.«

Stinksauer steige ich aus dem Bett. Ihm den Rücken zugewandt, traue ich mich, das auszusprechen, was ich schon seit geraumer Zeit denke. »Vielleicht solltest du dir eine Frau suchen, die finanziell in deiner Liga spielt. Denn das bin ich nicht. Such dir eine reiche Anwältin und keine unterbezahlte Anwaltsgehilfin, wie ich es bin.«

Ein dicker Kloß bildet sich in meinem Hals. Er löst sich erst, als Luka seine Arme um mich schlingt und in mein

Ohr säuselt. »Sag so etwas nie wieder! Wir beide gehören zusammen.«

»Wie sollen wir auf einen Nenner kommen, wenn keiner von uns bereit ist, Kompromisse einzugehen?«

»Wir werden eine Lösung finden«, verspricht er mir vollmundig. »Lass uns die letzten Stunden, die uns bleiben, nicht debattieren und lieber noch ein bisschen kuscheln.«

Kuscheln wird uns einer Lösung keinen Zentimeter näher bringen. Nichtdestotrotz genieße ich seine Berührungen.

»Erzähl doch mal. Wie läuft eure Reise ab?«

Luka stöhnt und macht deutlich, dass er auf diesen Trip überhaupt keine Lust hat. »Ich werde die Herrschaften nach Kiel fahren. Von dort geht es weiter per Fähre nach Göteborg.«

»Die Herrschaften? Warum sagst du nicht ›meine Eltern‹? Was ist los bei euch?«

»Wir sind nicht so eng miteinander, wie du mit deiner Mutter.«

Das ist nicht zu übersehen. Ich frage mich, warum. Luka sollte sich glücklich schätzen, mit beiden Elternteilen aufgewachsen zu sein. Ich kenne kaum Leute meines Alters, deren Ursprungsfamilie noch existiert. Fast alle meine Freunde sind Scheidungskinder. Ich bin Halbwaise, und es gibt Tage, an denen ich meinen Papa immer noch vermisse. Aber ich darf mich nicht beschweren. Ich hatte Robert, der Vaters Rolle übernahm und sie grandios ausfüllte. Wie lange noch? Die Gedanken an ihn machen mich unfassbar traurig.

»Hey, nicht weinen. Es ist doch nur eine Woche.«

Ich drücke Luka einen Kuss auf den Mund. »Ja, wenn du zurück bist, gehen wir wieder auf Wohnungssuche. Es wäre doch gelacht, wenn wir nichts Passendes finden.«

BIRTE

Rote Grütze

Das freundliche Angebot, mit den beiden Turteltäubchen zu frühstücken, schlage ich aus. Dafür fehlt mir die Zeit.

»Ich nehme nur einen Kaffee und trinke ihn unterwegs. Schließlich will ich an meinem ersten Arbeitstag nicht zu spät kommen.«

»Bitte was? Willst du mich veräppeln?«

Es ist nicht verwunderlich, dass Tilda von dieser Neuigkeit überrascht ist, aber muss sie derart belustigt reagieren? Sie kriegt sich gar nicht wieder ein. »Du hast einen Job? Du? Das ist der Witz des Jahres.«

Luka lacht mich nicht aus. Er fragt interessiert, um welche Art Arbeit es sich handelt.

»Ich helfe in der kleinen Gärtnerei am Ortsausgang aus. Der Inhaber steckt in der Klemme. Er hat mich gefragt, ob ich einspringen könnte.«

»In diesem Aufzug? Du siehst aus, als wolltest du eine Shoppingtour durch Hamburgs Nobelboutiquen unternehmen.«

Tilda hat recht. Mein Outfit ist wirklich viel zu fein. Gedankenlos habe ich gestern meine Tasche gepackt. Meine Jeans, die ich bei der Gartenarbeit trage, habe ich zu Hause gelassen.

»Suche dir doch etwas Passendes aus Mamas Fundus aus. Sie hat gewiss nichts dagegen«, schlägt sie vor.

Nun bin ich es, die sie auslacht. »Etwas Passendes? Annes Sachen sind mir zwei Nummern zu groß.«

»Komm mit rauf in unsere Kleiderkammer. Wir werden schon etwas für dich finden.«

Ich staune, als ich die unzähligen Hosen sehe, die akkurat auf Bügeln hängen. Anne hat mindestens fünf in jeder Farbe. An den meisten hängen noch die Etiketten.

»Die hat sie noch nie getragen. Warum kauft sie sich keine Klamotten in ihrer Größe?«

»Gute Frage. Vermutlich denkt Mama, dass sie irgendwann wieder zu alter Form gelangt.«

Wunschdenken, aber mein Glück. Ich schnappe mir eine königsblaue Stretchjeans und steige hinein. Sie passt wie angegossen.

»Schlabberpulli dazu?«, fragt Tilda und wirft mir einen giftgrünen zu.

»Grün und Blau schmückt die Sau.«

»Quatsch, die Regel gilt schon lange nicht mehr. Das Ensemble steht dir. Du siehst gut aus.«

Gut aussehend setze ich mich in Bewegung. Ich erreiche die Gärtnerei in dem Moment, als die Tochter das Rolltor zur Seite schiebt. Sie strahlt, als ich sie mit »Guten Morgen, Kollegin« begrüße.

»Oh, mein Gott. Ich habe nicht daran geglaubt, dass mein Vater Sie überreden kann.«

»Nicht ›Sie‹. Ich bin Birte.«

»Caroline, aber Caro reicht.«

Ich entdecke die Ware, die wir heute vom Großmarkt geholt haben. Sie steht noch immer auf dem Container. Meine befindet sich abseits auf einer Holzpalette. Ich suche die Pflanzen aus, die ich später mitnehmen will, und stelle sie beiseite.

Gerade will ich anmerken, dass wir erst mit der Auszeichnung beginnen sollten, bevor wir alles im Außenbereich verteilen, als der Chef mit Preisschildern aus dem Laden tritt. Er grinst und ruft Caro zu: »Was habe ich dir gesagt? Ich wusste, dass sie mir nicht widerstehen kann.«

»Dein Vater ist ein Spaßvogel.«

Sie kichert. »Und enorm von sich überzeugt.«

Ich lasse mir die Kasse erklären, als die ersten Kunden eintrudeln.

Bis zehn läuft alles wie geschmiert. Doch dann betreten die ersten Nörgler das Parkett.

»Eins fünfzig das Stück. Das ist unverschämt. Im Gartencenter kosten sie nur neunundneunzig Cent.«

Dann kaufen Sie doch dort, liegt mir auf der Zunge, aber ich beherrsche mich. »Hier bekommen Sie ausschließlich Ware in A-Qualität. Die hat ihren Preis.«

»Einen, den ich nicht bereit bin zu bezahlen.«

Weg ist sie. Der nächste Kunde wartet schon. Er hat seinen eigenen Terrakottakübel mitgebracht und fragt, ob er den hier bepflanzen lassen könne.

»Dafür sind wir da«, antworte ich und nehme ihm den schweren Topf ab.

Die Zeit vergeht wie im Flug. Schon ist es Mittag, und Caro macht Kassensturz.

»Wie?«, frage ich. »Ihr schließt schon? Es ist Samstag. Heute haben auch die Berufstätigen Zeit, um einzukaufen.«

»Bist du wahnsinnig? Sag das bloß nicht meinem Vater! Der kommt auf die Idee und hört auf dich. Aber nicht mit mir. Mir reicht eine Fünfeinhalbtagewoche.«

»Sag mal, Caro, warum hilft deine Mutter nicht mit?«

Sie lacht aus voller Brust. »Meine Mom? Na, dann wäre das Chaos perfekt.«

Nun, denke ich. Es sind nicht alle Paare dazu geeignet zusammenzuarbeiten. Vielleicht übt Caros Mutter einen anderen Beruf aus, oder sie ist Hausfrau, so wie ich es die letzten Jahre war.

»Bestimmt verwöhnt sie euch nach getaner Arbeit mit einem leckeren Mittagessen.«

»Wer?«

»Na, deine Mom.«

»Meine Mutter lebt seit der Scheidung von meinem Vater in Lübeck. Sollte es heute etwas zu Mittag geben, dann im Drive-in.«

Ich stehe nicht auf Fastfood, aber nachdem mein Magen bereits zweimal geknurrt hat, käme mir ein Burger gerade recht. Trotzdem lehne ich das Angebot ab, die beiden zu »King Donald« zu begleiten.

»Lieber besorge ich mir etwas Gesundes im Supermarkt. Danach werde ich mich dem Projekt Steingarten widmen. Wenn meine Freundin morgen nach Hause kommt, soll alles fertig sein.«

Ich möchte meine Pflanzen ins Auto bringen, doch auf der Holzpalette stehen keine Töpfe mehr.

»Caro, hast du meine Gräser verkauft?«

Nicht sie, sondern ihr Vater antwortet. »Die habe ich wieder in den Transporter geladen. In deinem Wagen würden die Halme umknicken. Ich bringe sie dir vorbei, nachdem ich meine Tochter am Bahnhof abgesetzt habe. Okay?«

Ich denke, wir beide sind jetzt auch per Du.

»Birte«, ruft Caro aus dem Laden. »Was möchtest du an Obst mitnehmen?«

»Nichts.«

»Zier dich nicht. Die Beeren können wir am Montag nicht mehr verkaufen. Nimm sie mit, sonst müssen wir sie entsorgen, was sehr schade wäre.«

Ich gehe mit mehr als drei Pfund Früchten aus dem Laden.

»Viel Spaß am Wochenende«, wünsche ich ihr und fahre ab.

Nach einem kurzen Stopp beim Discounter erreiche ich Annes Zuhause, in dem ich mich von Tag zu Tag wohler fühle.

In der Küche verarbeite ich die Früchte, als mein Handy klingelt. Inka? Was will die denn von mir? Ich gehe ran.

»Hallo, Birte, erst einmal danke für die Einladung. Bitte gib mir einen Tipp, womit wir Uli eine Freude machen können.«

Erst jetzt fällt bei mir der Groschen. Es geht um seinen runden Geburtstag, zu dem ich alle Bekannten eingeladen habe und der groß bei uns zu Hause gefeiert werden soll. Das war der Plan vor einer Woche.

»Birte? Bist du noch dran?«

»Ja, ich überlege.« Uli zu beschenken, stellt wirklich eine große Herausforderung dar. Vielleicht ein Buch, denn Lesen ist sein einziges Hobby neben dem Tennisspiel. Sie könnte ihm eine Tube mittelscharfen Senf schenken. Den kann er gut gebrauchen, wenn er wieder mit seinem neuen Kumpel grillt. »Was hältst du von einer erlesenen Flasche Rotwein?«, schlage ich vor.

»Nur eine Flasche zum Fünfzigsten? Das ist ein wenig mickerig. Aber die Idee ist gut. Wir besorgen einen Karton. Ich freue mich schon. Bis bald.«

Inka freut sich, was ich nicht von mir behaupten kann. Verdammt! Warum habe ich bloß die Karten abgeschickt?

Ich habe schon rote Grütze gekocht, eine Gemüsepfanne zubereitet und gegessen, aber Benno ist noch immer nicht in Sicht. Ungeduldig warte ich auf ihn, weil ich endlich loslegen möchte. Als er nach zwei Stunden endlich vorfährt, frage ich ihn, ob er Caro zum Bahnhof nach Lübeck gefahren hat.

»Falsch! Ich habe Kantsteine, Folie und Kiesel besorgt. Oder womit wolltest du einen Steingarten anlegen?«

Ich schaue auf den Hänger, den Benno an seinen Transporter gekoppelt hat. Darauf befindet sich ein Kubikmeter bunter Flusskiesel.

»Woher wusstest du, welche Sorte und Größe ich wollte?«

»Das wusste ich nicht. Du wolltest heute fertig werden. Auf die Schnelle habe ich nichts anderes bekommen. Gefallen dir die Steine nicht?«

»Sie sind perfekt. Ich bin ganz begeistert.«

»Dann lass uns einen Schlag reinhauen.«

Er beabsichtigt, mir zu helfen? Damit habe ich nicht gerechnet. Doch Benno ist fest entschlossen.

»Wie hast du es dir vorgestellt?«

Um ihm das zu zeigen, bitte ich ihn ins Haus. Ich stelle meinen Laptop an und zeige ihm meine Planung.

»Hast du das gemacht?«, fragt er und verrät mir, dass er seine Skizzen noch immer per Hand anfertigt. »Diese computergestützten Planungsprogramme sind mir zu kompliziert.«

»Das sind sie, aber wenn man den Dreh erst einmal raushat, macht es enormen Spaß.« Ich präsentiere ihm auch meine anderen Entwürfe. Benno zeigt sich sichtlich beeindruckt.

»Du bist eine Tiefstaplerin, Birte. Von wegen: ›Ich bin nur eine Hobbygärtnerin.‹ Du hast mehr drauf als manch einer meiner Kollegen, mit denen ich studiert habe.«

Jetzt bin ich es, die ihn staunend ansieht. Er ist Landschaftsarchitekt und betreibt einen Blumeneinzelhandel? Für mich passt das nicht zusammen.

Wir machen uns ans Werk. Es klappt so geschmiert, dass man meinen könnte, wir wären ein jahrelang eingespieltes Team.

Nach Vollendung lade ich ihn auf die Veranda ein. Wir essen rote Grütze mit Vanillesoße und schauen uns stumm an. Keiner von uns traut sich, private Fragen zu stellen, obgleich mir viele einfallen. Gerade beginnt er, das Schweigen zu brechen, als Tilda nach Hause kommt.

Mich in Begleitung eines Mannes anzutreffen, der nicht Uli ist, scheint sie im ersten Moment zu irritieren. Doch als ich ihr Benno vorstelle und auf das neue Beet deute, das wir zusammen angelegt haben, entspannt sich ihr Gesicht. »Wow, Mama wird Augen machen.«

Benno verabschiedet sich. Er will das tun, wozu er die letzten Tage kaum gekommen ist. Schlafen.

ANNE

Auf Zofia!

Die Spannung ist kaum auszuhalten. Ich kann es nicht erwarten, die Frau kennenzulernen, in deren Obhut ich meinen Vater gebe. Was mache ich, wenn er sie ablehnt? Sich nicht von ihr anfassen lässt? Meine Gedanken fahren schon wieder Karussell. Ich ermahne mich, positiv zu denken. »Alles wird gut«, bete ich wie ein Mantra vor mich her.

Punkt elf ist es so weit. Es klingelt. Ich öffne und stehe einer Frau gegenüber, deren Alter ich nicht schätzen kann. Ihr Gesicht ist faltenfrei und passt nicht zu den ergrauten Haaren, die sie streng zu einem Zopf gebunden hat. Ich nehme ihr einen Koffer ab und heiße sie herzlich willkommen.

»Ich bin Zofia«, stellt sie sich vor und lächelt freundlich. »Sie müssen Frau Töpfer sein, die Tochter, richtig?«

Ein erster Stein fällt mir vom Herzen, denn Zofia spricht Deutsch.

»Mein Vater ist im Garten. Vielleicht führe ich Sie erst herum und zeige Ihnen Ihr Zimmer, bevor ich Sie mit ihm bekannt mache.

»Sehr gemütlich«, befindet sie den Raum, der für die nächsten sechs Wochen ihr Zuhause sein wird. Nach der

Zeit wird sie heimfahren, und eine andere Pflegekraft übernimmt.

»Ist mein Vater Ihr erster Patient, der dement ist?«, frage ich und fürchte mich vor ihrer Antwort.

»Nein, darauf bin ich spezialisiert. Machen Sie sich keine Sorgen.«

Vom Küchenfenster aus wirft sie einen ersten Blick auf ihren Schützling. »Ist Ihr Vater noch gut zu Fuß?«

Ich bestätige. »Körperlich ist er in guter Verfassung und geht gern spazieren. Er hat Lieblingsplätze, die ich Ihnen auf dem Stadtplan eingezeichnet habe.« Ich reiche Zofia eine Liste, auf der ich den Tagesablauf notiert habe. Danach zeige ich ihr die hochkalorische Trinknahrung, die ich für den Fall besorgt habe, dass er mal wieder bockig ist und nicht essen will. Wir tauschen Handynummern aus.

»Sollte es an der Tür klingeln, lassen Sie bitte niemanden ins Haus. Meine Tochter und ich haben Schlüssel. Kein anderer hat hier Zutritt.«

Sie nickt und geht zu Vater nach draußen. »Guten Tag, Herr Töpfer. Wie geht es Ihnen heute?«, schreit sie ihn an.

Meine Güte, er ist dement, aber nicht taub. Was hat sie denn jetzt vor? Sie zeigt ihm Fotos von ihrer Familie und ihrem Zuhause an der Ostsee.

Mit einer Flasche Saft und drei Gläsern geselle ich mich zu ihnen.

»Waren Sie schon einmal in meiner Heimatstadt?«, fragt sie ihn.

Vater schaut mich an. »War ich schon mal dort?«

»Ich glaube nicht. Du bist lieber in den Süden gereist. Nach Italien und Spanien.«

»Paella«, sagt er und freut sich.

Zofia nimmt Augenkontakt zu mir auf. Aber ich kann ihre Blicke nicht deuten.

»Ab hier kommen wir allein zurecht. Fahren Sie getrost ab, Frau Töpfer.«

»Ich dachte, wir essen noch zusammen.«

»Sie müssen loslassen. Seien Sie ganz beruhigt. Ihr Vater ist bei mir in guten Händen.«

Ich fühle mich schrecklich. Es kommt mir vor wie damals, als ich Tilda zum ersten Mal im Kindergarten abgegeben habe. Sie wollte sich nicht von mir trennen und hat bitterlich geweint. Auch heute zerreißt es mir das Herz.

»Bis morgen«, rufe ich und bleibe noch einen Moment im Türrahmen stehen. Sekündlich warte ich darauf, dass er fragt, wohin ich gegangen bin, weil ich doch gerade noch da war. Aber er schaut noch nicht einmal auf.

Ich fahre mit der Absicht nach Hause, gleich nach meiner Ankunft einen doppelten Schnaps zu trinken. Der soll das schlechte Gewissen aus meiner Kehle spülen.

Als ich sehe, was Birte während meiner Abwesenheit angestellt hat, löst sich der Druck in meiner Brust.

Tilda überfällt mich bereits auf dem Hof. »Wie ist sie? Kann Opa sie leiden?«

»Lass mich doch erst einmal ankommen«, bitte ich. Doch weil ich sie nicht auf die Folter spannen will, zeige ich Daumen hoch.

Kopfschüttelnd schreite ich durch den Garten. Er ist nicht wiederzuerkennen. So weit das Auge reicht, blüht es in den schillerndsten Farben.

Birte steht auf der Veranda und beobachtet mich.

»Wo sind meine Brennnesseln?«, unke ich. »Die brauche ich, um Tee zu kochen.«

»Vergiss den Tee. Wir trinken einen Erdbeer-Daiquiri.«

Ich gehe zu ihr und nehme sie fest in den Arm. »Du bist total verrückt. Von der vielen Arbeit, die du dir gemacht hast, mal ganz abgesehen, all die Blumen müssen ein Vermögen gekostet haben. Das Geld dafür werde ich dir erstatten.«

»Willst du mich beleidigen?« Sie wendet sich an Tilda. »Süße, kümmerst du dich um die Drinks?«

Ich habe den Eindruck, dass Birte sie absichtlich in die Küche geschickt hat, um mir etwas zu sagen, was nicht für Tildas Ohren bestimmt ist. Und richtig. Sie beugt sich vor und flüstert: »Seit sie vorhin mit Luka telefoniert hat, trägt sie eine Trauermiene. Ich habe mich bereits schlaugemacht. Um fünfzehn Uhr zwanzig geht ein Direktflug von Hamburg nach Göteborg. Wenn sie den nimmt, könnte sie es noch rechtzeitig schaffen, das Boot der Richters zu erreichen. Was meinst du, wollen wir noch einen zweiten Versuch starten?« Ich nicke.

Meine Tochter serviert drei Cocktails. »Jetzt erzähle! Wie ist die Pflegerin? Welchen Eindruck macht sie auf dich?«

»Zofia ist ein Hauptgewinn. Sie und Robert waren vom ersten Moment an ein Herz und eine Seele.« Ich übertreibe bewusst maßlos. »Man könnte sagen, es war Liebe auf den ersten Blick.«

»Auf Zofia!«, ruft Birte und hebt ihr Glas.

»Wir haben eine für beide Seiten zufriedenstellende Vereinbarung getroffen. Ich übernehme an zwei Nachmittagen pro Woche, und jeden zweiten Samstag hat sie frei.«

Tilda zeigt sich verwundert. »Damit war sie einverstanden? Das sind aber mehr als vierzig Wochenstunden.«

»Robert ist nicht bettlägerig. Er benötigt keine Intensivpflege.«

»Wenn das so ist, hätte ich ja doch mitsegeln können.«

»Das kannst du immer noch, Mäuschen. Geh packen! Ich buche dir inzwischen einen Flug.«

»Schon erledigt«, mischt Birte sich ein. »Ich schicke dir dein Ticket gerade auf dein Handy.«

Tilda braucht einen Moment, um zu kapieren, was ihr gerade widerfährt. Doch dann drückt sie uns ganz fest. »Ihr seid die Besten«, quietscht sie und rennt die Treppe hinauf.

Ich tippe an mein Glas. »Gibt es noch mehr davon?«

»Später. Erst musst du sie zum Flughafen bringen.«

Ich verziehe das Gesicht, denn ich habe keine Lust, die Strecke noch einmal zu fahren. »Sie kann meinen Wagen nehmen und ihn dort abstellen. Vielleicht bist du so lieb und fährst mich morgen hin, damit ich ihn wieder abhole.«

»Dann aber sehr früh. Um spätestens halb neun muss ich zur Arbeit.«

Ich muss mich verhört haben. »Wo musst du hin?«

»Zur Arbeit. Ich habe seit gestern einen Job.«

Ist heute der erste April? Wird hier »Versteckte Kamera« gedreht?

»Mama!«, tönt es von oben. »Ich kann die Reisetasche nicht finden. Weißt du, wo sie ist?«

Ich sacke kurz in mich zusammen, dann erhebe ich mich vom Stuhl und gehe in die Diele. »Welche Reisetasche?«, rufe ich, während ich die Stufen nehme.

»Die blaue, die ich immer benutze, wenn ich bei Luka übernachte.«

»Wenn sie nicht hier ist, wird sie wohl bei ihm sein.«

»Mist! Ich will keinen Hartschalenkoffer nehmen. Der ist an Bord viel zu sperrig. Kann ich Birte fragen, ob sie mir ihre Tasche leiht?«

»Sie hat mir gerade gesagt, sie hätte einen Job. Stimmt das?«

Mein Kind kichert. »Kaum zu glauben, oder? Aber es ist wahr. Sie hilft bei Benno Kunstmann in der Gärtnerei aus.« Verschmitzt zwinkert sie mir zu. »Und das macht sie gewiss nicht, weil sie Geld braucht. Du hättest mal sehen sollen, wie die beiden sich gestern angeschmachtet haben.«

»Ich kann dich hören«, ruft Birte aus der Küche.

Tilda hält sich verschämt die Hand vor den Mund. Aber nur kurz. »Dann darf ich deine Tasche nehmen?«

»Nur, wenn du deiner Mutter keinen weiteren Blödsinn erzählst. Wir haben uns nicht angeschmachtet.«

»Ihre Blicke waren eindeutig«, flüstert Tilda und sprintet ins Gästezimmer.

Während sie packt, nehme ich mir Birte vor. »Wieso hast du dir einen Job gesucht?«

»Habe ich nicht. Ich wurde entdeckt«, antwortet sie albern. »Hast du dir den Steingarten mal genauer angesehen? Die Kantsteine hat Benno gesetzt. Er hat auch den Kiesel besorgt, sonst wären wir gestern nicht fertig geworden. Benno ist Landschaftsarchitekt. Wusstest du das? Ich habe ihm geraten, das auf sein Firmenschild zu drucken. Wie sollen die Leute sonst erfahren, was alles in ihm steckt? Benno fährt dreimal wöchentlich zum Großmarkt. Manchmal auch viermal. Dann bekommt er kaum Schlaf. Er führt den Laden ganz allein. Seine Tochter Caro hilft ihm während der Semesterferien, aber mehr Hilfe hat er nicht. Bennos Angestellte ist im Mutterschutz …«

»Stopp!«, unterbreche ich sie, nachdem binnen einer Minute viermal der Name Benno gefallen ist.

»Was läuft da zwischen dir und diesem Mann?«

»Nichts! Wir haben rein beruflich miteinander zu tun.«

»Was zahlt er dir denn?«

Sie schaut mich an, als hätte sie mich nicht verstanden.

»Keine Ahnung, darüber haben wir noch gar nicht gesprochen.«

»Das ist wirklich sehr professionell«, verspotte ich sie und gehe auf Tilda zu, die wissen will, wer von uns beiden sie zum Flughafen bringen wird. Es ist nicht zu übersehen, dass sie vor lauter Vorfreude ganz rote Bäckchen bekommen hat. Ich werfe ihr meinen Autoschlüssel zu. »Stell den Wagen im Parkhaus ab und schicke mir die Platznummer. Und nun raus mit dir, sonst verpasst du noch deinen Flieger.«

Wir begleiten sie zum Auto und winken ihr nach, bis sie aus unserem Sichtfeld verschwindet.

»Sie ist so beneidenswert jung«, seufzt meine Freundin. »Weißt du noch, wie unbeschwert wir in ihrem Alter waren?«

»Spielst du etwa auf meine Figur an?«

»Nein! Ich spreche von der Unbekümmertheit und der unbändigen Lebenslust, die uns abhandengekommen sind.«

Nach dieser Aussage steht fest, dass Birte in einer Krise steckt. Ob in einer Ehe- oder Lebenskrise, werde ich bei einem weiteren Daiquiri herausfinden.

TILDA

Eine gelungene Überraschung

Meine Befürchtung, die Hermine könnte bereits abgelegt haben, bevor ich in Göteborg gelandet sein würde, stellt sich als unbegründet heraus. Luka und seine Eltern sind noch in der Stadt unterwegs und besorgen Proviant.

»Meine Mutter hat darauf bestanden, diese Nacht in der Marina zu bleiben und erst morgen früh zu starten«, erklärt er mir mürrisch und ergänzt, dass er das für eine komplett blöde Idee hält. »Damit verliere ich einen ganzen Tag, den ich früher hätte bei dir sein können.«

Es freut mich zu hören, wie sehr er mich vermisst. Aber noch mehr freue ich mich auf sein Gesicht, das er machen wird, wenn ich in drei Stunden unvermittelt vor ihm auftauche.

Ich halte das Gespräch kurz, denn ich möchte vermeiden, dass ihm die typischen Hintergrundgeräusche des Flughafens meinen Aufenthaltsort verraten. Rasch sende ich Mutter die Stellplatznummer und eile vom Parkhaus zum Terminal.

Bis zum Boarding bleibt mir noch ausreichend Zeit, online zu recherchieren, wie ich nach der Landung am schnellsten zum Jachthafen gelange. Es gibt eine Verbindung mit öffentlichen Verkehrsmitteln. Doch für die kurze Strecke von fünfunddreißig Kilometer müsste ich erst den Bus, dann den Zug und noch einmal den Bus nehmen. Ich wäre länger als eine Stunde unterwegs. Mein Entschluss steht fest. Ich gönne mir ein Taxi.

Wie lustig, denke ich, als ich bemerke, dass mein Fahrer auch einen roten Miniaturgaul an seinem Rückspiegel angebracht hat.

Ich spreche ihn auf Englisch an. »Dein kleiner Anhänger hat seinen Ursprung in der Gegend um Växjö, richtig?«

»Nein, das Dalahäst wird nicht in Småland, sondern in Dalarna gefertigt. Das liegt weiter nördlich. Aber mittlerweile ist es ein Symbol für ganz Schweden geworden.«

Bevor ich mich noch weiter mit meinem Halbwissen blamiere, verhalte ich mich still und genieße die Fahrt, die mir bei schönstem Wetter Ausblick auf die Stadt und das Meer bietet. Schnell verstehe ich, warum Schweden beim World-Happiness-Report seit Jahren einen der vorderen Plätze belegt. Es ist wirklich unbeschreiblich schön hier.

Ein Blick auf sein Navi verrät mir, dass wir nicht mehr weit vom Ziel entfernt sind. Ich beende mein Schweigen.

»Ist die Marina Fiskebäck ein großer Jachthafen? Ich weiß nämlich gar nicht, an welchem Steg das Boot liegt.«

»Dort gibt es mehrere Hundert Liegeplätze. Am besten fragst du im Büro des Hafenmeisters nach. Das erspart dir langes Suchen.«

Direkt vor dem Gebäude hält mein Fahrer. Ich bedanke mich für seinen Tipp, zahle den Shuttle und steige aus.

Zwar erspart mir sein Rat langes Suchen, aber keinen weiten Fußmarsch. Hermine hat einen Platz in der letzten Reihe des Hafenbeckens.

Ich passiere kleine Jollen und imposante Motorjachten, bis ich völlig verschwitzt den Steg erreiche, von dem ich die abgeflachten Felseninseln sehe, die ich bisher nur von Filmen aus dem Fernsehen kenne. Das sind also die Schären, denke ich und beobachte Kinder, die fröhlich im seichten Wasser planschen, während die Großen auf den gewärmten Steinformationen die Abendsonne genießen.

»Hallo!«, rufe ich vor der imposanten Hermine, deren Länge ich auf mindestens zwölf Meter schätze. Doch es lässt sich niemand blicken. »Luka? Herr und Frau Richter?«

Keine Reaktion. So habe ich mir meine Überraschung nicht vorgestellt.

Auf dem Deck des Bootes, das links danebenliegt, spricht mich eine Deutsche an.

»Die sind vor ein paar Minuten zum Essen ins Hafenrestaurant gegangen. Sie können es nicht verfehlen. Es ist das Gebäude mit dem Dach, das wie ein Leuchtturm aussieht.«

Na, bravo. Daran bin ich gerade vorbeigegangen. Zurückmarschieren oder warten?

Ich werfe meine Tasche auf das Heck und setze mich in Bewegung. Erfolglos suche ich den Außenbereich nach ihnen ab. Erst im Restaurant entdecke ich sie an einem runden Fünfertisch. Frau Richter reagiert zuerst auf mein Winken. Sie schaut, als hätte sie ein Gespenst gesehen. Ich kann von ihren Lippen ablesen. Sie formen ein »Oh, mein Gott. Tilda ist hier«. Gleich darauf drehen sich Herr Richter und Luka um. Obendrein starren mich zwei weitere Augenpaare an. Eins gehört Emil, das verbleibende ist das seiner Mutter Marie. Ich kämpfe gegen meinen Impuls an, sofort das Lokal zu verlassen. Das Land zu verlassen!

»Wann wolltest du mir sagen, dass dein Sohn und deine Ex dabei sind?«, liegt mir auf der Zunge. In Gedanken nehme ich ein Glas vom Tisch, schütte es Luka direkt ins Gesicht und beschimpfe ihn aufs Übelste. Aber die Blöße gebe ich mir nicht. Stattdessen sage ich freundlich »Guten Abend«, frage am Nebentisch, ob ich den freien Stuhl nehmen dürfe, und presse ihn zwischen Luka und Marie. »Da bin ich. Vielen Dank für Ihre Einladung«, sage ich zu Herrn Richter, denn er ist der Erste, der seinen Mund wieder geschlossen hat.

»Wo kommst du plötzlich her?«, fragt Frau Richter.

Mein Herz klopft bis in den Hals, dennoch versuche ich, mir die Anspannung nicht anmerken zu lassen. »Luka hat mir gesagt, dass er mich unfassbar vermisst. Hätte ich ihn leiden lassen sollen? Nein, das bringe ich nicht übers Herz.« Ich lächle den Mann an, dem ich liebend gern wehtun möchte, und drücke ihm demonstrativ einen Kuss auf den Mund. Danach frage ich in die Runde. »Habt ihr schon bestellt?«

BIRTE

Nach fünf Tagen

Anne hat das Bedürfnis, sich bei mir zu revanchieren. Sie möchte mich zum Essen ausführen.

»Nicht heute«, lehne ich ihre Einladung ab. »Ich habe gestern einen Hefeteig vorbereitet. Was hältst du von Pizza? Homemade wie bei Mama Leone.«

»Heize den Ofen auf! Ich sorge für Musik«, quietscht sie und stellt ihre Playlist mit Italo-Evergreens an.

Zu den Klängen von Gianna Nannini zeige ich ihr, was ich am Vortag eingekauft habe. »Was willst du draufhaben? Chorizo? Prosciutto? Sardellen? Oliven?«

»Alles und ganz viel Käse!«, tönt sie und stellt die Musik lauter. »Sotto il cielo di un'estate italiana«, trällert sie aus voller Brust und tanzt um den Küchentisch.

Die Musik weckt Erinnerungen in mir. »Woran denkst du bei diesem Lied?«, frage ich und hoffe, dass auch sie sich an unseren gemeinsamen Trip nach Murano erinnert.

»Fußball-WM 1990?«

»Ach, Anne! Nein, du sollst an Venedig denken und an unser Versprechen, das wir uns gegeben haben. Alten-WG? Dämmert da was bei dir?«

»Das war doch eine Schnapsidee. Wir beide waren hackevoll.«

»Könntest du dir vorstellen, mit mir zu leben?«

»Noch sind wir nicht alt. Wir stehen in der Lebensmitte.«

Anne macht es mir nicht leicht. Ich muss schwerere Geschütze auffahren, um sie davon zu überzeugen, dass jetzt der richtige Zeitpunkt gekommen ist, unseren Plan in die Tat umzusetzen. »Sollen wir etwa warten, bis wir so verwirrt sind wie dein Vater?«

Sie schaut mich prüfend an. »Du willst Uli die Rote Karte zeigen. Das kann ich verstehen. Aber willst du ihn wirklich vom Platz stellen?« Sie legt eine bedeutungsschwangere Pause ein. »Hast du vor, ihn gegen Benno auszuwechseln? Auch Trainer setzen bei der Aufstellung ihrer Mannschaft bis zur achtzigsten Minute auf Erfahrung. Erst dann schicken sie junge, frische Spieler aufs Feld, die es schneller über die Mittellinie schaffen. Aber sei dir im Klaren darüber, dass diese Taktik nicht immer von Erfolg gekrönt ist, sondern auch schiefgehen kann.«

»Rede nicht in diesem Fußballjargon. Es ist mir wirklich ernst. Ich gehe nicht zu Uli zurück!«

Als hätte er meine Worte gehört, ruft er mich just in diesem Moment an. Nach fünf Tagen! Ich lasse es bimmeln. Erst als Anne mich »kindisch« nennt, gehe ich ran.

»Was gibt es?«, fauche ich.

»Hier klingelt pausenlos das Telefon. Wieso hast du bei den Einladungen keine Uhrzeit genannt?«

»Jeder, der über ein Mindestmaß an Intelligenz verfügt, weiß, dass Brunch elf Uhr bedeutet.«

»Offensichtlich nicht, sonst würden nicht alle nachfragen.«

»Es sind deine Freunde. Das sollte dir zu denken geben.«

»Kann ich davon ausgehen, dass du deinen albernen Streik beendest und nach Hause kommst?«

»Davon würde ich dir abraten.«

Er wird laut. »Du kannst doch nicht zwanzig Leute zum Brunch einladen und nicht anwesend sein.«

»Ich habe nicht zu *meinem* Brunch eingeladen, sondern zu *deinem* Geburtstag. Also, mach du dir Gedanken.«

»Du lässt mich hängen?«

»Sagtest du nicht, dass meine Kochkünste ohnehin nicht so prickelnd seien? Frag doch deinen neuen Freund, ob er für dich und deine Gäste grillt. Ich stehe nicht zur Verfügung.«

»Birte, ich warne dich!«

Die Zeiten, dass ich mich von ihm warnen lasse, sind endgültig vorbei. Ich lege auf und stelle mein Handy aus.

Anne schüttelt den Kopf. »Das kannst du nicht bringen.«

»Warum nicht?«

»Uli wird fünfzig. Das ist gerade für Männer ein besonderer Geburtstag. Sie ziehen Bilanz und kommen nicht selten zu der Erkenntnis, ihr Leben zu ändern.«

»Du meinst, sie kaufen sich einen Porsche und nehmen sich eine jüngere Geliebte? Soll er doch. Meinen Segen hat er.«

»Das sind Klischees, und davon rede ich nicht.«

»Was meinst du dann?«

»Dass es vernünftig wäre, ein klärendes Gespräch zu führen. Ihr redet zu wenig miteinander, Birte.«

»Reden? Er hat sich fünf Tage nicht bei mir gemeldet. Heute fällt ihm ein, dass ich seinen Geburtstag ausrichten soll. Doch das kann er vergessen! Ich bin nicht seine ›Köökschc!«

Wenn ich ins Plattdeutsche abdrifte, sollte Anne wissen, dass ich bis unter die Hutschnur geladen bin. Doch sie gibt keine Ruhe und setzt nach. »Natürlich bist du nicht seine Hausangestellte, obwohl du es all die Jahre gern gewesen bist. Dein Sinneswandel kommt nicht nur für ihn überraschend.«

»Besser spät als nie.«

Sie schaut mich beschwörend an. »Muss es denn unbedingt vor seinem großen Tag sein? Hast du wirklich vor, ihn im Regen stehen zu lassen?«

»Sollte er Wert auf meine Anwesenheit legen, kann er mich zu seinem Fest einladen. Ich würde hinfahren und ihm gratulieren. Mehr hat er allerdings nicht von mir zu erwarten.«

»Hast du ihn denn gar nicht mehr lieb?«

Darauf kann ich ihr keine ehrliche Antwort geben. Ich weiche aus. »Der Ofen hat die nötigen zweihundertfünfzig Grad erreicht. Gleich gibt es Pizza. Deckst du den Tisch?«

TILDA

Die Spiele sind eröffnet

Obwohl ich deutlich gespürt habe, dass ich nicht bei allen willkommen bin, ist es mir gelungen, mir während des Abendessens nichts anmerken zu lassen. Stoisch habe ich Maries böse Blicke ertragen und Frau Richters Dauerschweigen geflissentlich ignoriert. Für mein Pokerface hätte ich einen Oscar verdient. Ich bin heilfroh, dass Herr Richter Emils Bitte nach einem Eis ablehnt und unmittelbar nach dem Hauptgang die Rechnung verlangt.

Ich warte, bis die vier außer Hörweite sind. Erst dann lege ich los. »Warum hast du mir verheimlicht, dass deine Ex und Emil mit von der Partie sind?«

Luka hatte ausreichend Zeit, sich eine plausible Erklärung einfallen zu lassen. Sie folgt prompt.

»Ich hatte keine Ahnung und war genauso überrascht wie du.«

»Wir haben zweimal miteinander telefoniert, und du hast es nicht für nötig gehalten, es mir zu sagen«, werfe ich ihm vor.

»Ich habe absichtlich geschwiegen, weil ich vermeiden wollte, dass du die Anwesenheit von Marie falsch verstehst. Meine Eltern wollten lediglich Zeit mit ihrem Enkel verbringen, bevor es auf große Fahrt geht. Davon, dass sie auch an Bord geht, war nie die Rede.«

»Hättest du den Mund aufgemacht, wäre ich nicht hergekommen.«

Er lächelt. »Wenn das so ist, dann habe ich alles richtig gemacht. Ich freue mich nämlich unbeschreiblich, dass du da bist.« Ich bekomme einen Kuss.

Lieber wäre es mir gewesen, er hätte mir diese Worte im Beisein der anderen gesagt. Das wäre ein Statement gewesen. Noch während ich überlege, wie ich mich aus dieser peinlichen Lage befreien kann, ohne das Gesicht zu verlieren, schlägt Luka vor, zwei Drinks beim Ober zu bestellen. Damit möchte er sich mit mir auf einen Felsen hocken und den Sonnenuntergang genießen.

Ich bin einverstanden, bitte ihn jedoch um einen Moment Geduld. »Vorher muss ich erst wohin.«

Noch bevor ich die Waschräume für Damen betrete, nehme ich die Stimmen von Marie und Frau Richter wahr.

»Wie stellst du dir das vor, Greta? Ich werde auf gar keinen Fall eine Woche mit dieser Frau auf dem Boot verbringen! Das ist eine Zumutung. Für Emil und für mich!«

»Beruhige dich, Marie. Das war für alle von uns eine unangenehme Situation. Aber wir werden eine Lösung finden.«

»Ich sage dir, wie die Lösung aussieht. Wenn du Zeit mit deinem Enkel verbringen willst, dann schicke diese Pute nach Hause! Heute noch!«

Mit »Pute« war wohl ich gemeint.

»Was erwartest du, Marie? Sie ist Lukas Freundin.«

»Noch! Ich werde ihr nicht kampflos das Feld überlassen.«

Das wird ja immer interessanter. Offensichtlich hat sie sich noch immer nicht damit abgefunden, dass es zwischen Luka und ihr aus und vorbei ist. Aber das ist es doch, oder etwa nicht?

»Ich gebe dir mal einen gut gemeinten Rat«, wirkt Frau Richter auf die Hysterikerin ein. »Wenn du ihn zurückgewinnen willst, dann halte die Füße still. Zeig dich von deiner besten Seite und nutze die kommenden Tage, um ihn davon zu überzeugen, dass du eine zweite Chance verdient hast. Was mich betrifft, ich würde mich sehr darüber freuen, dich wieder offiziell in unseren Familienkreis aufzunehmen. Du weißt, wie gern ich dich und den Kleinen habe.«

Damit sollte klar sein, wo Frau Richter steht. Ich habe genug gehört. Mit Schwung reiße ich die Tür auf und sehe die beiden eng umschlungen vor den Waschbecken stehen. Als sie mich erkennen, lässt Lukas Mutter sofort von ihrer Ex-Schwiegertochter ab.

Falsche Schlange, denke ich, schlängle mich an ihnen vorbei und stürme in eine freie Kabine.

»Ist dir das Essen nicht bekommen?«, fragt Marie und kann die Belustigung in ihrer Stimme nicht unterdrücken.

»Mit mir ist alles fein. Ich will mich nur beeilen, weil Luka mit mir einen Sundowner auf den Klippen trinken möchte. Wir wollen noch einmal unsere Zweisamkeit genießen, bevor es morgen losgeht.«

Ohne zu sehen, wie Marie gerade schaut, kann ich mir ihr garstiges Gesicht bildlich vorstellen. Die Spiele sind eröffnet, du Kuh!

Luka und ich haben den Platz fast für uns allein. Trotzdem fühle ich mich beobachtet, wenn er mich küsst. Mein

Gefühl täuscht mich nicht. Marie steht mit einem Fernglas auf dem Boot und verfolgt jede unserer Bewegungen. Er hat sie nicht bemerkt und wirkt so entspannt, wie ich ihn kenne und liebe.

Eine leichte Brise ist aufgezogen. Auf meinen Armen bildet sich eine Gänsehaut.

»Ist dir kalt, Tilda?«

Ich nicke und rücke noch dichter an ihn heran. Großzügig überlässt er mir seine Jacke und legt sie mir über die Schultern. »Wenn wir diesen Trip unbeschadet überstehen, kann uns im weiteren Leben nichts mehr passieren«, sinniert er und trinkt den letzten Schluck aus seinem Glas.

»Kann es sein, dass deine Eltern es lieber sehen würden, dass du wieder mit Marie zusammenkommst?«

»Die Wünsche meiner Eltern spielen für mich keine Rolle. Ich weiß, zu wem ich gehöre. Sollten sie nicht komplett blind sein, werden sie spätestens auf der Reise kapieren, dass es völlig sinnlos ist, einen Keil zwischen uns zu treiben.«

Fast ängstlich schaue ich ihn an. »Das haben sie vor, oder? Dass Marie und Emil auf der Fahrt dabei sind, war pure Berechnung von ihnen. Habe ich recht?«

Er hebt die Schultern. »Ich weiß es nicht, aber es wäre ihnen durchaus zuzutrauen. Wenn du keine Lust auf diese Spielchen hast, könnte ich dich verstehen.«

»Schlägst du mir gerade vor, das Handtuch zu werfen? Schatz, dann kennst du mich schlecht. Einen Rückzieher zu machen, ist keine Option für mich. Zeigen wir ihnen, dass es vergebene Liebesmüh ist, uns zu entzweien.«

ANNE

Heidenschreck

Ich verzichte darauf, mich von Birte nach Hamburg fahren zu lassen, und nehme in aller Ruhe die Bahn. Um kurz nach zehn hole ich meinen Wagen aus dem Parkhaus. Statt auf direktem Weg nach Hause zu fahren, beschließe ich, bei Robert vorbeizuschauen. Ich möchte wissen, wie die erste Nacht verlaufen ist. Unangekündigt schlage ich dort auf. Verwundert stelle ich fest, dass die Außenjalousie vor seinem Schlafzimmerfenster heruntergelassen ist. Mit meinem Schlüssel verschaffe ich mir Zutritt.

Erst auf mein zweites »Hallo« kommt Zofia die Treppe herunter.

»Wo ist mein Vater?«

»Wo soll er sein, Frau Töpfer? Er schläft in seinem Bett.«

»Jetzt noch? Es ist halb elf.« Ich gehe ins stockfinstere Schlafzimmer und ziehe die Jalousie hoch. Erst als Tageslicht den Raum erhellt, wacht er auf.

»Welcher Tag ist heute?«

»Montag, Papa.«

»Ich gehe heute nicht zur Arbeit«, grummelt er und dreht sich auf die Seite.

In mir wächst ein Verdacht, mit dem ich Zofia sofort konfrontiere. »Haben Sie meinem Vater irgendwelche Medikamente verabreicht?«

Entschieden weist sie meinen Vorwurf von sich.

»Aber es ist doch nicht normal, dass er um diese Zeit noch schläft.«

»Warum soll ich ihn morgens um halb acht wecken?«

»Weil er einen geregelten Tagesablauf benötigt. Ich habe Ihnen doch den Plan gegeben.«

Eingeschnappt verzieht sie das Gesicht. »Bitte, wenn Sie darauf bestehen, halte ich mich an die Zeiten. Aber Ihrem Vater tue ich damit keinen Gefallen. Sein Kopf sagt ihm, wann er ausgeschlafen ist oder wann er Hunger verspürt.«

»Sein Kopf sagt ihm gar nichts mehr. Mein Vater ist dement. Um ihm zu zeigen, wann es Zeit ist, aufzustehen, zu essen und zu trinken, sind Sie hier. Sie sind sein Kopf!«

Bin ich in meiner Entrüstung zu weit gegangen? So wie sie mich anschaut, rechne ich jeden Moment damit, dass sie ihre Koffer packt.

Doch sie scheint hart im Nehmen zu sein. In pastoraler Gelassenheit redet sie auf mich ein. »Es ist alles neu für Sie, Frau Töpfer. Ich sehe, wie schwer es Ihnen fällt, Verantwortung abzugeben. Aber Sie dürfen sicher sein, dass ich weiß, was das Beste für Ihren Vater ist. Übrigens hatten wir gestern einen sehr netten Abend. Wir haben bis nach acht draußen gesessen und geplaudert.«

Ich gehe in die Küche, um zu überprüfen, ob sie für Frühstück gesorgt hat. Als ich den gedeckten Tisch sehe, rege ich mich langsam ab.

»Was ich Ihnen jetzt sage, wird Ihnen nicht gefallen. Aber ich möchte Sie bitten, mich jetzt mit Ihrem Vater allein zu lassen. Geben Sie ihm die Möglichkeit, sich an mich zu gewöhnen. Wir sehen uns am Mittwochnachmittag.«

Ist das zu fassen? Sie wirft mich schon wieder raus. Vielleicht hat sie recht, und ich störe bei der Eingewöhnung. Vielleicht aber auch nicht, und sie will mich loswerden, um unkontrolliert schalten und walten zu können. Obwohl ich noch immer ein mulmiges Gefühl habe, trete ich den Rückzug an. Allerdings fahre ich nicht sofort ab. Ich klingle bei den Nachbarn. Die Frau des Hauses öffnet mir und bittet mich herein.

»Gestern ist die Pflegerin bei meinem Vater eingezogen.«

Sie nickt. »Das war nicht zu überhören. Sie hat ein recht lautes Organ.«

»Dann stimmt es, dass die beiden den Abend im Garten verbracht haben?«

»Sie hat ihn in Grund und Boden gequatscht.«

Ich bin erleichtert. »Würden Sie bitte Augen und Ohren offen halten und mir sofort Bescheid geben, sollten Sie etwas Ungewöhnliches bemerken?«

Sie stimmt zu und notiert sich meine Telefonnummer.

Nun kann ich beruhigt nach Hause fahren. Aber ich komme nicht weit. Mein Handy klingelt. Mir wird die Rufnummer von Ulis Praxis angezeigt. Ich fahre rechts ran und nehme den Anruf entgegen.

»Frau Töpfer, Doktor Mertens bittet Sie, noch heute vorbeizukommen.«

Mir rutscht das Herz in die Hose. »Liegen die Ergebnisse meiner Blutuntersuchung vor?«

»Darüber darf ich Ihnen keine Auskunft geben. Besser, Sie sprechen mit Herrn Doktor. Schaffen Sie es bis zwölf Uhr?«

Ich bejahe und lege auf. »Oh, mein Gott. Wenn Uli mich zu sich zitiert, kann es nur bedeuten, dass es schlechte Nachrichten gibt. So schlechte, die er mir nur persönlich mitteilen kann. Genauso verhielt es sich bei meiner Mutter, als sie ihre Untersuchungsergebnisse erhielt. Habe ich etwa auch Krebs? Es ist doch gemeinhin bekannt, dass Kinder eine gewisse Prädisposition für diese Krankheit haben.

»Jetzt bloß nicht durchdrehen«, ermahne ich mich. Ich warte, bis sich das Zittern meiner Hände und Beine gelegt hat, erst dann fahre ich weiter.

Im Wartezimmer der Praxis sitzen zwei Leute. In der Hoffnung, Uli würde mich vorziehen, bitte ich die Resolute, ihrem Chef auszurichten, dass ich da bin. Sekunden später kommt der Gott in Weiß auf mich zu, bedankt sich für mein schnelles Kommen und bittet mich, ihm in sein Sprechzimmer zu folgen.

»Ich war heute Morgen schon bei dir in der Heide, habe aber niemanden angetroffen.«

»Lass die Umschweife und sag es mir geradeheraus. Ist es Krebs?«

»Häh? Wie kommst du denn darauf? Ich war bei dir, um mit Birte zu sprechen.«

»Dann geht es gar nicht um meine Untersuchungsergebnisse?«

»Natürlich nicht. Die liegen noch gar nicht vor. Ich bitte dich, mir zu sagen, was in meine Frau gefahren ist.«

»Deshalb bestellst du mich her? Hast du einen Vogel? Deinetwegen habe ich gerade Todesängste ausgestanden. Wenn du wissen willst, was mit Birte los ist, dann sprich mit ihr.«

»Wie denn? Sobald ich sie anrufe, drückt sie mich weg. Sie hat zwanzig Personen zu meinem Geburtstag eingeladen und weigert sich, nach Hause zu kommen. Wie stehe ich denn vor unseren Freunden da?«

So langsam kann ich Birte verstehen. Uli ist wirklich ein Egoist erster Güte.

»Zwanzig? Bei dieser Personenzahl wirst du spielend leicht einen Caterer finden, der den Auftrag übernimmt. Schlag mal das Branchenbuch auf oder gehe online auf Recherche.«

Als er sieht, dass ich mich erhebe, steht auch er auf.

»Anne, kannst du nicht mal mit ihr reden? Du bist ihre beste Freundin. Auf dich wird sie hören.«

»Ich soll das geradebiegen, was du verbockt hast? Nee, das mach mal schön selber. Aber ich gebe dir einen Rat. Warte nicht zu lange, wenn dir an der Fortsetzung deiner Ehe gelegen ist.«

»Was willst du mir denn damit sagen?«

Er ist ein promovierter Mediziner und kapiert den einfachsten Satz nicht. »Nichts, Uli, ich habe schon zu viel gesagt. Ich mach jetzt einen Abflug.«

TILDA

Leinen los

Obwohl die Bugkoje für Marie und Emil aufgrund ihrer kürzeren Körpergröße viel besser geeignet wäre, hat Frau Richter sie Luka und mir zugewiesen. Wenn sich auf der spitz zulaufenden Matratze unsere Füße berührt haben, bin ich ständig zusammengezuckt, denn im Bereich der Fußsohlen bin ich unsagbar kitzelig.

Maries listige Frage, ob wir gut geschlafen haben, beantwortet Luka beim Morgenkaffee mit einem Lächeln. »Hervorragend. Wir hatten eine sehr amüsante Nacht, oder, Schatz?«

Herr Richter hat es plötzlich ganz eilig. Er will starten, um vor den großen Schiffen die ersten Schleusen zu erreichen. Doch seine Frau besteht darauf, dass wir erst die Toiletten in der Marina aufsuchen.

»Schließlich sind wir jetzt zu fünft und die Kapazitäten der sanitären Anlage sind begrenzt.«

Ich kapiere sofort, dass mir dieser Pfeil gilt.

Nicht um acht, sondern erst um halb neun heißt es Leinen los. Während Kapitän Richter die Hermine tuckernd aus dem Hafenbecken lenkt, bekommt sein Enkel den ersten Wutanfall. Emil will keine Schwimmweste tragen. Doch seine Großmutter besteht darauf. »Die dient deiner Sicherheit.«

»Oma ist doof«, beschwert er sich kurz darauf bei Luka. Dem habe ich nichts hinzuzufügen.

Ich begebe mich zum Steuerstand und lasse mir von Herrn Richter die einzelnen Bordinstrumente erklären.

»Das ist ein Echolot. Das misst elektroakustisch die Wassertiefe und die Entfernung von etwaigen Hindernissen. Wenn du darauf drückst, wird die Windstärke angezeigt. Hier kannst du die Geschwindigkeit ablesen. Aktuell sind wir mit fünf Knoten unterwegs.«

»Können wir nicht oder dürfen wir nicht schneller fahren?«

»Auf Flüssen und Kanälen ist das die erlaubte Höchstgeschwindigkeit. Wenn wir den Vänern erreichen, das ist Schwedens größter See und drittgrößter Europas, und der Wind mitspielt, setzen wir die Segel. Dann geht es schneller voran.«

Mir geht es schnell genug voran. Auf diese Weise kann ich die Umgebung besser genießen, obwohl es momentan nicht viel zu sehen gibt. Wir schippern bei bewölktem Himmel durch ein Industriegebiet auf dem Fluss Göta älv. Auf dem geraden Abschnitt entdecke ich zahlreiche Ausleger, die beidseitig über das Wasser ragen. »Sie markieren das Fahrwasser für große Pötte«, erklärt mir Herr Richter.

Einige Brücken haben wir schon passiert. Für die nächste muss eine Öffnung beantragt werden. Wir warten.

»Guck mal, Papi«, ruft Emil und deutet hinter uns. Ein nostalgisch anmutendes Schiff nähert sich. Ich lese »MS Diana« und nehme an, dass sie der Grund ist, weshalb Herr Richter früher aufbrechen wollte.

»Diese Schiffe haben immer Vorfahrt«, erklärt er.

»Kannst du nicht für einen Moment den Motor ausstellen, Jens? Ich bekomme Kopfweh von dem Dauerbrummen«, beklagt sich seine Frau. Das kann ja noch lustig werden, denke ich. Wir sind gerade mal zwei Stunden unterwegs, und sie beschwert sich bereits über das Motorengeräusch.

Mittags nähern wir uns der ersten Schleuse auf dieser Fahrt. »Luka, du führst die Achterleine«, bestimmt sein Vater. Emil darf seiner Oma beim Fendern helfen. Die Aufgabe hätte ich auch übernehmen können, wenn ich gewusst hätte, dass es sich bei Fendern um die runden Ballons handelt, die über Bord gelassen werden, um das Boot beim Anlegen vor Beschädigungen zu schützen.

»Werden wir auf- oder abgeschleust?«, erkundige ich mich, denn ich möchte diese Reise nutzen, um etwas dazuzulernen.

Herr Richter zeigt Daumen hoch. »Auf. Die Schleuse von Lilla Edet überwindet eine Fallhöhe von sechs Metern. Richtig spannend wird es, wenn wir die Schleusentreppe in Trollhättan erreichen. Dort gibt es vier Kammern, in denen wir einen Höhenunterschied von dreiunddreißig Metern überwinden.«

»Müssen wir nicht vor dem Schleusengang von Bord gehen und die Gebühren entrichten? Das könnte ich übernehmen. Schließlich möchte ich mich auch nützlich machen.«

»Das ist nicht nötig, Tilda. Wir haben die Passage bereits im Voraus bezahlt.«

»Meine Güte, sie nervt«, höre ich Marie sagen. »Hat sie keinen Knopf, an dem man ihr ständiges Geplapper abstellen kann?«

Nicht nur mir ist mulmig, als sich die Schleusentore schließen und gewaltige Wassermassen auf uns einstürzen. Emil hat Angst und klammert sich an seiner Mutter fest.

»Hier wird gar nicht mit Leinen angelegt«, ruft Luka und deutet auf die Segeljolle, die vor uns in der Kammer liegt. »Gib mir mal den Bootshaken«, fordert er seine Mutter auf. Sie reicht ihm eine lange Teleskopstange, die er mit ganzer Kraft gegen die Betonmauer drückt, um Hermine bei aufsteigendem Wasser in Position zu halten.

Es hat alles reibungslos geklappt. Das Schleusentor öffnet sich, und wir können die Fahrt fortsetzen. Das könnten wir, wenn Marie keine Einwände hätte.

»Jens, könntest du bitte irgendwo anlegen? Emil wird unruhig. Auch ich hätte gern zwischendurch mal festen Boden unter den Füßen, um ein paar Schritte zu laufen.«

Bitte was? Emil wird unruhig? Das werden Babys, wenn sie müde sind oder gestillt werden wollen, aber doch kein Junge, der nach diesem Sommer eingeschult wird. Und wieso wünscht sie sich festen Boden unter den Füßen? Wenn sie dem Wasser so wenig abgewinnen kann, wäre sie besser zu Hause geblieben.

Offensichtlich teilt Herr Richter meine Gedanken, denn auch er verzieht genervt das Gesicht. Da seine Frau Maries Wunsch unterstützt, weil sie unter unerträglichen Kopfschmerzen leidet, schaut er auf die Uhr. »Vermutlich schaffen wir es heute ohnehin nicht mehr bis nach Vänersborg. Ich werde mal herausfinden, ob wir einen Gastliegeplatz auf Spikön bekommen. Kurz darauf zeigt er Daumen hoch.

Zweihundert Meter hinter einer Klappbrücke erreichen wir die grüne Halbinsel, die einer Parklandschaft gleicht.

»Auf der großen Wiese können wir später eine Runde kicken«, schlägt Luka seinem Sohn vor. Doch der hat bereits einen Spielplatz und eine Minigolfanlage entdeckt. Beides ist ihm lieber, als Fußball zu spielen.

Ich stelle zum ersten Mal an diesem Tag mein Handy an und gehe online, um herauszufinden, was dieser Ort noch zu bieten hat.

»Ganz in der Nähe gibt es Wasserfälle zu bestaunen«, informiere ich Marie. Doch sie tut so, als hätte sie mich nicht gehört. »Du wolltest dir doch die Beine vertreten«, erinnere ich sie.

Ohne mich anzusehen, wendet sie sich an den Kleinen. »Emil? Möchtest du mit Tilda eine Wanderung unternehmen oder lieber mit Papa und mir Minigolf spielen?«

Noch vor mir straft Luka sie mit einem bitterbösen Blick. Doch als er vor die Wahl gestellt wird, mich zu begleiten oder seinen Sohn zu bespaßen, gibt er Emil den Vorzug.

Ich klinke mich aus und frage die Eheleute Richter nicht, ob sie sich mir anschließen wollen, sondern marschiere alleine los.

Ziellos irre ich durch die Gegend, bis ich mich mitten in der Kleinstadt wiederfinde. In einem Straßenbistro am Kanalufer suche ich mir einen freien Platz. Bevor ich bestelle, lasse ich mir online das Speiseangebot übersetzen. Laut App handelt es sich bei »Pannkakor« um hauchdünne Eierpfannkuchen. Vielleicht bestelle ich die, aber bevor ich eine Entscheidung treffe, recherchiere ich weiter. »Raggmunk« sollen Kartoffelpuffer mit Speck und Preiselbeermarmelade sein. Ganz ehrlich? Nach beiden Gerichten steht mir nicht wirklich der Sinn. Erst recht verspüre ich keinen Appetit auf »Ärtsoppa«, dem schwedischen Nationalgericht, das traditionell an Donnerstagen gegessen wird. Gelbe Erbsensuppe im Sommer? Ohne mich. Auf keinen Fall werde ich »Surströmming« bestellen. Das ist eine schwedische Spezialität, bei der vergorener Hering in einer Dose serviert wird. Dieses Gericht soll aufgrund seines starken Geruchs nicht jedermanns Sache sein. Meins ist es hundertprozentig nicht, und so entscheide ich mich für ein Lachs-Sandwich.

Ich habe große Schwierigkeiten, den ersten Bissen der dick belegten Weißbrotscheibe herunterzuschlucken. Der Kloß in meinem Hals wächst unaufhörlich. Ich brauche dringend Zuspruch und rufe Mutter an.

»Ist es schön in Schweden? Gefällt es dir? Habt ihr Spaß?«

»Das Beste ist das Wetter. Es ist stark bewölkt und sieht nach Regen aus«, krächze ich.

»Mäuschen, was ist los? Du klingst so traurig.«

»Sie hassen mich. Ich bin zuvor noch nie auf so viel Ablehnung gestoßen.«

»Seine Eltern sind nicht nett zu dir?«

»Herr Richter ist freundlich, aber Lukas Mutter und seine Ex-Frau sind personifizierte Monster.«

»Lukas Ex-Frau ist auch dabei? Hast du das gewusst?«

Ich berichte ihr von meinem Erstaunen, als ich gestern auf Marie und Emil gestoßen bin.

»Stoßen ist doch eine gute Idee. Gib der Trulla einen Schubs, wenn sie dir dumm kommt und schick sie schwimmen.«

Mutters Vorschlag bringt mich zum Lachen. Ihren zweiten lehne ich jedoch entschieden ab. »Nein, ich komme nicht nach Hause. Ich lasse mich doch nicht von ihnen ausbooten.«

Nach unserem Telefonat sind meine Schluckbeschwerden verschwunden. Mit großem Appetit esse ich auf und zahle.

Bevor ich den Rückweg antrete, entdecke ich eine Apotheke. Ich frage nach Kopfschmerztabletten und kaufe eine Packung.

Gerade verlasse ich das Ladengeschäft, als Luka mich anruft. »Wo steckst du, Tilda? Hier wird gerade das Abendessen vorbereitet.«

»Okay, ich komme.«

»Bist du mir böse, weil ich nicht mit dir gekommen bin?«

Ich versichere, dass ich nicht sauer bin, und lege auf.

Einen Steinwurf vom Anleger entfernt stehen Tische und Bänke auf der Rasenfläche. Offensichtlich hat der Richter-Clan geplant, draußen zu essen, obwohl es danach aussieht, als würde jeden Moment ein Platzregen über uns niedergehen.

»Es gibt mein Lieblingsessen«, ruft Emil mir zu. Es ist das erste Mal, dass er mich seit meiner Ankunft direkt anspricht.

»Was isst du denn am liebsten?«

»Spaghetti mit Tomatensoße.«

»An Bord halten wir unsere Mahlzeiten immer einfach«, erklärt Frau Richter fast entschuldigend und stellt tiefe Teller auf den Tisch.

Ich schaue Emil an. »Pasta mit Tomatensoße esse ich auch sehr gerne.«

Mein Angebot, der Köchin zur Hand zu gehen oder Getränke vom Boot zu holen, wird von ihr abgelehnt.

»Darum können sich die Männer kümmern.« Sie setzt sich neben mich und fragt, wie es mir an den Wasserfällen gefallen hat. »Hast du Fotos gemacht?«

»Ich war gar nicht dort, sondern im Ort.« Ich stehe auf und ziehe die Packung Tabletten aus meiner Hosentasche. »In der Apotheke sagte man mir, dass dies das schwedische Äquivalent zum deutschen Aspirin sei.«

Für einen kurzen Moment hat es Frau Richter die Sprache verschlagen. »Du hast mir ein Mittel gegen mein Kopfweh besorgt?«, fragt sie sichtlich gerührt. »Das wäre zwar nicht nötig gewesen, denn ich habe alle nötigen Medikamente dabei, aber es ist unheimlich lieb von dir. Herzlichen Dank, Tilda.«

»Schleim, schleim, schleim«, frotzelt Marie und zieht sich mit ihrer Bemerkung Herrn Richters Unmut zu. Mit ernster Miene schaut er seine Ex-Schwiegertochter an und tadelt sie.

»Greta Schmerztabletten zu besorgen, war wirklich sehr zuvorkommend von Tilda. Dir würde es auch gut zu Gesicht stehen, ein wenig netter zu sein. Schließlich sind wir im Urlaub und nicht auf dem Kriegspfad.«

Das hat gesessen. Mit diesem Gegenwind hat Marie nicht gerechnet. Sie läuft hochrot an.

Frau Richter entschärft die brisante Stimmung. »Ich glaube, ich habe gerade einen Regentropfen abbekommen. Besser, wir gehen schnell an Bord.«

Nach dem Essen lässt der Regen nach, und die Wolken verziehen sich. Während Luka auf dem Außendeck die Sitze trocknet, öffnet Herr Richter eine Flasche Wein. Ich schnappe mir ungefragt ein Handtuch und helfe Frau Richter beim Abwasch.

»Emil und ich gehen duschen«, verkündet Marie und verlässt mit dem Kleinen das Boot. Sie sind noch keine Minute fort, als Frau Richter sich an ihren Gatten wendet. »Sie dermaßen zurechtzuweisen, war nicht sehr zielführend, Jens. Du weißt, dass sie am längeren Hebel sitzt.«

Luka verdreht die Augen. »Solltet ihr jetzt vorhaben, euch zu streiten, gehen Tilda und ich woanders einen Wein trinken.«

Ich schaue zur Wiese und beobachte zwei Paare, die dabei sind, ein Netz aufzuspannen. Noch während ich überlege, ob sie Feder- oder Volleyball spielen wollen, winken sie uns zu und fragen, ob wir Lust hätten, uns ihnen anzuschließen. Wir zögern nicht und stimmen sofort zu.

»Drei gegen drei. Frauen gegen die Männer«, schlägt eine der Schwedinnen vor.

Den ersten Satz verlieren wir Mädels haushoch. Im zweiten steht es fünf zu zwei für uns, als Marie mit Emil auf dem Arm schreiend auf uns zu rennt.

»Er hat …«

»Was hat er?«, ruft Luka und verlässt sofort das Spielfeld.

»Er hat einen Zeckenbiss. Die steckt noch in seinem Bein. Ich traue mich nicht, sie zu entfernen. Nun mach doch was, Luka!«

Mit ihrem hysterischen Verhalten hat Marie den Kleinen angesteckt. Er schreit, als hätte er Verbrennungen dritten Grades davongetragen. Nun kommen auch Oma und Opa an Land und wollen wissen, was passiert ist.

»Du musst sie rausdrehen«, schlägt Herr Richter vor.

»Nein«, widerspreche ich. »Nicht drehen, sondern ziehen.« Ich nehme Emil an die Hand. »Komm mit zum Boot.

Ich habe eine Pinzette dabei. Du musst keine Angst haben. Es tut nicht weh und ist gar nicht gefährlich.«

»Aber Mama hat gesagt …«

»Deine Mama hat einen Schreck bekommen. Glaub mir, ich weiß, was ich tue. Ich habe schon ganz viele Zecken bei unserem Hund entfernt.«

Emil stellt die Sirene ab und schaut mich mit großen Augen an. »Du hast einen Hund?«

»Ich hatte einen, als ich so alt war wie du. Er hieß Brummer und hatte ganz wuscheliges Fell.«

»Brummer ist ein lustiger Name. Ich möchte auch einen Hund haben, aber Mama erlaubt es nicht.«

Ihn mit dem Thema Hund abzulenken, war eine gute Idee. Noch bevor er sichs versieht, habe ich den fiesen Blutsauger entfernt und auf einem Papiertaschentuch abgelegt. »Siehst du, der Kopf ist drangeblieben, und sie krabbelt noch. Alles ist gut gegangen.«

Inzwischen hat sich eine Traube um uns herum gebildet. Luka bekommt den Auftrag, den Schmarotzer zu entsorgen. Frau Richter frage ich, ob sich ein Desinfektionsmittel in ihrer Reiseapotheke befindet.

»Da kippen wir einen Wodka drauf«, meint Herr Richter.

»Einen Wodka kannst du uns auf diesen Schreck einschenken«, fordert sie von ihrem Mann und reicht mir ein Antiseptikum.

Ich warne Emil vor. »Es könnte ein bisschen brennen.«

Doch er zuckt nicht mit der Wimper. »Ein Indianer kennt keinen Schmerz«, tönt er und springt seinem Vater stolz in die Arme.

»Du warst ganz tapfer, mein Großer«, lobt Luka ihn.

Nun warten wir gespannt darauf, dass auch Marie etwas sagt. Doch die hat sich augenscheinlich noch nicht vom Schock erholt. Erst nachdem sie den Klaren gekippt hat, bringt sie ein leises »Danke, Tilda« über die Lippen.

Wir kehren nicht zum Volleyballspielen zurück, sondern sitzen zusammen, bis Emil vor Müdigkeit die Augen zufallen. Als Marie ihn ins Bett bringt, ziehe auch ich mich zurück. Ich nutze die Zeit, bis Luka zu mir in die Koje krabbelt, und schreibe die Erlebnisse des ersten Tages in mein Reisetagebuch.

BIRTE

Tochter-Vater-Disput

Viermal habe ich im Laufe des Vormittages Ulis Anrufe weggedrückt. Um zu vermeiden, dass er mich weiterhin bei der Arbeit stört, habe ich mein Handy ausgeschaltet.

Heute muss Benno keine Ware ausliefern. Trotzdem setzt er sich in seinen Transporter und fährt vom Hof.

Auch wenn gerade keine Kundschaft zugegen ist, gibt es mehr als genug zu tun. Erst wässere ich die Topfblumen im Glashaus, dann zupfe ich die vertrockneten Blüten von den Margeritenbüschen, als ich Caro hinter mir bemerke.

»Weißt du, Birte«, beginnt sie verhalten. »Dagegen, dass du dich so engagierst, ist grundsätzlich nichts einzuwenden. Wir sind dir auch wirklich dankbar. Aber musstest du meinem Vater unbedingt den Floh ins Ohr setzen, auch noch Gartengestaltung anzubieten? Er arbeitet schon jetzt wie ein Pferd und hat keine Freizeit. Vom wenigen Schlaf, den er bekommt, will ich gar nicht erst anfangen.«

»Ich habe ihm lediglich geraten, sich von den Gartenzentren abzuheben, da er preislich mit denen nicht konkurrieren kann.«

Ihr Ton verschärft sich. »Hat dich jemand um deinen Rat gebeten? Ich glaube nicht. Also mäßige dich, bitte!«

Von einem jungen Mädchen in die Schranken gewiesen zu werden, ist für mich eine ganz neue Erfahrung, die ich erst einmal verdauen muss. »Alles klar, künftig halte ich mich zurück.«

»Verstehe mich bitte nicht falsch. Ich möchte nur vermeiden, dass er sich übernimmt.«

»Schon gut, ich habe verstanden.«

Dabei habe ich es nur gut gemeint. Ich muss nicht Betriebswirtschaft studiert haben, um zu erkennen, dass Benno mit seinem Geschäftsmodell auf keinen grünen Zweig kommt. »Was passiert im Winter mit deinem Laden?«, habe ich ihn heute früh gefragt.

»Den sperre ich zu«, hat er geantwortet. »Ich lasse den Betrieb doch nicht geöffnet, zahle Löhne und hohe Energiekosten, nur um in der Adventszeit einige Bunde Tannengrün zu verkaufen. Der Umsatz, den ich von März bis Oktober erziele, muss für ein Jahr reichen.«

Nach dieser Aussage kam mir die Idee, Neu- und Umgestaltungen von Gärten in der Umgebung anzubieten.

Benno fand meinen Vorschlag prima. Wie begeistert er ihn aufgenommen hat, zeigt sich, als er eine Stunde später zurückkehrt.

Er war in einem Copyshop und hat entsprechende Handzettel drucken lassen, die er auf den Kassentresen legt.

»Das ist nicht dein Ernst, Papa«, schimpft Caro.

»Doch«, beharrt er und fügt an, dass die Inhaberin des Kopierladens ihn bereits gebeten hat, sich morgen nach Geschäftsschluss ihr Grundstück anzusehen.

»Würdest du mich begleiten, Birte? Ich möchte gern gemeinsam mit dir einen Vorschlag ausarbeiten, den du vielleicht wieder grafisch aufbereiten kannst. Das macht bestimmt mehr Eindruck als meine läppischen Skizzen.«

Dass er mich dabeihaben will, schmeichelt mir. Doch nachdem ich Caro gerade versprochen habe, mich zurückzuhalten, weiß ich nicht, wie ich auf sein Angebot reagieren soll.

»Besser, ihr klärt das zunächst unter euch.«

»Ich weiß nicht, was wir zu klären hätten.«

Ich verziehe mich ins Glashaus und folge dem Tochter-Vater-Disput in gebührendem Abstand. Dennoch komme ich nicht umhin, die Worte »Rettungswagen« und »Krankenhaus« aufzuschnappen. Letztendlich endet der Streit damit, dass Caro wutentbrannt die Gärtnerei verlässt.

Mich überfällt sofort das schlechte Gewissen. Ich gehe zu Benno in den Laden und entschuldige mich.

»Es tut mir leid, ich wollte gewiss keinen Familienstreit auslösen.«

»Denk dir nichts dabei. Caro ist impulsiv. In spätestens zwei Stunden hat sie sich wieder beruhigt.«

»Den Eindruck habe ich nicht. Sie macht sich ernsthaft Sorgen um deine Gesundheit.«

»Dazu besteht kein Anlass. Ich bin topfit. Hör mal, Birte. Ich habe mir Folgendes überlegt. Leute sollen deine Planung nicht kostenlos bekommen, sondern werden dafür bezahlen. Wenn ich den Auftrag erhalte, verrechne ich dein Honorar. Gehe ich leer aus, hast du dir die Mühe nicht umsonst gemacht. Was sagst du?«

»Ich habe Kundschaft«, antworte ich und lasse ihn stehen. Auf diese Weise verschaffe ich mir Zeit, darüber nachzudenken.

Bis Ladenschluss scharwenzelt er ständig um mich herum.

»Hast du es dir überlegt? Ach, Birte, warum zögerst du? Du gehst doch gar kein Risiko ein. Außerdem habe ich dich bereits vollmundig als meine kompetente Partnerin angekündigt.«

»Das war vorschnell«, schelte ich ihn. »Ich mag es nämlich gar nicht, wenn über meinen Kopf hinweg entschieden wird. Aber du hast gewonnen. Ich komme morgen Abend mit.«

Zufrieden grinst er mich an. Ich kenne diesen Blick von ihm. Gleich wird er wieder behaupten, dass ich ihm nicht widerstehen kann. Doch das sagt er nicht. Er fragt, was wir heute Abend unternehmen wollen.

»Was hältst du davon, die Details unserer Kooperation beim Abendessen zu besprechen? Selbstverständlich lade ich dich ein.«

Ich verpasse seinem ausgeprägten Ego einen Dämpfer. »Noch kooperieren wir nicht, Benno. Sollte es tatsächlich dazu kommen, werde ich es sein, die dich einlädt.«

Er hebt sein Kinn und schmunzelt. »Das ist nicht die Antwort, die ich erwartet habe, aber immerhin ziehst du es grundsätzlich in Betracht, einen Abend mit mir zu verbringen.«

Ich kann es kaum erwarten, bei Anne einzutreffen und ihr von meinem heutigen Arbeitstag zu erzählen.

Sie hat für uns gekocht. Als ich beim Essen auf Bennos Kooperationsangebot zu sprechen komme, hört sie mir aufmerksam zu. Verkehrte Welt, denke ich. Bisher war ich es, die abends auf Uli gewartet hat, um mir von seinem Tag berichten zu lassen, da ich selber nichts Aufregendes erlebt hatte. Jetzt sitze ich hier, und es sprudelt nur so aus mir heraus.

»Am Mittwochabend werde ich für uns kochen. Wenn du von Robert zurück bist, überrasche ich dich mit einer leckeren Tajine. Und am Wochenende übernehme ich auch den Küchendienst. Das ist doch fair, oder?«

»Am nächsten Samstag wird dein Mann fünfzig! Und er kann froh sein, dass er diesen Tag noch erlebt. Ich stand heute kurz davor, ihm den Hals umzudrehen.«

In kurzen Worten schildert sie mir von den Ängsten, die sie seinetwegen ausgestanden hat.

»Wieso glaubst du, ernsthaft erkrankt zu sein?«

Sie schluckt. »Ich spüre, dass mit mir etwas nicht stimmt.« Sie streckt ihren Arm aus. »Siehst du, wie meine Hände zittern? Das geht schon seit ein paar Tagen so. Hinzu kommt, dass mir ständig schwindelig wird.«

Mir fährt augenblicklich ein Schreck in die Glieder. »Weiß Uli davon?«

»Natürlich, er ist mein Arzt.«

Mein Impuls, ihn sofort anzurufen, wiegelt Anne sofort ab. »Er meldet sich, sobald die Ergebnisse aus dem Labor vorliegen.«

Ich versuche sie und mich zu beruhigen. »Die Aufregung um Robert und Ella haben dir verständlicherweise zugesetzt. Du solltest dir ein wenig Ruhe gönnen. Leg dich hin. Ich wässere noch rasch die Blumen, und danach machen wir uns einen gemütlichen Abend vor der Flimmerkiste. Du darfst den Film aussuchen.«

TILDA

Vänern

Wir liegen noch schlafend in den Kojen, als Hermine am nächsten Morgen ablegt. Ich greife an Lukas Arm, um einen Blick auf seine Uhr zu werfen.

»Es ist erst sieben Uhr. Hieß es nicht gestern Abend, dass wir erst gegen neun aufbrechen?«

Müde wischt er sich über die Augen. »Auf das, was gestern beschlossen wurde, solltest du nichts geben. Meine Eltern wechseln ihre Meinung schneller, als die Polizei erlaubt. Schlaf weiter. Sie werden uns schon rufen, wenn der Kaffee fertig ist.«

Jetzt bin ich wach und kann nicht mehr schlafen. Ich überlasse ihm die Matratze. Wenn er will, kann er sich breitmachen, während ich mir ungestört die Zähne putze.

Nach meiner kurzen Morgentoilette steige ich aufs Oberdeck und treffe wie erwartet auf Herrn Richter. Anders als ich wirkt er putzmunter.

»Wohin geht es jetzt, Kapitän?«

»Nach Vänersborg. Dort müssen wir tanken und Proviant besorgen, bevor wir die Binnengewässer verlassen und in See stechen.«

»Müssen wir bis dahin noch Schleusen passieren?«

»Nur die in Brinkebergskulle.«

»Dann wecke ich Luka.«

Er schüttelt den Kopf. »Lass ihn schlafen. Das schaffen wir beide alleine. Du weißt ja jetzt, was zu tun ist. Außerdem bin ich froh, mal unter vier Augen mit dir reden zu können.«

Gespannt warte ich darauf, was er mir sagen oder mich fragen wird. Doch daraus wird nichts. Mit den Worten: »Ich habe Kaffee aufgesetzt«, kommt Frau Richter zu uns an den Steuerstand. Sie ist merklich erstaunt, mich zu sehen. »Schon wach, Tilda? Bist du auch Frühaufsteherin?«

Ist das eine Fangfrage? Bei ihr weiß ich nie, welche Antwort passend ist. Sage ich ja, wird sie die Stirn runzeln. Sage ich nein, tut sie es auch. Es ist also völlig egal, wie ich pariere. Sie hasst mich.

»Ich wollte die frühe Morgenstunde nutzen, um einige Fotos zu knipsen. Hier ist es wirklich unbeschreiblich schön. So habe ich mir Schweden immer vorgestellt, wenn meine Mutter mir davon erzählt hat.«

»Betreibt sie noch die Galerie für Glaskunst?«

Ich nicke und wundere mich, dass sie das weiß.

»Wir haben mal ein Kunstobjekt bei ihr gekauft. Wann war das, Jens? Vor drei oder vier Jahren?«

»Keine Ahnung, wann du den Staubfänger angeschafft hast. Ich weiß nur, dass es mich eine Stange Geld gekostet hat.« Er sucht Blickkontakt mit mir. »Eine Obstschale für fast zehntausend Euro. Dabei essen wir kaum Obst.«

Frau Richter erwidert in erhöhter Stimmlage: »Das ist eine Wertanlage. Nach dem Ableben von Björn Johansson ist sie enorm im Preis gestiegen.«

»Für mich ist das Humbug. Nichts für ungut, Tilda«, beteuert er.

Ich lache. »Gut, dass meine Mutter Sie nicht hören kann.«

Luka konnte wohl auch nicht mehr schlafen, denn er kommt gerade, ein Tablett mit Tassen und der Kaffeekanne balancierend, aus der Kombüse. Ich nehme es ihm ab und lenke seinen Blick auf das rote Holzhaus am Ufer. »Sieh nur, Schatz. Ist das hier nicht unfassbar idyllisch?«

Ich kann mich an dem typischen Holzhaus, das ich aus diversen Kinderfilmen kenne, gar nicht sattsehen. »Dort gibt es genau so eine Veranda, wie wir zu Hause haben. Und dazu noch einen privaten Steg, an dem die Bewohner ihr Boot festmachen können. Meine Güte, ist das schön. Dort würde ich auch gern wohnen.«

»Versuchst du gerade wieder, mir das Landleben schmackhaft zu machen? Vergiss es, Tilda. Ich ziehe nicht zu dir in die Heide.«

Wie kann er es wagen, mich vor seinen Eltern anzupflaumen? Sobald sich die Gelegenheit ergibt, allein mit ihm zu sein, werde ich ihm klarmachen, dass er sich diesen Ton kein zweites Mal erlauben soll.

»Schleuse in Sicht«, ruft Frau Richter.

Ich klettere auf die Mauer und nehme ihr die Leine ab.

Voll betankt und mit ausreichend Proviant an Bord setzen wir eine Stunde später unsere Fahrt fort. Auch Marie und Emil sind mittlerweile auf.

»Jetzt können wir die Segel setzen«, vermeldet Herr Richter und stellt den Motor aus.

Das soll ein See sein? Ich würde das Gewässer als Meer

bezeichnen, denn es ist so groß, dass ich das andere Ufer nicht erkennen kann. Zur Freude der Jachtbesitzer frischt der Wind auf. Hermine saust in Schieflage über den Vänern.

Emil wird schlecht. Er verkriecht sich unter Deck. Während seine Mutter damit beschäftigt ist, Selfies von sich zu knipsen, die sie später auf Instagram posten will, halte ich ihrem Sohn die Schüssel. Ich rufe Luka, doch er lässt sich nicht blicken. »Gleich bin ich wieder bei dir«, verspreche ich dem seekranken Patienten und luge aufs Oberdeck. Das Bild, das sich mir bietet, trägt nicht zu meiner Erheiterung bei. Marie, die sich für eine aufstrebende Influencerin hält, dreht gerade ein Video von sich und »ihrer« Familie. Sie verzichtet auf das Wort »Ex« und nennt Herrn und Frau Richter die besten Schwiegereltern der Welt, bevor sie zu Luka schwenkt. Diese Frau besitzt die Frechheit, sich an ihn zu lehnen, und fordert ihn auf, ihre Follower zu grüßen und ihnen zu winken. Er tut es nicht, aber wahrscheinlich nur, weil er mich in dem Moment entdeckt hat, als ich ihm meinen Killerblick zugeworfen habe.

»Es wäre schön, wenn ihr die Dreharbeiten kurz unterbrechen könntet und euch um euren Sohn kümmern würdet. Er liegt im Bett und spuckt sich die Seele aus dem Leib!«

Noch vor den Eltern stürmt Frau Richter zu Emil.

»Schätzchen, ist dir übel?«

Er nickt und gesteht, furchtbare Angst zu haben.

»Das musst du nicht. Das Boot kann nicht umkippen.«

Doch das beruhigt ihn nicht.

»Ich sage Opa, dass er reffen soll.«

»Was soll dein Vater machen?«, erkundige ich mich bei Luka.

»Er soll die Segel reffen, um die Krängung zu mindern. Wenn du helfen willst, dann setze dich im Luv an die Reling.«

Ich verstehe kein Wort. Von welcher Kränkung spricht er? Und wo soll ich mich hinsetzen? Mit seinem Seglerlatein regt er mich richtig auf. Er sollte wissen, dass ich mit den Fachbegriffen nichts anfangen kann. Ich halte mich an Herrn Richter, der nicht müde wird, mir alles geduldig zu erklären.

»Unter Krängung versteht man die Schräglage des Bootes. Beim Reffen wird die Segelfläche verkleinert, um den Druck auf die Segel zu mindern. Luv nennt man die zum Wind zugewandte Seite. Wenn du dich dort hinsetzt, wirkt dein Gewicht der Neigung entgegen und trägt dazu bei, das Boot in stabiler Lage zu halten.«

Gegen Mittag kommt richtiges Schweden-Feeling auf. Unzählige kleine Inseln ragen aus dem glasklaren Wasser. Einige sind bewaldet, andere sind kahl. Aber fast alle sind unbewohnt. Die Sonne brennt heiß. Marie, die sich bereits seit einer Stunde im Bikini vor uns rekelt, wünscht sich eine Abkühlung. »Jens, können wir eine Pause einlegen? Ich würde gern schwimmen.«

Herr Richter hebt die Brauen. Ihm ist bewusst, dass wir auch heute das gesteckte Etappenziel nicht erreichen werden. Ich kann über diese Frau nur fassungslos den Kopf schütteln. Ihr Sohn leidet unter Übelkeit, und sie denkt nur an ihr Vergnügen.

»Wieso schaust du mich so an?«

Da sie mich direkt angesprochen hat, antworte ich ihr

ebenso direkt. »Ich wundere mich darüber, dass du nicht einmal nach Emil schaust.«

»Wieso sollte ich das tun? Greta ist doch bei ihm. Außerdem ist Luka auch da. Ich kümmere mich die ganze Woche um Emil, dann habe ich wohl das Recht, mir mal eine Auszeit zu gönnen.«

»Entschuldige, Marie. Ich habe gar nicht berücksichtigt, welch enormer Doppelbelastung du als voll berufstätige Mutter ausgesetzt bist. Natürlich hast du dir den Urlaub mehr als verdient.«

Wie erwartet, lässt sie meine sarkastische Bemerkung nicht unkommentiert. »Was soll deine Anspielung? Ich bin berufstätig. Meine Arbeit als Influencerin ist sehr zeitintensiv.«

»Aber offensichtlich nicht sehr lukrativ. Andernfalls könntest du von deinen Einnahmen leben und wärst nicht auf Lukas Unterhaltszahlungen angewiesen.«

Ich habe meinen Satz gerade beendet, schon bereue ich ihn. Das hätte mir nicht rausrutschen dürfen. Es zu denken, ist eine Sache, aber es vor Jens und Luka laut auszusprechen, war ein Fehler, den ich bestimmt noch bitter bereuen werde.

»So viel wie du verdiene ich allemal.«

»Ach, das ist ja interessant«, mischt Luka sich ein. »Bei der letzten Berechnung hast du angegeben, über keinerlei Einkünfte zu verfügen.«

Herr Richter hat genug gehört. Er setzt den Anker zwischen zwei Schären, verlässt den Steuerposten und geht in die Kombüse, um sich ein Kaltgetränk aus dem Kühlschrank zu nehmen. Während er mit seiner Frau tuschelt, bekommt er nicht mit, dass Marie mir offen droht.

»Deine Einmischung in unsere Privatangelegenheiten

wird nicht ohne Folgen für dich bleiben. Das verspreche ich dir«, zischt sie und springt mit den Füßen voran ins Wasser.

Das Boot liegt ruhig, und Emil traut sich wieder an Deck. Er ist kreidebleich und schlürft den Tee, den Greta ihm zubereitet hat.

»Spring auch ins Wasser, Schatz«, ruft Marie ihm zu. »Es ist herrlich erfrischend.«

Ich kann nicht an mich halten und flüstere Luka zu: »Die hat doch den letzten Schuss nicht gehört.«

»Hast du Lust, mit mir zu angeln?«, bietet Luka seinem Sohn stattdessen an. Ohne Emils Antwort abzuwarten, wendet er sich an seinen Vater. »Hast du alles dabei?«

Herr Richter nickt und holt die Ausrüstung aus dem Stauraum.

Unweit vom Felsbuckel, auf den Marie geklettert ist, um sich zu sonnen, treibt ein kleines Sportboot mit zwei jungen Männern, die ihre Angeln auswerfen. Schon nach wenigen Minuten ziehen sie den ersten Fisch aus dem Wasser. Einer von ihnen präsentiert den Fang und hält ihn sich stolz vor die Brust, der andere fotografiert ihn. Kurz darauf lassen sie den Fisch, von dem ich annehme, dass es sich um einen Hecht handelt, wieder frei.

»Wenn ich das sehe, steigt die blanke Wut in mir auf«, schimpft Frau Richter. »Diese Catch-and-Release-Angelmethode ist reine Tierquälerei. Wissen diese Profilierungssüchtigen denn nicht, welchen Stress sie den Fischen damit zumuten?«

Ich hake nach. »Sie sind aus Tierschutzgründen gegen das Fischen, haben aber eigene Angeln an Bord. Wie passt das zusammen?«

»Ich bin nicht grundsätzlich dagegen. Es gibt nur einen Grund, der es rechtfertigt, Fische zu töten. Und der ist, sie zu verzehren. Sie nur für ein Foto zu quälen, sie zu vermessen und zu wiegen, ist barbarisch. Jeder Fisch, der am Haken hängt, empfindet Schmerzen und leidet. Ihn zu verletzen und dann wieder ins Wasser zu werfen, bedeutet, dass er leichte Beute für andere Fische ist. Ich habe eine Studie gelesen, die belegt, dass vierzig Prozent dieser Fische daraufhin sterben.«

Es ist das erste Mal, dass ich Frau Richter uneingeschränkt zustimme. Dennoch stellt sich mir eine Frage: »Sollten unsere Männer etwas fangen, werden wir den Fisch an Bord ausnehmen und zubereiten?«

Sie lacht. »Nein, ganz sicher nicht. Den Geruch bekomme ich nie wieder aus der Kombüse. Vielleicht suchen wir uns eine Bucht und grillen am Ufer. Oder wir steuern eine Insel an, auf der es eine Feuerstelle gibt. Dort könnten wir bleiben, bis es Emil besser geht.« Sie seufzt. »Ich habe ein ganz schlechtes Gewissen. Luka ist so gern gesegelt, als er in Emils Alter war. Ich habe nicht damit gerechnet, dass er sich an Bord so unwohl fühlt.«

»Die Seekrankheit scheint er überstanden zu haben. Sehen Sie, wie viel Spaß er gerade mit seinem Vater und Opa hat.«

»Ich fürchte, Emil langweilt sich an Bord. Kinder wollen aktiv beschäftigt werden.«

»Stimmt. Es reicht nicht, sie stundenlang vor ein Tablet zu setzen und ihnen Filme vorzuspielen.«

Nickt sie mir etwa gerade zustimmend zu? »Ja, er verdient viel mehr Aufmerksamkeit, als er erhält.«

»Ich würde ihm gern vorlesen oder etwas mit ihm spielen. Aber ich möchte nicht übergriffig wirken.«

»Das wäre doch nicht übergriffig von dir. Du musst dich nicht zurückhalten. Schließlich gehörst du zu uns.«

Sage ich es, oder sage ich es nicht? Ich traue mich. »Seit wann, Frau Richter? Bisher hatte ich nicht den Eindruck, dass Sie mich akzeptieren.«

Meine Offenheit scheint sie zu verblüffen. Sie ringt nach Worten. »Das stimmt nicht! Wie kommst du darauf?«

»Ich habe mit eigenen Ohren gehört, was Sie zu Marie gesagt haben, als sie gemeinsam in der Göteborger Marina auf der Toilette waren.«

»Das musst du missinterpretiert haben.«

Ich schüttle den Kopf. »Nein, daran war nichts falsch zu verstehen.«

Sie beugt sich vor und flüstert: »Ich schwöre, es hatte nichts mit dir zu tun. Es ging allein um Emil. Wenn wir ihn nicht verlieren wollen, haben wir keine andere Wahl, als gute Miene zum bösen Spiel zu machen. Marie hat die Macht, uns unser einziges Enkelkind zu entziehen. Das kann ich nicht zulassen. Lieber krieche ich ihr in den … Na, du weißt schon, wohin.«

»Es hat einer angebissen«, ruft Herr Richter und sorgt für große Spannung.

»Heute gibt es fangfrischen Lachs«, vermeldet Luka. Was er mit dem Messer in der Hand vorhat, kann ich mir denken, aber ich muss nicht dabei zusehen.

Zu Emils Erleichterung herrscht ab dem Nachmittag Flaute. Auf der Suche nach einem passenden Grillplatz tuckern wir von Insel zu Insel, bis wir eine entdecken, die sogar über einen Steg verfügt, an dem wir festmachen können.

Bevor ich das Boot verlasse, folge ich Lukas Rat und sprühe mich mit einem Antimückenspray ein, ziehe mir eine lange Hose an und wechsle das kurzärmelige T-Shirt gegen eines mit langem Arm.

Die Aufgaben sind schnell verteilt. Herr Richter geht mit dem Fisch und einem Beutel Holzkohle voran. Luka folgt ihm und schleppt die Getränke. Frau Richter und ich bringen Geschirr und die Salate an Land, die wir zuvor gemeinschaftlich zubereitet haben. Marie kann nicht helfen. Sie muss noch an Bord bleiben, um sich die Haare zu frisieren.

»Komm schon, alter Mann, und zeig mir, was du noch draufhast«, fordert Frau Richter ihren Mann neckisch heraus. Sie nimmt zwei Holzschläger und einen Gummiball aus ihrer Tasche und wirft ihm den Flummi zu.

»Alter Mann? Ich zeige dir gleich, wo der Hammer hängt«, pariert er und nimmt die Herausforderung an.

Emil kichert über seine lustigen Großeltern. »Wenn Oma ›alter Mann‹ sagt, ärgert sich Opa. Dabei ist er alt.«

»Und was bin ich?«, fragt Luka.

»Du bist mittelalt.«

»Wie ein Gouda«, quietsche ich und krümme mich vor Lachen. »Das war ein wirklich guter Witz«, lobe ich Emil, der nun unbedingt zwischen uns sitzen will.

»Opa gewinnt«, mutmaßt er.

»Nie im Leben. Oma macht ihn kalt.«

»Wetten, Papa? Wenn ich recht habe, darf ich heute bei euch schlafen.«

»Das kannst du auch, wenn du verlierst«, biete ich ihm an.

Erstaunt blicken mich zwei große Kinderaugen an. »Echt?«

»Jederzeit. Wann immer du es möchtest. Wir freuen uns, wenn du bei uns sein willst.«

Ich vermeide es, Luka in diesem Moment anzusehen, denn ich ahne, dass ihm mein Vorpreschen nicht recht ist. Doch er schlägt unerwartet in dieselbe Kerbe.

»Das stimmt. Ich wäre sehr glücklich, wenn wir beide auch in Hamburg mehr Zeit mit Tilda verbringen könnten. Nicht nur am Wochenende. Sobald wir ein Haus oder eine große Wohnung gefunden haben, bekommst du ein eigenes Zimmer bei uns.«

Der Kleine strahlt. »Dann habe ich drei. Eins bei Mama, eins bei Oma und Opa und eins bei euch.«

Ich stehe auf und kontrolliere den Grill. Die Kohlen glühen bereits. Ich rufe Luka. »Guck mal. Ich glaube, wir können beginnen.«

Just in diesem Moment betritt Marie den Steg. In einem Flatterkleid und auf hohen Schuhen nähert sie sich in Trippelschritten.

»Wo will sie denn in diesem Aufzug hin?«, entweicht es mir. »Sollte sie wieder Fotos für Instagram schießen wollen, reiße ich ihr das iPhone aus der Hand und werfe es in den See.«

»Komm schon, Schatz, bisher hattest du dich erstaunlich gut im Griff. Ich bin stolz auf dich«, werde ich gelobt und geküsst, obwohl Emil anwesend ist. Der scheint sich weniger daran zu stören als seine Mutter. Ich habe keine Ahnung, weshalb sie mich seit Minuten fixiert.

Erst beim Essen erfahre ich den Grund, als Herr und Frau Richter mir beim Anstoßen das Du anbieten.

»Es wird Zeit, dieses alberne Sie zu lassen. Ich bin Jens.«

»Und ich bin Greta. Skål, Tilda.«

»Greta klingt doch deutlich freundlicher als ›Monster‹«, fügt Marie kichernd an.

Ich möchte im Boden versinken, denn mir wird augenblicklich klar, dass sie während unserer Abwesenheit mein Reisetagebuch gelesen hat. Ich bin außer mir.

»Meine intimen Aufzeichnungen zu lesen und sie hier preiszugeben, ist wirklich unterste Schublade, Marie.«

»Du hättest es nicht offen und für jedermann sichtbar rumliegen lassen dürfen.«

»Offen? Es lag unter meinem Kopfkissen versteckt in unserer Koje!«, rege ich mich auf. »Was hattest du darin zu suchen?«

Greta schaut abwechselnd zu mir und zu ihr. »Was bedeutet Monster? Wer ist damit gemeint?«

Jeder weiß, wer damit gemeint ist. Aber weil ich keine Frau bin, die kneift, sage ich es frei heraus. »So habe ich dich betitelt, weil du kalt wie eine Hundeschnauze zu mir warst. Aber mittlerweile kenne ich deine Beweggründe, und es tut mir leid.«

Jens lacht. »Guck nicht so böse, Greta-Monster. Ich liebe dich, obwohl du sehr garstig schauen kannst, wenn dir etwas gegen den Strich geht. Aber im Laufe der Jahre gewöhnt man sich daran.«

»Oder auch nicht«, widerspricht Luka seinem Vater und wendet sich mit versteinerter Miene an Marie. »Mit dieser Aktion bist du definitiv zu weit gegangen. Einer von uns verlässt im nächsten Hafen das Boot. Entweder wirst du es sein, oder Tilda und ich werden abreisen.«

In einer Selbstsicherheit, die an Arroganz grenzt, antwortet sie ihm. »Die Entscheidung, wer gehen wird, triffst nicht du, Luka, sondern deine Eltern. Wenn ich gehen muss, nehme ich Emil mit. Welche Konsequenzen das nach sich zieht, sollte euch bewusst sein!«

ANNE

Ausgebüxt

Das Wetter ist zu schön, um drinnen zu arbeiten. Ich nehme meinen Laptop und setze mich auf die Veranda, um meine zahlreichen Mails, die während der letzten Tage eingegangen sind, endlich zu beantworten.

Der Schwede Gustav aus Orrefors hat mir geschrieben und Fotos von seinen neuen Arbeiten als Anhang beigefügt. Mir gefallen seine Skulpturen, und ich möchte sie gern in meinen nächsten Katalog aufnehmen. Ich weiß, der neue Katalog muss dringend fertig werden. Viel zu oft habe ich den Punkt auf meiner To-do-Liste auf den nächsten Tag verschoben. Aber auch heute fehlen mir die Kraft und die Konzentration, mich dieser Aufgabe zu widmen. Ich schaue auf die Uhr. Es ist zwei, und ich bin schon wieder so müde, dass ich mich am liebsten hinlegen möchte. Mein Handy klingelt.

»Frau Töpfer«, höre ich eine weibliche Stimme sagen. Obwohl sie ihren Namen nicht genannt hat, weiß ich sofort, wer am anderen Ende der Leitung ist. Es ist Roberts Nachbarin, die ich gebeten habe, sich zu melden, sollte ihr irgendetwas komisch vorkommen.

»Frau Töpfer, Ihr Vater hat die Pflegerin ausgesperrt.«

»Was heißt ausgesperrt?«

»Die Dame hat den ganzen Vormittag im Garten gesessen und lautstark telefoniert. Als sie ins Haus zurückkehren wollte, war die Küchentür von innen verschlossen. Seit einer Viertelstunde klopft sie ans Fenster und ruft Ihren Vater, aber er macht ihr nicht auf. Sollen wir die Tür aufbrechen, oder was schlagen Sie vor?«

»Ich komme!«

Meine Wut auf Zofia wächst mit jedem gefahrenen Kilometer. Ebenso die Wut auf mich. Ich hatte von Beginn an kein gutes Gefühl und hätte auf meinen Bauch hören sollen, statt ihr blind zu vertrauen. Wie kann es sein, dass sie stundenlang im Garten sitzt und telefoniert, statt sich um Robert zu kümmern?

Als ich mein Elternhaus erreiche, bin ich auf hundertachtzig. Zofia traut sich nicht, mir ins Gesicht zu schauen. Bevor ich meinem Zorn auf sie freien Lauf lasse, schließe ich die Haustür auf. »Papa!«, rufe ich schon im Flur und gehe ins Wohnzimmer. Doch da ist er nicht. Weder in der Küche noch im Bad. Letzte Chance ist sein Schlafzimmer, das wieder abgedunkelt ist. Das Bett ist leer und nicht gemacht. Auf der Fensterbank entdecke ich eine Schachtel Tabletten, die ich sofort an mich nehme.

»Oben ist er auch nicht«, vermeldet Zofia.

Ich schreie sie an, wie ich zuvor noch nie einen Menschen angeschrien habe. »Wie konnte das passieren? Sie sind hier, um auf ihn aufzupassen!«

»Ich verstehe das nicht. Ich war nur kurz im Garten.«

»Reden Sie keinen Unsinn! Sie waren nicht einen Moment im Garten, sondern haben dort stundenlang telefoniert.

Streiten Sie es nicht ab! Ich habe Zeugen, die das bestätigen. Das hat ein Nachspiel, Zofia. Sollte meinem Vater etwas zustoßen, mache ich Sie und Ihre Agentur dafür verantwortlich.«

»Was machen wir denn jetzt?«

Ich rufe bei Roberts ehemaligem Arbeitgeber an. Es besteht die Hoffnung, dass er wieder dorthin gegangen ist, doch der Pförtner versichert mir, dass mein Vater bisher nicht vor dem Werkstor aufgetaucht sei. Wie die vielen Male zuvor verspricht er mir auch heute, sich zu melden, sollte er dort auftauchen.

Nun sehe ich keine andere Möglichkeit, als die Polizei einzuschalten. »Was hat mein Vater an? – Zofia! Seine Kleidung! Ich muss eine genaue Personenbeschreibung abgeben und deshalb genau wissen, was Sie ihm heute angezogen haben.«

»Er trägt noch seinen Schlafanzug«, stottert sie. »Den blau-weiß gestreiften.«

Obwohl ich unbändige Lust verspüre, dieser Frau wehzutun, beherrsche ich mich.

Indes ich bei der Wache anrufe und Robert vermisst melde, streife ich wie ein Tiger im Käfig durch die Küche. Ich öffne den Kühlschrank, in der eine angebrochene Flasche Wein steht, die ich nicht besorgt habe. Im Geschirrspüler befinden sich weder Teller noch Töpfe, lediglich ein Glas und ein Becher, die darauf hindeuten, dass mein Vater noch nicht einmal Essen von dieser Frau bekommen hat. Menschen, die in der Pflege arbeiten, zolle ich meinen allerhöchsten Respekt, aber Zofia ist eine Schande für ihren Berufsstand.

Ich weise die Polizistin am anderen Ende der Leitung mehrfach darauf hin, dass mein Vater dement ist, und mache Angaben über Alter, Statur und Kleidung.

»Besitzt Herr Töpfer ein Handy, über das wir ihn orten könnten?«

»Er hat eins, aber das liegt hier.«

Nachdem ich das Telefonat mit der verständnisvollen Beamtin beendet habe, entdecke ich die Nachbarin auf der Terrasse.

»Kommen Sie herein«, rufe ich ihr zu und fahre mir mit den Fingern durch die Haare. »Das ist ein Albtraum. Mein Vater ist ausgebüxt.«

»Soll ich Ihnen bei der Suche helfen?«

»Das hat doch gar keinen Sinn. Er kann überall sein.«

Ich mag gar nicht daran denken, was ihm inzwischen alles zugestoßen sein könnte. Vor meinem inneren Auge spielen sich die schrecklichsten Szenarien ab. Ich sehe ihn inmitten einer stark befahrenen, vierspurigen Straße. Die Vorstellung ist so real, dass ich die Autos nicht nur sehen, sondern auch hören kann. Alle Fahrer hupen und verunsichern ihn so sehr, dass er hilflos die Arme in die Luft streckt, bevor er von einem Wagen frontal erfasst wird.

Der Horrorfilm endet, als ich höre, dass die Haustür laut ins Schloss fällt. Ich gehe in den Flur, um zu sehen, wer gekommen ist. Aber es ist niemand gekommen. Zofia haut gerade ab. Mit Sack und Pack verlässt sie das Grundstück.

»Das gibt es doch nicht. Die macht sich feige vom Acker.«

»Seien Sie froh, dass Sie sie los sind. Vielleicht sollten Sie doch mal darüber nachdenken, ob Ihr Vater in einem Heim nicht besser aufgehoben wäre.«

Mir schießen die Tränen in die Augen. »Ich habe ihm fest versprochen, dass es dazu niemals kommen wird.«

Während ich um Fassung ringe, entdeckt sie den Anrufbeantworter. »Schauen Sie mal, Frau Töpfer. Die rote Lampe blinkt.«

Ich drücke die Wiedergabetaste und höre nach zwanzig Jahren zum ersten Mal wieder die Stimme meiner Schwester.

»Du kannst aufhören, dir Sorgen zu machen. Papa ist bei mir.«

So erleichtert wie die Nachbarin gerade schaut, sollte auch ich auf diese Nachricht reagieren. Doch ich stehe stocksteif vor ihr und bin zu keiner Regung fähig.

In ihrem Beisein höre ich die Nachricht wiederholt ab, um mir die angezeigte Nummer auf dem Display zu notieren.

»Fein, dann hat sich alles aufgeklärt, und ich kann beruhigt rübergehen.«

Als sie das Haus verlässt, gebe ich der Polizei Bescheid und erkläre, dass sich die Angelegenheit erledigt habe, da der Aufenthaltsort meines Vaters nunmehr bekannt sei. Aber ist er das? Ich habe keinen Schimmer, wo Ella wohnt.

BIRTE

Geld spielt keine Rolle

Es ist schon später Nachmittag, als Benno mich fragt, warum ich meinen Laptop nicht mitgebracht habe. Er meint, es wäre hilfreich, unserem potenziellen Erstkunden meine Entwürfe zu präsentieren.

»Ich bin davon ausgegangen, dass ich nach Ladenschluss erst zu Anne fahre, mich umziehe und ein wenig frisch mache, bevor wir den Termin wahrnehmen.«

»Dann mach doch jetzt Schluss. Ich hole dich in einer Stunde ab«, schlägt er vor.

Caro presst ein kurzes »Tschüss« heraus. Es ist eins der wenigen Worte, die sie heute mit mir gewechselt hat. Offensichtlich ist sie noch immer sauer auf mich. Aber ich kann und will auf ihre Befindlichkeiten keine Rücksicht nehmen. Ihr Vater ist erwachsen und sollte wissen, was er sich zumuten kann und was nicht. Außerdem geht es um meine berufliche Zukunft, und die hat für mich erste Priorität.

Vor Zuversicht strotzend fahre ich bei meiner Freundin auf den Hof. Ihr Wagen steht nicht auf dem Stellplatz. Ich wundere mich, dass sie das Haus verlassen hat, ohne zuvor ihren zur Hälfte gefüllten Kaffeebecher von der Veranda in die Küche zu bringen. Das sieht meiner ordnungsliebenden Freundin gar nicht ähnlich.

Ich entsorge den Inhalt, in dem bereits zwei Fliegen ertrunken sind, stelle den Becher ins Spülbecken und springe kurz unter die Dusche. Als ich mich im Bad abtrockne, höre ich Stimmen durch das Fenster.

»Willst du zu mir oder zu Birte?«, höre ich Anne rufen.

»Deine Ergebnisse liegen vor, und ich dachte, ich komme vorbei, um sie mit dir zu besprechen.«

Oh, mein Gott. Uli ist hier. Hatte Anne doch die richtige Vorahnung? Ist sie wirklich ernsthaft erkrankt? Uli würde sich doch nicht persönlich auf den Weg zu ihr machen, wenn alles in Ordnung wäre. Ich ziehe mich in Windeseile an und renne die Treppe hinunter. Noch während ich durch die Diele laufe, fällt das Wort »Blutzucker«.

»Deine erhöhten Werte sprechen für Diabetes, Anne.«

»Bin ich nicht zu jung, um daran zu erkranken? Das bekommen doch eher ältere Menschen. Was kommt denn jetzt auf mich zu?« Sie schlägt sich die Hand vor den Mund. »Verdammt, mir bleibt auch nichts erspart.«

»Aber das sind doch gute Nachrichten, oder, Uli?«, mische ich mich ein.

»Gute Nachrichten? Spinnst du? Das bedeutet ein Leben nach Plan. Kein Zucker, kein Alkohol, dafür Medikamente mit erheblichen Nebenwirkungen. Stimmt doch, oder, Uli?«

Er widerspricht nicht. »Diabetes Typ 2 bringt unweigerlich Konsequenzen für deinen Lebensstil mit sich. Einige Veränderungen werden sich für dich zunächst wie unzumutbare Einschränkungen anfühlen. Aber das sind sie nicht. Mit der Zeit lernst du, damit zu leben.«

Ich meinte ja nur, dass es gut ist, dass es kein Krebs ist, und traue mich, die entscheidende Frage zu stellen. »Ist Diabetes heilbar?«

Er schüttelt den Kopf wie ein Wackeldackel und druckst herum. »Es ist nicht zwangsläufig eine Einbahnstraße. Anne muss ab sofort mehr auf gesunde Ernährung und auf ausreichend Bewegung achten. Vor allen Dingen muss sie ihr Gewicht reduzieren. Drastisch.«

»So, muss sie das!«, ruft sie dazwischen. »Wieso sprichst du in der dritten Person von mir? Ich bin hier, Uli.«

»Tut mir leid, Anne. Das war unhöflich, aber ich wollte meiner Frau antworten, nachdem sie endlich ihr Schweigen gebrochen hat.« Er kommt einen Schritt auf mich zu. »Wieso hast du meine Anrufe ständig weggedrückt?«

»Ich war beschäftigt und hatte keine Zeit, um mit dir zu plaudern.«

»Dann rede jetzt mit mir!«

Draußen hupt es.

»Ganz schlechter Zeitpunkt, Uli. Ich bin verabredet.«

Sein konsternierter Gesichtsausdruck ist unbezahlbar. Ich befehle meinem Gehirn, dieses Bild fest in meinem Gedächtnis abzuspeichern.

»Wie sehe ich aus? Kann ich so gehen? Wirke ich kompetent?«, frage ich Anne, schnappe mir die Tasche mit meinem Laptop und verlasse die Küche. »Drück mir die Daumen!«, rufe ich noch, bevor ich um die Ecke laufe und Ausschau nach Bennos Transporter halte.

Er ist gar nicht mit dem Lieferwagen hergekommen, sondern sitzt in einem dunkelblauen Kombi.

»Kann es losgehen, Birte?«, fragt er, als ich mich anschnalle.

»Jep, schnappen wir uns den Auftrag!«

Benno kutschiert uns auf der Landstraße, ohne das Navi zu bemühen. Er kennt die Gegend wie seine Westentasche. Auf einem Wegweiser lese ich, dass Lüneburg noch siebzehn Kilometer entfernt ist, als er bremst und in einen unbefestigten Waldweg abbiegt. Wir halten vor einem verrosteten Tor und steigen aus.

Als wir das Grundstück betreten, bietet sich uns ein Bild des Grauens. Hohe Gräser und Unkraut wuchern in wilden Büscheln, während verstreute Äste und Zweige den Boden bedecken. Dieser Garten wurde seit geraumer Zeit vernachlässigt.

Ich beginne meine Begehung, indem ich mir einen Weg durch das dichte Gras bahne. Mit jedem Schritt knacken getrocknete Zweige unter meinen Füßen. Mein erster Eindruck ist, dass hier eine gründliche Reinigung und Planung erforderlich sind.

Während ich tiefer in den ehemaligen Garten vordringe, kommt die Eigentümerin aus dem Haus, das gewiss schon bessere Jahre gesehen hat. Sie begrüßt Benno, indes ich mich auf die Suche nach verborgenen Schätzen begebe. Zwischen dem Dickicht entdecke ich die Umrisse von verwitterten Gehwegplatten und Treppen, die einst einladend gewesen sein mussten. Ein gemauertes Gartenhaus steht einsam in einer Ecke, über dessen Fenster sich Spinnweben spannen. Es ist ein trauriges Bild, aber ich kann mir vorstellen, dass hier ein charmanter Rückzugsort entstehen könnte.

»Das Haus war über Generationen im Familienbesitz. Nach einem langwierigen Erbstreit haben mein Mann und ich es vor einem Jahr gekauft und drinnen alles von Grund auf modernisiert. Aber was den Garten betrifft, streikt er. Dabei wünsche ich mir, dass er wieder in seinen ursprünglichen Zustand versetzt wird.«

Sie zeigt mir Fotos. Vermutlich aus ihrer Kindheit, denn zu der Zeit hatte der Garten noch Struktur.

Ich deute auf den Gartenteich, der mit Algen übersät ist. »Soll der bleiben?«

»Unbedingt. Genau wie der alte Nussbaum. An dem hänge ich besonders.«

Benno schreitet das Grundstück ab und notiert sich die Maße. Mit einer groben Skizze in der Hand kommt er auf uns zu. »Das wird eine Reise, die einige Wochen in Anspruch nehmen wird«, warnt er sie vor. »Aber es ist machbar, oder was meinst du, Birte?«

Ich nicke, denn ich bin bereits voller Inspiration für die bevorstehende Verwandlung. Es würde viel Arbeit, Zeit und Geld erfordern, aber ich kann mir bildhaft vorstellen, wie dieser verwilderte Ort in neuem Glanz erstrahlen könnte.

Wir werden ins Haus gebeten. Während die Hausherrin für Wasser sorgt, lasse ich meinen Blick schweifen. Was die Einrichtung angeht, erkenne ich auf den ersten Blick, dass es sich um Möbel aus dem höheren Preissegment handelt. An Geschmack und Geld scheint es in diesem Haushalt nicht zu mangeln.

»Was meinst du? Was wird der Spaß kosten?«, flüstere ich Benno leise zu.

»Ich warte zunächst deine Planung ab, erst dann mache ich mich an die Kalkulation.«

Wir beide verstummen, als uns Gläser gereicht werden.

»Ist es möglich, dass Sie die Arbeiten bis September beenden?«

Benno antwortet in seiner typischen direkten Art. »Immer den ersten vor dem zweiten Schritt. Meine Partnerin wird einen Entwurf erstellen. Bei der vorhandenen Grundstücksgröße werden sich die Kosten auf circa …«

»Die Kosten sind mir bekannt. Die sind nicht das Problem. Schaffen Sie es mit Ihrer Mannschaft, bis zum 12. September fertig zu werden?«

Dass Geld keine Rolle spielt, nehme ich wohlwollend zur Kenntnis. Aber wen meint sie mit Mannschaft?

»Wenn wir uns einig werden, steht meine Crew pünktlich um sieben Uhr bei Ihnen vor der Tür«, versichert Benno zu meinem Erstaunen.

Seine Crew? Was habe ich versäumt? Ich lasse mir meine Verunsicherung nicht anmerken und nicke. Nicken ist immer gut, wenn einem die Worte fehlen.

Wir werden mit Handschlag verabschiedet. »Ich freue mich, dass es so spontan mit uns klappt«, ruft sie uns hinterher.

Ich freue mich auch, gleich neben Benno im Auto zu sitzen und ihn ungestört zu fragen, wie er so schnell Mitarbeiter aus dem Hut zaubern will, die er dringend benötigt, um sich dieser Herausforderung zu stellen.

Mal wieder lacht er. »Birte-Schatz, ich habe mehr Leute an der Hand als du Ringe am Finger.«

»Nenne mich nicht Schatz!«

»Warum soll ich es nicht laut aussprechen? Du bist mein Hauptgewinn und gehst mir seit unserem ersten Zusammentreffen nicht mehr aus dem Kopf.«

»Benno, sag so etwas nicht! Ich bin ...«

Er fällt mir ins Wort. Und das nicht zum ersten Mal. »Verrückt nach mir, so wie ich nach dir?«

Ich muss ihn dringend bremsen. »Benno, ich bin verheiratet.«

»Das war ich auch. Das lässt sich ändern.«

»Aber das habe ich gar nicht vor.«

»Dann wohnst du nur wegen der guten Landluft bei deiner Freundin und nicht, weil es in deiner Ehe kriselt? Ich bin nicht dumm, Birte, und habe dir sofort angesehen, dass du nicht glücklich warst, als wir uns getroffen haben. Jetzt lächelst du unentwegt. Gibt dir das nicht zu denken?«

Ich atme tief durch. »Nimm den Fuß vom Gas. Ich bin keine zwanzig mehr und lasse mich nicht von deinen Blicken bezirzen.«

»Dir gefallen meine Augen?«

»Zugegeben, sie sind schön. Trotzdem bitte ich dich, mich nicht auf diese Weise anzusehen.«

»Dann verdecke dein hübsches Gesicht und ziehe dir eine Tüte über den Kopf, andernfalls kann ich nicht dafür garantieren.«

Ich breche in schallendes Lachen aus. »Du bist total verrückt, Benno Kunstmann!«

»Gehen wir heute feiern?«

Ich krause die Stirn und schaue ihn ernst an. »Noch haben wir keinen verbindlichen Auftrag, den es zu feiern gebe. Bitte, bringe mich zu Anne. Meine Freundin braucht mich heute. Sie hat eine schlimme Diagnose erhalten, die sie erst mal verknusen muss.«

»Wie schlimm?«

»Keine lebensbedrohliche Prognose, aber auch keine, um ›Hurra‹ zu rufen. Sie wird künftig disziplinierter leben müssen, was diesem Freigeist sehr schwerfallen wird.«

»Mit dir als Drill-Instructor an ihrer Seite wird es ihr gelingen.«

Er hält auf Annes Hof, und ich bin froh, dass Ulis Wagen nicht mehr zu sehen ist. »Drill-Instructor?«, wiederhole ich amüsiert.

»Du bist ein harter Brocken.«

Ich lasse mich auf das Spiel ein. »Das bin ich nicht immer. Ich kann auch ganz lieb und nett sein.«

»Keine leeren Worte, Birte. Beweise es und küss mich.«

»Schließe die Augen«, befehle ich ihm. Er folgt meiner Aufforderung und spitzt die Lippen. Ein guter Moment, um unbemerkt auszusteigen. Ich schlage die Tür zu und grinse ihn durch die Seitenscheibe an. »Bis morgen, Benno-Schatz.«

Leise kichernd nähere ich mich der Haustür, während er rückwärts abfährt.

Plötzlich tritt jemand hinter der Scheune hervor und stellt sich mir in den Weg. In der Dämmerung kann ich nur seine Umrisse erkennen. Als ich gefragt werde, ob das mein Ernst sei, erkenne ich Ulis Stimme.

»Was machst du noch hier? Wieso versteckst du dich? Wo ist dein Wagen?«

»Nicht du, sondern ich bin es, der die Fragen stellt. Ich habe es zunächst für einen Witz gehalten. Du verlässt mich für einen Gärtner? Hast du den Verstand verloren?«

»Du lauerst mir im Dunkeln auf«, empöre ich mich. »Wer von uns hat den Verstand verloren?«

Sekundenlang starrt er mich an. »Sieh, was du aus mir gemacht hast. Bist du jetzt zufrieden?«

Er geht und lässt mich mit gemischten Gefühlen zurück.

Liebend gern würde ich mit Anne sprechen und ihren Rat einholen, aber sie hat sich bereits schlafen gelegt.

TILDA

Die Klügere gibt nach

Schon seit vier Uhr morgens sind wir unterwegs. Während Luka fest davon ausgeht, dass Marie beim nächsten Halt das Boot verlässt, habe ich meine Entscheidung längst getroffen. Ich werde gehen. Auf keinen Fall möchte ich daran schuld sein, dass Greta und Jens ihren Enkel nicht mehr sehen dürfen.

Ich lasse Luka den Vortritt im Bad. Während er sich rasiert, packe ich meine Sachen. Indes wird auf dem Oberdeck Kaffee getrunken. Es sind alle versammelt, bis auf Emil, der schläft noch.

Obwohl Greta wiederholt versichert hat, mir nicht böse zu sein, fällt es mir schwer, sie direkt anzusehen. Es herrscht eine merkwürdige Stimmung. Es weht eine leichte Brise, trotzdem ist die Luft zum Schneiden dick.

»Mea culpa, Tilda«, vermeldet Marie völlig unerwartet. »Ich hätte dein Tagebuch nicht lesen dürfen. Ich hoffe, du nimmst meine Entschuldigung an.«

Ihre Reue ist nicht echt. Ich bin mir sicher, dass sie ihr Handeln um keinen Deut bedauert. Irgendjemand wird sie aufgefordert haben, mich um Verzeihung zu bitten. Ich tippe auf Jens.

»Angenommen«, erkläre ich zähneknirschend. »Dennoch gehe ich von Bord, sobald wir den Vänern überquert haben.«

»Wenn du gehst, gehe ich auch«, vermeldet Luka und legt seinen Arm um mich.

»Nein, Schatz, in Sjötorp geht es in den Göta-Kanal. Du bist hier, um deinen Eltern bei den achtundfünfzig Schleusen zu helfen.« Nach einem Schluck Kaffee wende ich mich Jens zu. »Danke für deinen Segel-Crashkurs. Ich habe gern von dir gelernt.«

Eine Stunde später heißt es Tschüss. Ich mache es kurz und schmerzlos, wünsche weiterhin eine gute Fahrt und gehe in Begleitung von Luka an Land. Wir wollen uns verabschieden, ohne von allen angegafft zu werden.

»Nun schau nicht so traurig. Wir sehen uns doch bereits in vier Tagen wieder«, muntere ich ihn auf.

Für jeden Tag bekomme ich einen Kuss, doch dann löse ich mich von ihm. Vermutlich bin ich erst zehn Schritte gegangen, als ich ihn rufen höre. »Vielleicht ist deine Idee, in der Heide zu wohnen, doch gar nicht so übel.«

Ich laufe zurück und springe in seine Arme. »Wirklich?«

»Ja, ich bin einverstanden. Lieber ziehe ich zu dir aufs Land, statt noch länger getrennt zu wohnen.«

Mit einem Dauergrinsen im Gesicht marschiere ich durch den Gästehafen. Dann hat sich dieser Höllentrip auf dem letzten Meter doch noch gelohnt, freue ich mich. Luka muss mich wirklich lieben, wenn er über seinen Schatten springt und so ein unverhofftes Zugeständnis macht.

Ich nehme mein Handy zur Hand, um zu recherchieren, wo sich hier der Bahnhof befindet. Aber mir wird keiner angezeigt. Immerhin soll es eine Bushaltestelle geben. Ich folge den Anweisungen meines Navis und stehe kurz darauf vor einem Parkplatz, auf dem sich vornehmlich Wohnmobile befinden. Einer der weißen Camper hat ein Hamburger Kennzeichen.

»Guten Morgen«, rufe ich der Frau zu, die in meinem Alter zu sein scheint. »Weißt du, wie man von hier wegkommt?«

Sie tritt einen Meter auf mich zu. »Wo willst du denn hin?«

»Nach Göteborg. Das ist der nächstgelegene Flughafen mit einer Direktverbindung nach Hamburg.«

Nun lugt eine zweite Frau aus der Tür. »Wir wollen zum Vättern. Jönköping, an der Südspitze des Sees, ist eine größere Stadt. Dort gibt es bestimmt einen Bahnhof. Wenn du willst, nehmen wir dich mit.«

Ich bin in meinem Leben noch nie bei Fremden mitgefahren. Aber die beiden Mädels wirken vertrauenswürdig.

»Das wäre toll. Vielen Dank.«

Der Zufall hat mir nicht nur eine kostenlose Mitfahrgelegenheit beschert, ich werde von den beiden sogar noch zum Frühstück eingeladen.

»Du siehst nicht aus wie eine Rucksacktouristin. Was verschlägt dich ganz allein in diese Gegend?«

Es ist schon erstaunlich, wie leicht es mir fällt, zwei wildfremden Leuten von meinen Erlebnissen zu berichten. Doch meine Erzählung stößt bei ihnen auf Unverständnis. Sie wären geblieben und hätten sich nicht ausbooten lassen. Damit sie meine Entscheidung nachvollziehen können, müsste ich sie in Maries Erpressungsversuch einweihen. Aber das geht mir dann doch zu weit. Ich lenke von mir ab und erkundige mich nach ihren Beweggründen, Schweden zu bereisen.

»Wir wollen das traditionelle Midsommarfest feiern, Blumenkränze binden und um den geschmückten Stangenmast tanzen.«

»Selbstverständlich werden wir Hering bis zum Abwinken essen und dazu Aquavit trinken, bis der Arzt kommt«, fügt ihre Freundin an.

»Klingt nach Spaß. Und das habt ihr in Jönköping vor?«

»Nein, dort bleiben wir nur eine Nacht. Danach geht es weiter auf die Insel Öland. Dort warten bereits Freunde auf uns, die es am Wochenende mit uns krachen lassen wollen.«

Nach einer kurzweiligen Fahrt haben wir das Ziel nach zwei Stunden beinahe erreicht. Beinahe, weil die beiden mich nicht zum Bahnhof bringen, sondern mich an einer Bushaltestelle aussteigen lassen.

»Ist es hier okay für dich? Wenn wir in die Innenstadt fahren, laufen wir Gefahr keinen Stellplatz mehr am See abzubekommen.«

»Mädels, ich danke euch. Es war toll, euch kennengelernt zu haben. Genießt eure Zeit auf Öland und trinkt einen für mich mit.« Mein Angebot, mich an den Benzinkosten zu beteiligen, wird von ihnen pikiert abgelehnt.

Im Wartehäuschen sitzt ein Mann. Ich spreche ihn auf Englisch an. »Fährt von hier ein Bus zur Central Station?«

Er schaut auf. Als unsere Blicke sich treffen, läuft es mir trotz vorherrschender Wärme eiskalt den Rücken herunter. Ich kenne ihn. Er ist älter als in meiner Erinnerung. Aber kann das wirklich sein?

»Do you speak German?«, frage ich mit zittriger Stimme.

»Ein bisschen. Wie kann ich helfen?«

»Ich muss zum Bahnhof.«

»Der nächste Bus ist der richtige.«

Er steigt vor mir ein. Ich wähle die Sitzreihe hinter ihm und lasse ihn keine Sekunde aus den Augen. Als der Bus nach drei Stationen hält, steht er auf, dreht sich um und sagt zu mir: »Hier musst du aussteigen.«

ANNE

Alternativlos

Mit einem Bircher Müsli beginnt der erste Tag meines neuen Lebens. Ich hätte auch Grünkerncreme, Avocado-Brot oder Ziegenkäse mit Honig frühstücken können. All das ist erlaubt, wie meine nächtliche Onlinerecherche ergeben hat. Aber das habe ich nicht im Haus, außerdem mag ich es nicht. Gerne würde ich auf diese Pampe verzichten, aber das ist auch nicht gestattet. Ich muss essen, um meinen Blutzuckerspiegel konstant zu halten. Nachdem ich sämtliche Websites zum Thema Diabetes gelesen habe, bin ich verwirrter als zuvor. Mal heißt es, ich soll sechs kleine Mahlzeiten zu mir nehmen, an anderer Stelle wird dem ausdrücklich widersprochen und ausgesagt, dass drei völlig ausreichen. Sport treiben soll ich, obwohl ich hundemüde bin. Abnehmen soll ich, dabei ist Essen meine einzige Freude, die mir geblieben ist.

»Das packe ich nie«, stöhne ich und würge die aufgequollenen Haferflocken runter.

»Mensch, Anne«, höre ich Birte hinter mir meckern. »Du bist zuckerkrank, wie man früher sagte. Du leidest nicht unheilbar an Krebs. Reiß dich mal ein bisschen zusammen. Du schaffst das. Ich helfe dir.«

Das sind deutlich zu viele Worte für mich an diesem Morgen. »Du willst mir helfen? Dann rufe diese Nummer an und sage ihr, dass sie Robert unverzüglich wieder nach Hause bringen soll, sonst lernt sie mich kennen!«

»Wen soll ich anrufen, Süße?«

»Ella! Sie hat gestern unseren Vater gekidnappt. Ich habe Zofia ausdrücklich aufgetragen, niemanden ins Haus zu lassen. Und was macht diese verantwortungslose Person? Sie sitzt stundenlang im Garten, telefoniert und sonnt sich, statt sich um Robert zu kümmern, wofür ich sie engagiert habe.«

»Wovon redest du? Ich kann dir nicht folgen.«

Das könnte Birte, wenn sie nicht nur ihren Benno im Kopf hätte. Aber außer für Blumen, Sträucher, Gärten und ihren Landschaftsgärtner hat sie kein offenes Ohr mehr. Als wäre der gestrige Tag nicht aufreibend genug für mich gewesen, durfte ich mich auch noch mit Uli abgeben, der einen stundenlangen Seelenstriptease vor mir abgelegt hat.

»Ich verstehe die Welt nicht mehr, Anne. Birte hat doch alles, was sich eine Frau wünschen kann. Trotzdem ist sie unzufrieden und lässt ihre Wut an mir aus. Ihre ständigen Launen sind unerträglich. Ich habe ihr vorgeschlagen, Hormone einzunehmen.«

An der Stelle war der Punkt erreicht, dass ich mit der Faust auf die Tischplatte geschlagen habe. »Hormone? Etwas Besseres fällt dir nicht ein? Wenn Birte unglücklich ist, braucht sie keine Pillen von dir, sondern Aufmerksamkeit und Zuwendung. Aber die kriegt sie jetzt. Auch ohne dich!«

Apropos Pillen, dachte ich in dem Moment und stand auf, um die Tablettenschachtel zu holen, die ich zuvor in Hamburg von der Fensterbank genommen hatte.

»Was heißt, die kriegt sie jetzt?«, rief Uli mir hinterher.

»Deine Frau arbeitet in einer Gärtnerei. Dort erhält sie die Wertschätzung, die sie von dir nicht bekommt. – Guck mal, bitte! Kannst du mir sagen, was das für Medikamente sind?«

Er warf nur einen kurzen Blick auf die Packung. »Das ist ein gängiges Neuroleptikum für Patienten, die an Alzheimer erkrankt sind. Man verabreicht es ihnen, um sie ruhigzustellen.«

»Aber die sind doch bestimmt verschreibungspflichtig.« Uli bestätigte. »Dieses Miststück. Das hat ein Nachspiel.«

Ein Nachspiel, um das ich mich ebenfalls heute Morgen kümmern werde.

»Anne! Hier spielt die Musik«, schreit Birte mich an. »Was ist das für eine Geschichte mit Ella und deinem Vater?«

»Das habe ich dir doch gerade erzählt! Sie hat die Unachtsamkeit der Pflegerin ausgenutzt, sich ins Haus geschlichen, die Tür zum Garten verriegelt und Robert mitgenommen. Rein zufällig habe ich ihre Nachricht auf dem AB abgehört, sonst wüsste ich nicht, wo er steckt, und die Polizei würde noch immer nach ihm suchen. Und nun sei so gut und rufe sie an. Mach ihr Beine!«

Endlich greift Birte zu ihrem Handy. Ich sage Ziffer für Ziffer der Nummer an und trage ihr auf, den Lautsprecher anzustellen. Ich möchte hören, was die Entführerin zu ihrer Verteidigung vorbringt.

Sie bringt gar nichts vor, denn sie geht nicht ran.

»Du, Anne, was hältst du davon, eine Ernährungsberatung zu konsultieren? Dort wird man dir sagen, was gut für dich ist. Ich schließe mich dir an, und wir beide ernähren uns nach dem gleichen Prinzip. Dann fällt es dir nicht so schwer. Außerdem könnten wir abends zusammen ein wenig Sport treiben. Du musst nicht gleich joggen, aber vielleicht walken oder Fahrrad fahren. Wenn es im Sommer abends nicht mehr so heiß ist, würde ich dich gern nach Feierabend begleiten.«

Ihr Angebot rührt mich, wirft jedoch eine dringende Frage auf. »Hast du wirklich vor, auf Dauer hierzubleiben?«

Sie grinst wie ein alberner Teenager. »Ich glaube, ich habe mich in Benno verliebt.«

Das habe ich bereits vor ihr gewusst, schließlich kenne ich sie schon seit fünfunddreißig Jahren.

Birte macht sich auf den Weg zur Arbeit. Sie ist gerade abgefahren, als mein Telefon klingelt.

Es ist die Agenturchefin, die angesichts der Vorkommnisse einen unangemessen scharfen Ton anschlägt. Sie sollte ganz klein mit Hut sein, statt sich »derartige Ungeheuerlichkeiten« zu verbitten.

»Sie reden von Ungeheuerlichkeiten?«, fahre ich ihr in die Parade.

»Ja, das, was Ihre Schwester uns unterstellt, ist Rufmord. Sollte sie ihre Anschuldigungen tatsächlich wiederholen, werden wir gerichtlich gegen Sie und Ihre Schwester vorgehen.«

»Gegen mich? Ich sage Ihnen, dass Zofia sich einen Dreck um meinen Vater gekümmert hat und einfach abgehauen ist. Sie hat meinen Vater unerlaubt medikamentös ruhiggestellt, ihm weder Essen noch Trinken gereicht. Dagegen werde *ich* vorgehen. Was meine Schwester Ihnen vorwirft, entzieht sich meiner Kenntnis. Also, werfen Sie uns nicht in einen Topf!«

»Besser, Sie klären zunächst Ihre familiären Angelegenheiten, bevor Sie haltlose Drohungen aussprechen.«

Ich knalle den Hörer auf und versuche mit meinem Handy, Ella zu erreichen. Bei mir geht sie sofort ran.

»Wo bist du?«, brülle ich.

»Auf dem Weg zu Papa. Ich bringe ihn wieder nach Hause. Da der Todesengel nicht mehr da ist, besteht keine Gefahr mehr für ihn.«

Obwohl es mir im Innersten widerstrebt, mich mit ihr zu treffen, kündige auch ich mein Kommen an. »In spätestens vierzig Minuten bin ich da.«

Ich schreibe Birte einen Zettel, auf dem ich ihr mitteile, dass ich in Hamburg bei Robert bin, lege ihn auf den Küchentisch und fahre ab.

»Es geht nicht um uns, es geht nur um Papa«, bete ich während der Fahrt fortlaufend vor mich hin. Sollte sie von früher anfangen, stopfe ich ihr den Mund. Vor Gericht würde man mir verminderte Schuldfähigkeit zusprechen, schließlich bin ich krank und völlig unterzuckert.

Just in dem Moment, als ich vorfahre, sehe ich, wie sie Vater unterhakt und ihm ins Haus hilft. Er trägt unter seiner Jacke tatsächlich nur einen Schlafanzug.

Zweimal atme ich tief durch, bevor ich mich entschließe auszusteigen. Meinen Schlüssel brauche ich nicht, die Tür ist nur angelehnt.

»Ja, du bist müde, Vater. Ich weiß. Aber bevor du dich hinlegen kannst, muss ich erst das Bett frisch beziehen. Es ist ganz schmutzig«, höre ich sie sagen.

Ich stehe im Türrahmen und presse die Lippen zusammen. Erst als Robert sich umdreht und das Kinn hebt, sage ich: »Hallo, Papa.«

»Das Bett ist schmutzig«, wiederholt er, während ich ihn fest an mich drücke.

»Es tut mir leid, Papa«, jaule ich. »Es tut mir so unfassbar leid, was dir widerfahren ist.«

»Kannst du mir Bettwäsche aus dem Schrank geben?«, bittet Ella, ohne mich anzusehen.

Ich reiche ihr ein Laken, einen Decken- und einen Kopfkissenbezug. Um nicht länger mit ihr in einem Raum sein zu müssen, frage ich Vater, ob er schon gefrühstückt habe.

»Weiß nicht. Habe ich schon gefrühstückt? Welcher Tag ist heute?«

»Wir haben gefrühstückt«, erklärt meine Schwester und schlägt die Decke auf. Gleich darauf nimmt sie einen sauberen Pyjama aus der Wäschekommode. »Willst du das übernehmen? Von mir lässt er sich nicht umziehen.«

»Das machen wir im Badezimmer«, schlage ich vor. »Da sieht uns niemand.«

Ganz ohne Zank darf ich ihn auskleiden. Als ich die blauen Flecken auf seinen Armen und Beinen sehe, flippe ich aus. »Was hast du mit ihm gemacht?«, brülle ich.

»Ich?«, schreit Ella mich an. »Du glaubst, ich hätte ihm das angetan? Bist du noch bei Trost? Ich weiß, dass du keine gute Meinung von mir hast, aber das geht zu weit!«

»Jemandem, der einen hilflosen Mann bestiehlt, um sich zu bereichern, traue ich alles zu.«

»Ich bin keine gut versorgte Witwe wie du, dennoch würde es mir nie in den Sinn kommen, Vater zu beklauen.

Das Geld habe ich nicht für mich ausgegeben. Keinen müden Cent!«

»Kinder, streitet euch nicht. Eure Mutter kann es nicht leiden, wenn ihr euch zankt.«

Ich bringe Robert ins Bett. »Ruh dich aus, wir reden später.« Die Tür zu seinem Schlafzimmer lasse ich offen.

Ella steht im Wohnzimmer. Sie starrt auf ihr Handy.

»Wie soll es jetzt mit ihm weitergehen?«, will ich von ihr wissen.

»Auf keinen Fall so!«, erwidert sie und reicht mir ihr Telefon. Auf dem Display läuft ein Video, das Robert zeigt. Er liegt angeschnallt in seinem Bett und ruft verzweifelt, dass er auf die Toilette müsse.

»Woher stammen diese Aufnahmen?«

»Von den Überwachungskameras, die ich von seinem Geld gekauft und in allen Räumen installiert habe.«

Sie zeigt mir die winzigen Spione, die sie im Bücherregal, auf Mutters Kommode und in der Küche versteckt hat.

»Du hast uns die ganze Zeit beobachtet?«

»Ich war Tag und Nacht darüber informiert, was sich hier abspielt. Die letzten Filmsequenzen erspare ich dir. Sie sind für dein zartes Gemüt nicht geeignet. Ich musste ihn hier rausholen.«

»Er will nicht ins Heim!«

»Ich weiß, Anne, aber haben wir eine andere Wahl? Du wohnst und arbeitest in der Heide. Ich an der Schlei. Selbst wenn wir uns die Aufgabe teilen. Wie soll das funktionieren?«

»In einem Heim wird man ihn auch ruhigstellen.«

»Ja, aber er wird nicht orientierungslos durch die Straßen laufen und von einem fahrenden Wagen überrollt.«

Offensichtlich hatte Ella die gleiche Schreckensvision wie ich. »Aber ich habe es doch versprochen, ihn niemals in ein Heim zu geben.«

»Glaubst du wirklich, dass er das noch weiß? Wir müssen uns der Realität stellen. Er verlässt uns. Im Geiste hat er es schon getan.«

In mir keimt Wut auf. »Was erlaubst du dir? Du tauchst hier nach zwanzig Jahren auf und glaubst, Entscheidungen treffen zu können. Nein, dazu hast du nicht das Recht!«

»Du liegst falsch. Ich tauche nicht erst nach zwanzig Jahren auf, sondern verstecke mich seit zwanzig Jahren vor dir. Der Kontakt zu unseren Eltern bestand immer. Allerdings durfte ich nur kommen, wenn sie sicher sein konnten, dass du nicht da bist. Weißt du, wie ich mich dabei gefühlt habe? Ich wurde zur Tochter zweiter Klasse degradiert. Trotzdem habe ich ein Mitspracherecht. Ob es dir nun passt oder nicht!«

»Du warst noch nicht einmal auf Mutters Beerdigung.«

»Aber nur, weil Vater mir untersagt hat, dabei zu sein. Er meinte, es wäre dir nicht zuzumuten, mich zu sehen, da ich dir einst so viel Schmerz zugefügt habe.« Sie wird lauter. »Welchen Schmerz habe ich dir denn zugefügt, Anne? Ich war es nicht, die deine Ehe zerstört hat. Höre endlich auf, dich selbst zu belügen, und sieh der Wahrheit ins Gesicht!«

Genau diese Situation wollte ich vermeiden. Ich hebe beide Hände und rufe: »Stopp! Kein weiteres Wort über dieses Thema. Ich bespreche nur Angelegenheiten mit dir, die Robert betreffen. Wenn ich dich richtig verstanden habe, hast du keine Skrupel, ihn aus seiner häuslichen Umgebung zu reißen.«

»Er weiß doch gar nicht mehr, dass er hier zu Hause ist. Ständig will er weg. Frage deine Tochter und ihren Freund, wie oft er die beiden aufgefordert hat, ihn heimzubringen.« Sie legt einen Prospekt auf den Tisch. »Dort habe ich Vater auf die Warteliste gesetzt.«

Ich schnappe erst nach Luft, danach nehme ich die Broschüre in die Hand und blättere darin herum. »Hast du dir die Einrichtung schon mal angesehen?«

Sie nickt. »Es ist schön dort, wenn man in diesem Fall überhaupt von schön sprechen kann.«

»Wir werden sehen. Bevor ich meine Zustimmung gebe, werde ich mich erst mit Tilda beraten.«

TILDA

Auf der Flucht

Ich folge ihm in die Wandelhalle und stelle mich dicht hinter ihn, um zu erspähen, welches Ticket er am Automaten zieht. Er will nach Växjö. Nun bin ich mir sicher, dass ich mich nicht täusche. Das ist der Ort, den Mutter zweimal jährlich bereist, um Glaskünstler zu treffen. Aber dieser Mann ist kein Glaskünstler. Er ist mein Vater, der angeblich vor zwanzig Jahren bei einem Verkehrsunfall ums Leben gekommen ist.

Was soll ich tun? Ihn ansprechen? Ich lasse den Zug nach Göteborg sausen und löse wie er einen Fahrschein mit gleichem Ziel. Während wir mit wenigen Reisenden auf dem Bahnsteig auf die Einfahrt der Bahn warten, nimmt er keine Notiz von mir. Ich lasse ihn nicht aus den Augen.

Das Abteil, in das er steigt, ist nur schwach besetzt. Obwohl es viele freie Plätze gibt, setze ich mich ihm gegenüber. Kurz und unverbindlich nickt er mir zu. Danach zieht er ein Buch aus seinem Gepäck und liest.

Mein Herz klopft wild im Hals. »Schau mich an! Weißt du denn nicht, wer ich bin? Ich bin dein Kind!«, liegt mir auf der Zunge, aber ich schweige. Wie kann es sein, dass ich ihn erkenne, er mich aber nicht? Er muss diese Verbindung doch auch spüren, genau wie ich. Warum hat er seinen Tod vorgetäuscht? Ob Mutter weiß, dass er noch lebt? Ist sie im Bilde und reist deshalb her, um ihn zu treffen?

Beim ersten Halt nehme ich mein Handy zur Hand. Ich schreibe ihr eine Nachricht, schicke sie aber nicht ab. Stattdessen stelle ich das Gerät auf Kameramodus und drücke den Auslöser. Der darauffolgende Ton schreckt ihn auf.

»Hast du mich gerade fotografiert?«

»Nicht dich«, lüge ich. »Ich habe ein Selfie von mir aufgenommen und schicke es meinem Freund.«

Beruhigt über meine Antwort, vertieft er sich wieder ins Buch.

Wir sind schon länger als eine Stunde unterwegs. Um mich zu outen, bleiben nur noch wenige Minuten, dann werden wir Växjö erreichen.

Ich beginne ein Gespräch. »Wieso sprichst du so gut Deutsch?«

»So gut ist mein Deutsch gar nicht.«

Rede mit mir! Ich will deine Stimme hören, um mich besser an dich erinnern zu können.

»Dein Deutsch ist perfekt. Du hast noch nicht einmal einen Akzent.«

Er bedankt sich für das Kompliment, das gar nicht als solches gemeint war, sondern lediglich dazu dienen sollte, ihn in eine Unterhaltung zu verwickeln. Doch er geht nicht darauf ein. Ich muss härtere Geschütze auffahren, um ihn aus der Reserve zu locken.

»Ich heiße Tilda. Eigentlich lautet mein Name Matilda Töpfer, aber niemand nennt mich so. Selbst meine Mutter, Anne, nicht.«

Seine panische Reaktion zeigt mir, dass ich goldrichtig liege. Regelrecht verstört schaut er mich an. Doch er sagt nichts, sondern steckt hektisch das Buch in seine Tasche, schnappt sich seine Jacke und erhebt sich vom Sitz.

»Noch eine gute Reise«, wünscht er mir und verlässt das Abteil.

Fassungslos schaue ich ihm nach. »Nein, du entkommst mir nicht!«, sage ich leise vor mich hin und suche Abteil für Abteil nach ihm ab.

Kurz hinter der Lok finde ich ihn. »Warum türmst du vor mir? Ich habe tausend Fragen, auf die du mir eine Antwort schuldest, Papa.«

»Bitte was? Du musst mich mit jemandem verwechseln.«

»Ich glaube nicht an Doppelgänger. Die gibt es nur in schlechten Filmen. Das hier ist kein Film. Wir beide sind real. Ich habe dich sofort erkannt. Und du weißt auch, wer ich bin, sonst hättest du nicht so heftig reagiert und wärst vor mir davongelaufen.«

»Was willst du von mir?«

»Die Wahrheit.«

»Zum letzten Mal. Ich weiß nicht, wovon du redest. Lass mich in Ruhe! Ich bin nicht dein Vater.«

BIRTE

Ecken und Kanten

Caros Miesepetrigkeit hat sich über Nacht in Schall und Rauch aufgelöst. Heute Morgen begrüßt sie mich lächelnd und gratuliert mir sogar zu meinem ersten Auftrag.

»Ich sehe jetzt klarer, Birte. Mein Vater hat gar nicht vor, selbst Hand anzulegen, sondern beabsichtigt, Mitarbeiter anzustellen, die ihm die kräftezehrende Arbeit abnehmen werden. Er will nur als Big-Boss fungieren.«

»Der Auftrag ist doch noch gar nicht spruchreif«, relativiere ich und binde mir die grüne Mitarbeiterschürze um.

»Irrtum«, tönt Benno und kommt aus dem Treibhaus zu uns in den Laden. »Lies! Diese Mail ist gestern spät abends bei mir eingegangen.« Er zieht ein Blatt Papier aus seiner Hosentasche und reicht es mir.

»Was? So viel Geld werde ich für die Planung bekommen? Ist das nicht viel zu viel?«

»Das ist der normale Kurs für so eine Grundstücksgröße.«

Ich strahle. »Dann werde ich mich heute nach Feierabend gleich an die Arbeit machen.«

»Irrtum! Heute Abend haben wir ein Date. Wir feiern unsere Kooperation. Keine Ausreden! Du hast es zugesagt.«

»Caro, bitte gib mir eine Papiertüte. Eine, die groß genug

ist, um sie mir über den Kopf zu stülpen, denn dein Vater hört trotz mehrfacher Ermahnungen nicht auf, mich auf diese unverschämte Weise anzusehen.«

»Denk dir nichts dabei. So guckt er immer, wenn er …«

»Hast du nichts zu tun?«, unterbricht Benno seine Tochter. »Ich zahle dir keinen Lohn für dumme Sprüche.«

»Du zahlst gerade einmal Mindestlohn. Also halte den Ball flach, Dad!«

»Immer noch zehn Euro zu viel, wenn du mich fragst.«

»Dich fragt aber keiner«, kontert sie kichernd und widmet sich der ersten Kundin, die auf den Hof tritt.

»Das sind Schmuckkörbchen, botanisch heißen sie ›Cosmea‹. Die sind zwar nur einjährig, blühen jedoch den ganzen Sommer, sowohl in der prallen Sonne als auch im Halbschatten, vorausgesetzt, Sie gießen sie ausreichend.«

Ich spüre Bennos Hand auf meinem Rücken. »Siehst du, was du in der Kürze der Zeit vollbracht hast?«

»Es war mir ein Vergnügen«, gluckse ich.

»Das nennst du Vergnügen? Dann warte den heutigen Abend ab.«

»Drohst du mir?«

Ehe ich michs versehe, erhalte ich einen Klaps auf den Po. Entgeistert schaue ich ihn an. »Das hast du dich nicht wirklich getraut, oder?«

»Hat es dir gefallen? Stehst du auf Klapse?«

Ich nehme die Sprühflasche vom Tresen, die nur mit Wasser gefüllt ist, und verpasse ihm einen Pumpstoß genau ins Gesicht. »Na, wie gefällt dir das? Stehst du auf Abkühlungen?«

»Du glaubst, so ein bisschen Wasser könnte mich abkühlen? Du scheinst nicht die leiseste Ahnung davon zu haben, welches Feuer du in mir entfacht hast.«

Feixend verlässt er den Laden und wischt sich mit einer Hand über das Gesicht. Mit der anderen greift er in seine Hosentasche und holt sein bimmelndes Handy heraus.

Dieser Mann schafft mich. Er ist frech, direkt, sagt, was er denkt, und tut das, was er will. Ihm ist es gelungen, etwas in mir wachzurütteln, von dem ich dachte, es wäre mir längst abhandengekommen. Meine Lebenslust. Sie ist wieder da, und zwar in einem unbändigen Ausmaß, wie ich es selbst nicht mehr für möglich gehalten habe.

Gegen Mittag setzt er sich wieder in seinen Transporter. Er kurbelt das Fenster runter und ruft über den Hof. »Sollte ich es nicht schaffen, bis Ladenschluss zurück zu sein, dann hole ich dich auf jeden Fall um halb acht ab. Es ist nicht nötig, dass du dich extra hübsch machst. Das bist du nämlich von Natur aus.«

Caro schlägt die Hände über dem Kopf zusammen. »Oh, mein Gott. Er ist wieder auf der Pirsch.«

Minuten später spreche ich sie auf ihre Bemerkung an. »Was meintest du mit ›wieder auf der Pirsch‹?«

»Mein Vater ist nicht das, was man gemeinhin als beständig und treu bezeichnen würde. Heute verliebt er sich, morgen wandert er aus, übermorgen gründet er eine neue Firma. Er ist ein großes Kind. Trotz seiner vierundvierzig Jahre ist er nie erwachsen geworden.«

Fein, nun weiß ich, dass Benno fünf Jahre jünger ist als ich, aber was Caro mir eigentlich sagen wollte, ist noch nicht bei mir angekommen. Ich frage nach: »Benno ist schon einmal ausgewandert?«

»Nein, dreimal! Erst hatte er einen Bootsverleih in Griechenland. Danach eine Tauchschule in Ägypten. Bevor er diese Gärtnerei eröffnete, betrieb er eine Strandbar in der Bretagne. All seine Geschäfte endeten in der Pleite. Zwischendurch hat er mich gezeugt, meine Mutter geheiratet und sich wieder von ihr scheiden lassen. Das ist das bisherige Leben von Benno Kunstmann, der seinen Namen berechtigterweise verdient. Er ist ein Mann der Künste, ein Lebenskünstler. Heute hier, morgen da. Ich erzähle dir das nur, damit du weißt, auf wen du dich einlässt. Du wärst nicht die Erste, die auf ihn hereinfällt. Die Straße der Herzen, die er gebrochen hat, ist kilometerlang.«

Ich lasse ihre Schilderung einen Moment auf mich wirken. »Dir wäre es lieber, deine Eltern wären wieder zusammen, richtig?«

»Ob ich mir wünsche, dass Mom und Dad wieder ein Paar werden? Das wird niemals passieren. Eher würde sich einer der beiden freiwillig im Elbe-Lübeck-Kanal ertränken.«

Wenn es ihr nicht darum geht, ihre Eltern wieder zu vereinen, warum erzählt sie mir diese Geschichten? Will sie mir Benno madigmachen?

»Du liebst deinen Vater von ganzem Herzen, richtig?«

»Ja, er ist nicht perfekt, aber wer ist das schon?«

Daran knüpfe ich an. »Wer will das schon? Es gibt doch nichts Langweiligeres als einen perfekten Menschen. Ecken und Kanten machen die Persönlichkeit eines Einzelnen doch erst richtig aus.«

»Du klingst wie mein Vater.«

TILDA

Helgasjön

Wenn er glaubt, er könne einfach vor mir davonlaufen, irrt er. Ich gebe nicht auf und renne hinter ihm her, bis er das Bahnhofsgebäude verlässt. Er prescht auf einen Wagen zu, in dem eine Frau ihm durchs offene Fenster zuwinkt. Auf dem Rücksitz sitzen zwei Kinder. Jungs. Ich schätze sie auf zwölf und vierzehn. Alles klar. Ich verstehe. Er hat eine neue Familie. Deshalb hat er abgestritten, mich zu kennen. Und nun? Soll ich den nächsten Zug nehmen und vergessen, dass ich ihn getroffen habe? Auf halber Strecke aufgeben? Nein, das ist nicht mein Ding. Ich habe Fragen, die er mir beantworten muss. Das ist er mir schuldig.

Ich besteige ein Taxi und bitte den Fahrer, dem blauen Volvo zu folgen.

Der Taxameter läuft und läuft. Ich befürchte bereits, nicht ausreichend Bargeld dabeizuhaben, um die Fahrt zu bezahlen, als der Wagen in eine Wohnstraße biegt und vor einem Doppelhaus hält.

»Go on!«, befehle ich dem Taxifahrer und lasse mich bis zum Ende der Straße bringen. Ich zahle und überlege, wie ich am geschicktesten vorgehen kann.

Gerade fasse ich den Mut, an seiner Tür zu klingeln, als Luka mich anruft.

»Hast du es schon bis zum Flughafen geschafft?«

»Nein, ich bin in der Nähe von Växjö und stehe direkt vor dem Haus meines Vaters.«

»Davon, dass dein Vater ein Haus in Schweden hatte, höre ich heute zum ersten Mal.«

»Nicht hatte! Er hat eins und wohnt darin. Ich habe ihn sofort erkannt. Es gibt keinen Zweifel, er ist es.«

»Schatz, das ist doch gar nicht möglich. Dein Vater ist gestorben. Zusammen haben wir Blumen auf sein Grab gelegt.«

Ich zeige Nerven. »Bitte, Luka, sag mir, was ich tun soll. – Warte, er beobachtet mich aus dem Fenster. – Jetzt öffnet sich die Tür vom Nebenhaus. Ein älterer Herr tritt heraus und mustert mich.«

»Was passiert jetzt? Tilda, rede mit mir!«

Ich kann Luka nicht antworten, denn auch mein Vater kommt gerade in den Vorgarten. Er spricht mit dem alten Mann. »Pappa, den här unga kvinnan är Anne Töpfers dotter Matilda. Hon kan inte stanna här. Kan du köra henne till Brigitta.«

Bis auf meinen und den Namen meiner Mutter habe ich kein Wort verstanden.

Der alte Mann nickt. Vater kehrt zurück ins Haus.

»Komm, du kannst hier nicht bleiben«, ruft der Alte mir zu und klimpert mit seinem Schlüsselbund. »Steig in meinen Wagen. Ich bringe dich an einen anderen Ort.«

»Tu das nicht, Tilda!«, höre ich Luka aufgebracht rufen. »Steig auf keinen Fall bei ihm ein!«

Ich antworte ihm nicht, sondern wende mich an den Alten. »Wer bist du?«

»Ich bin Arne. Weiß deine Mutter, dass du hier bist?«

»Nein, aber mein Freund weiß, dass ich zu dir in den Wagen gestiegen bin. Er hört alles mit. Also, komm nicht auf dumme Gedanken.«

»Matilda, ich bin ein alter Mann und habe gewiss nicht vor, dir etwas anzutun. Ich bringe dich zu Brigitta. Sie hat ein kleines Ferienhaus am Helgasjön, in dem deine Mutter Anne immer wohnt, wenn sie hier zu Besuch ist. Sollte die Stuga nicht gerade vermietet sein, kannst du dort auf meinen Sohn warten. Er wird später zu dir kommen und all deine Fragen beantworten.«

Wenn mein Vater Arnes Sohn ist, muss er mein Opa sein. Ich betrachte ihn und suche nach Ähnlichkeiten.

Er telefoniert. »Hej, Brigitta, är din stuga fri?« Freundlich nickt er mir zu und zeigt Daumen hoch. »Es klappt. Sie ist zu Hause und hat Platz für dich.«

Noch bevor ich dazu komme, ihn zu befragen, hält er vor einem stattlichen Holzhaus. Hinter dem Gartenzaun mäht eine ältere Dame den Rasen. Sie stellt den Mäher sofort aus, nähert sich und begrüßt mich wie eine gute Bekannte.

»Es ist immer schön, wenn ich Gäste aus Deutschland willkommen heißen kann. Ich habe Freunde und Familie in Hamburg. Na ja, Familie ist ein wenig übertrieben, die Halbschwester meiner Tochter lebt dort. Und ihre Mutter, mit der ich seit Jahrzehnten befreundet bin. Ihr Mann, der Vater meiner Tochter, ist schon verstorben.«

Während Brigitta ohne Punkt und Komma auf mich einredet, fährt Arne ab.

»Ich kann dir die Stuga nur bis Freitagmorgen überlassen. Am Wochenende feiern wir hier das Midsommarfest. Später kommen Männer her und stellen den Maibaum auf. Ihr Deutschen sagt doch Maibaum zu dem Mast, oder?«

Ich fühle mich von ihrer Redseligkeit völlig überrumpelt. Als sie Luft holt, nutze ich die Atempause und stelle ihr eine Frage: »Bist du mit Arne verwandt?«

Sollte sie seine Schwester sein, wäre sie meine …

»Nein, wir waren langjährige Kollegen in der Papierfabrik. Die ist längst geschlossen, und wir sind Rentner.«

»Kennst du seinen Sohn?«

»Natürlich. In diesem kleinen Ort kennen wir uns alle. Hier ist es nicht so anonym wie in der Großstadt. Bist du jetzt auch ins Glaskunstgewerbe eingestiegen wie deine Mutter? Oder was führt dich her?«

»Die Suche nach meinem Vater.«

Warum schaut sie mich plötzlich so merkwürdig an?

»Komm mit. Ich zeige dir die Stuga. Wie gesagt, ein oder zwei Nächte kannst du bleiben. Danach brauche ich den Platz für meine Tochter und meine Enkel.«

Sie führt mich durch den Garten, der bis zum Seeufer reicht. Dort steht ein kleines Gebäude, von dem ein langer Holzsteg auf den Helgasjön führt. Genau an dieser Stelle muss Mutter das Foto aufgenommen haben, das mir in ihrem Bildband am besten gefallen hat.

»Ich habe den Kühlschrank schon mit Getränken aufgefüllt. Du darfst dich gern bedienen. Kaffee und Kuchen gibt es, sobald ich den Rasen fertig gemäht habe. Okay?«

Lieber als Kaffee und Gebäck hätte ich von ihr gewusst, was sie mir verheimlicht. Denn das ist hundertprozentig der

Fall. Ihr Blick hat Bände gesprochen, als ich ihr von der Suche nach meinem Vater erzählt habe.

Ich inspiziere das kleine Häuschen. Hier kann man bestimmt tolle Ferien verbringen. Aber ich bin nicht hier, um Urlaub zu machen, sondern um die Wahrheit herauszufinden.

Ihr Angebot, mich am Kühlschrank zu bedienen, nehme ich gern an. Meine Kehle ist staubtrocken, und ich bin dankbar, meinen Durst mit einem Saft löschen zu können. Ich trinke einen Schluck, nehme die Flasche und gehe hinaus auf den Steg. Dort ziehe ich mir Schuhe und Socken aus, kremple meine Hose bis zu den Knien hoch, setze mich auf den Rand und halte die Füße ins Wasser. Wie still es hier ist. Bis auf das Zwitschern der Vögel ist nichts zu hören. Ich atme den würzigen Tannenduft ein, den der Wind vom anderen Ufer herüberbläst. Nach und nach beruhigt sich mein Herzschlag, bis jemand meinen Namen ruft. Ich registriere sofort, dass es Luka ist, der noch immer die Verbindung zu mir hält.

»Tilda, ich habe kein gutes Gefühl. Bitte fahr nach Hause und sprich mit deiner Mutter, statt dich mit diesem fremden Mann zu treffen.«

»Er ist kein Fremder. Ich weiß doch, wie mein Vater aussieht.«

»Wie kannst du das wissen, du warst noch ein kleines Kind, als du ihn zum letzten Mal gesehen hast.«

»Ich habe Fotos von ihm. Er trägt die Haare noch genau wie früher. Die Schläfen sind inzwischen ein wenig ergraut, und die Falten um seinen Mund sind tiefer geworden. Aber davon abgesehen hat er sich nicht verändert. – Luka, bist du noch dran?«

Mist, mein Akku ist leer, und mit der Ruhe ist es auch vorbei. Das laute Brummen des Rasenmähers durchbricht die friedliche Stimmung. Ich hatte gehofft, mich in dieser Abgeschiedenheit auf das Gespräch mit meinem Vater vorbereiten zu können. Im Geiste wollte ich die Worte formulieren, die ich ihm sagen möchte. Doch bei dem ohrenbetäubenden Lärm ist es unmöglich, mich zu konzentrieren.

ANNE

Schöne heile Welt

Robert schläft. Ella besteht darauf, bei ihm zu bleiben. Da ich nicht länger als nötig Zeit mit ihr verbringen möchte, trete ich den Rückzug an.

»Ich fahre jetzt nach Hause. Melde dich, wenn ich dich ablösen soll.«

Gerade stecke ich mein Handy in die Handtasche, als mir der Eingang einer Nachricht angezeigt wird. Ich werde um sofortigen Rückruf gebeten. Da der kurze Satz mit drei Ausrufungszeichen beendet wurde, gehe ich davon aus, dass es wirklich dringend sein muss. Um ungestört telefonieren zu können, gehe ich auf die Terrasse.

»Hej, Marius, was gibt es?«

»Weißt du, dass Tilda in Schweden ist?«

Selbstverständlich weiß ich das. Sie schippert von Göteborg nach Stockholm durch den Göta-Kanal. Aber woher weiß er davon?

»Anne, wir hatten eine klare Vereinbarung!«

»Ja, ich weiß, und ich habe mich immer strikt daran gehalten.«

»Offensichtlich nicht! Tilda hat mich in aller Öffentlichkeit bedrängt und ist mir von Jönköping bis nach Hause gefolgt. Ich konnte es gerade noch rechtzeitig verhindern, dass sie bei uns klingelt und mit meiner Frau spricht.«

»Ich verstehe das nicht. Was hat sie in Jönköping verloren? Und wie kann sie dich nach all den Jahren wiedererkannt haben? Wo ist sie jetzt?«

»Arne hat sie zu Brigitta gefahren. Bring das in Ordnung, sonst tue ich es. Ich lasse nicht zu, dass ihr mein Leben zerstört.«

In welchem Ton redet er mit mir? Und wieso »sein« Leben? Was ist mit meinem, das er vor zwei Jahrzehnten auf den Kopf gestellt hat? »Keine Sorge. Wir bringen deine kleine heile Welt nicht durcheinander!«

Er legt auf, und ich bemerke, dass Ella mich die ganze Zeit belauscht hat.

»Probleme?«

»Keine, die dich etwas angehen.«

»Hab ich das richtig verstanden? Ihr habt nach wie vor Kontakt?«

Mit erhobenem Finger gehe ich auf sie zu. »Halte dich aus meinem Leben heraus! Reicht es nicht, was du angerichtet hast?« Wie kann sie noch in den Spiegel schauen? Ich könnte nicht mit dieser Schuld leben.

Ohne die Spur eines schlechten Gewissens schaut sie mich an. »Du drehst dir die Wahrheit noch immer so hin, wie sie dir am besten in den Kram passt. Wie kann man sich bloß zwanzig Jahre selbst belügen?«

Ich drehe mich auf dem Absatz um, verlasse das Haus und setze mich in meinen Wagen. Hier kann ich telefonieren, ohne Gefahr zu laufen, erneut abgehört zu werden. Ich rufe Tilda an, doch ich lande sofort auf ihrer Mailbox.

Danach probiere ich es bei Brigitta. Sie meldet sich erst, nachdem es zigmal geklingelt hat.

»Ich war draußen, Anne, deshalb hat es so lange gedauert. – Ja, deine Tochter ist hier. Tilda sitzt auf dem Steg und schaut über den See. Sie hat mir gesagt, sie sei gekommen, um ihren Vater zu suchen.«

»Ich weiß. Marius hat mich gerade informiert. Kannst du ihr bitte ausrichten, dass sie mich anrufen soll? Ich vermute, sie hat ihr Handy ausgeschaltet.«

»Wenn du darauf bestehst, sage ich ihr Bescheid, obwohl ich es für keine gute Idee halte, eure Angelegenheit telefonisch zu klären.«

»Die ›Angelegenheit‹, wie du sie nennst, duldet keinen Aufschub. Bestimmt denkt sie, ich hätte sie ihr ganzes Leben lang belogen.«

»Aber genau das hast du getan, Anne, und nicht nur sie.«

»Vielleicht sollte ich wirklich besser von Angesicht zu Angesicht mit ihr sprechen.«

»Das halte ich für ratsam.«

Ich beende das Gespräch und kehre ins Haus zurück. Ella zu bitten, sich allein zwei Tage um Robert zu kümmern, fällt mir nicht leicht, aber ich habe keine andere Wahl. Ich werde es nicht Marius überlassen, mit Tilda zu sprechen. Sie hat ein Recht auf die ganze Geschichte, die nur ich kenne.

»Willst du zu ihm fahren?«

»Nein, das dauert zu lange. Ich werde fliegen.«

Bis Kopenhagen, danach geht es mit dem Zug weiter nach Malmö. Dort hat Marius mich zweimal im Jahr vom Bahnhof abgeholt. Wir haben uns im Frühjahr und im Herbst getroffen. Er hat mich auf allen Reisen durch Småland begleitet und mich vielen Glaskünstlern vorgestellt. Ihm verdanke ich meinen geschäftlichen Erfolg, aber auch mein gebrochenes Herz. Als er mich vor die Wahl stellte, mich zu ihm zu bekennen, oder er würde die Frau heiraten, die mit ihm die restlichen fünfzig Wochen des Jahres verbringt, habe ich entschieden, ihn aufzugeben und ihn nie wieder zu sehen. Doch wir beide waren nicht fähig, unsere Verbindung endgültig zu kappen. Heute muss es mir gelingen. Ich werde die Beziehung zu dem Mann beenden, den ich nach wie vor für die Liebe meines Lebens halte, und mache Schluss mit den Heimlichkeiten, die mich seit Jahren belasten. Sollte es zu keinen Verspätungen im Flug- und Bahnverkehr kommen, werde ich in fünf Stunden bei Brigitta aufschlagen.

TILDA

Vaterliebe

Er hat sich länger als eine Stunde Zeit gelassen. Nun sehe ich ihn kommen. Den Blick auf den Boden gerichtet, nähert er sich. Mit der festen Absicht, ihm jegliche Vorwürfe zu ersparen, gehe ich ihm entgegen.

»Lass uns drinnen reden«, schlägt er vor. Ich folge ihm in die Stuga. Als er die Tür hinter uns schließt, huscht ihm sogar ein kurzes Lächeln über das Gesicht. Mehr aber auch nicht. Mit den rührseligen Fernsehsendungen, in denen sich Familienangehörige nach vielen Jahren wiedersehen und sich tränenreich in die Arme fallen, hat diese Zusammenkunft nichts gemein.

Er wirkt erstaunlich gefasst. »Es tut mir leid, Tilda. Ich war mit der Situation komplett überfordert. Anne hat mir immer Fotos von dir gezeigt, und ich habe gewusst, dass du zu einer hübschen, jungen Frau herangewachsen bist, aber anders als du habe ich dich nicht erkannt.«

Nach dieser Aussage ist klar, dass meine Mutter im Bilde ist. »Warum täuschst du deinen Tod vor? Hast du etwas verbrochen und musstest flüchten?«

Er schüttelt den Kopf. »Tilda, es ist, wie ich es dir gesagt habe, ich bin nicht dein Vater, obwohl ich es sehr gern gewesen wäre.«

»Dann sag mir, wer du bist!«

»Mein Name ist Marius Andersson, ich bin Tischler von Beruf. Als deine Eltern das Haus in der Heide gekauft haben, habe ich es renoviert und die Scheune zur Galerie ausgebaut. Deine Mutter ist eine enge Freundin von mir. Eine sehr enge, von der meine Frau nichts wissen darf. Deshalb habe ich dich von Arne herbringen lassen.«

»Was tischst du mir für ein Märchen auf? Du hast bei uns gelebt. Es gibt Fotos, die uns beide an meinen ersten Geburtstagen, an Weihnachten und auf Ausflügen zeigen.«

»Meinst du diese Bilder?«, fragt er und zieht ein Taschenalbum aus seiner Jacke. Seine Farbfotos weisen alle einen Gelbstich auf. Eine Aufnahme zeigt ihn, Mutter und mich auf der Veranda. Ich sitze auf seinen Schultern, er hat den Arm um Mutter geschlungen, sie schaut lächelnd zu ihm auf. Das ist das einzige Familienfoto, das mir blieb, dachte ich stets und habe es wie einen kostbaren Schatz gehütet.

»Wenn ich an meinen Vater gedacht habe, hatte ich immer dein Gesicht vor Augen.« Meine Stimme überschlägt sich. »Warum sollte ich glauben, dass du mein Dad bist?«

Er greift nach meinen Händen. »Ich wäre es gern geworden, aber Holgers Tod hat alles verändert.«

»Kanntest du ihn?«

»Flüchtig.«

»Wenn du es nicht bist, weiß ich gar nicht, wie mein wahrer Vater aussah und wer er war. Wollte er mich nicht? Wollte Mutter lieber dich? Wieso hast du seinen Platz eingenommen?«

»Das solltest du besser mit Anne besprechen. Sie weiß, dass wir uns hier treffen und die Zeit gekommen ist, dir endlich reinen Wein einzuschenken.«

Es klopft. Brigitta bringt Kaffee und Kuchen. Sie annonciert: »Kanelbullar und Prinsesstårta. Lasst es euch schmecken.«

Ich möchte weder Zimtschnecken noch ein Stück von der grünen Marzipansahnetorte essen, sondern so schnell wie möglich nach Hause.

Marius bietet an, mich zum Bahnhof zu bringen. Während der Fahrt lade ich mein Handy auf. Bevor ich mich verabschiede, möchte ich von ihm wissen, was zwischen ihm und meiner Mutter läuft. »Ihr habt seit Jahren ein Verhältnis.«

Er seufzt. »Ich mag das Wort nicht. Es klingt anrüchig und trifft auf uns nicht zu.«

»Du bist verheiratet, und Anne ist deine Geliebte. So etwas nennt man ein Verhältnis.«

»Nein«, widerspricht er. »So etwas nennt man Liebe, die nicht gelebt werden kann, weil man anderen Menschen nicht wehtun möchte.«

Ich sehe meine Mutter vor mir. Sie beugt sich zu mir herunter, weil ich noch ein Kind bin und ihr erst bis zur Hüfte reiche. »Lügen haben kurze Beine, Tilda. Wer einmal lügt, dem glaubt man nicht. Erinnere dich an die Geschichte von Pinocchio. Bitte sag die Wahrheit. Du weißt doch, dass du mit mir über alles reden kannst.«

Heuchlerin, denke ich und ziehe das Ladekabel aus der Buchse. »Danke für den Shuttle.«

Ich flitze zum Bahnsteig und schaffe es im letzten Moment, den Zug zu erreichen, der mich nonstop nach Kopenhagen bringen wird. Wie es von dort weitergeht, werde ich entscheiden, wenn ich die Verbindungen geprüft habe. Zuerst schreibe ich Luka eine Nachricht, der ich ein trauriges Emoji vorausstelle.

Der Mann ist nicht mein Vater. Ich bin jetzt auf dem Weg nach Hause. Melde mich, wenn ich angekommen bin.

Ich schicke die Mitteilung ab, aber sie wird nicht zugestellt, wie mir der einzelne graue Haken zeigt. Vermutlich hat er gerade keinen Empfang. Mutter erreiche ich auch nicht. Bei ihr läuft die Mailbox. Schade, dass Marius sie bereits vorgewarnt hat. Viel lieber hätte ich sie unvorbereitet mit meinen neuen Erkenntnissen konfrontiert.

»Puh«, stöhne ich, als ich den Fahrplan der Deutschen Bahn aufrufe. Zwar könnte ich kostengünstig mit dem Zug weiterreisen, aber ich würde erst um Mitternacht in Hamburg ankommen. Mit dem Bus wäre ich noch länger unterwegs. Ich beiße in den sauren Apfel und buche mir einen Flug.

BIRTE

Höhenkontrolle

Kurz vor Ladenschluss empfange ich eine Nachricht von Benno. Er überlässt mir die Wahl des Lokals. Keine gute Idee. Ich kenne mich in dieser Gegend doch gar nicht aus. Vor Jahren hat Anne mich in der Nähe zu einer Mühle ausgeführt. Das Wasserrad war noch in Betrieb, und wir haben draußen in einem Biergarten gesessen, irgendetwas mit Bratkartoffeln bestellt und alkoholfreies Radler dazu getrunken. Dort war es urig, und es hat mir gut gefallen. Ich werde sie gleich fragen, wie das Lokal heißt und ob es nötig ist, einen Tisch zu reservieren.

Doch daraus wird nichts. Sie ist nicht zu Hause. Immerhin hat sie heute eine Notiz für mich hinterlassen. *Bin bei Robert, Gruß Anne.*

Ich tue das, was ich laut Benno gar nicht nötig habe, und mache mich hübsch. »Naturschönheit«, kichere ich vor dem Spiegel und lege ein wenig Rouge auf, pudere meine Nase, die bei Wärme dazu neigt, speckig zu glänzen. Danach bringe ich meine Wimpern mit schwarzer Mascara in Form.

Punkt sieben bin ich startklar. Ich stelle das Radio an. Mit fetziger Musik vergeht die Wartezeit schneller, rede ich mir ein. Doch statt Lieder aus den Neunzigern abzuspielen, quatscht der Moderator minutenlang. Ich höre: »Stockender Verkehr auf der A1 in Richtung Lübeck. Wegen einer Baustelle fließt der Verkehr in beiden Richtungen nur schleppend. Sie sollten eine Verzögerung von dreißig Minuten einplanen. Mit einer längeren Wartezeit müssen Sie auf der A7 rechnen. Im Elbtunnel wurde die Höhenkontrolle ausgelöst. Wann es dort weitergeht, erfahren Sie hier bei uns immer zur vollen Stunde.«

Als endlich Musik erklingt, bimmelt mein Handy.

Es ist Benno, der mir stinksauer erklärt, dass er feststeckt. »Es geht keinen Zentimeter voran.«

»Wo bist du denn?«

»Auf der rechten Spur vor dem Elbtunnel.«

»Ach, du Armer. Das habe ich gerade im Radio gehört. Irgendein Depp hat wieder die Höhenkontrolle ausgelöst.«

»Es muss mehr passiert sein. Feuerwehr und Krankenwagen versuchen gerade vorzudringen.«

Ich schlage ihm vor, die Autobahn zu verlassen, aber dafür ist es zu spät. Er hat die letzte Ausfahrt bereits passiert.

»Schiet! Hätte ich diesen Auftrag bloß nicht angenommen. Es tut mir leid, dass ich nicht pünktlich sein werde. Dabei habe ich mich so sehr auf unseren Abend gefreut.«

»Alles gut. Fahr vorsichtig«, rate ich ihm, als ich höre, dass ein weiterer Anrufer anklopft.

Es ist Tilda, die wissen will, ob ihre Mutter zu Hause ist.

»Wenn ich sie auf dem Handy anrufe, springt sofort die Mailbox an.«

»Anne ist bei Robert.«

Sie bedankt sich und legt auf, noch bevor ich sie fragen kann, ob sie den Göta-Kanal schon erreicht haben.

Es geht auf acht. Statt weiter darauf zu warten, dass Benno mich abholt, bereite ich mir Abendessen zu. Meine Wahl fällt auf neue Kartoffeln, die ich gern mit einem Kräuterquark verspeisen würde. Aber in Annes Garten wächst kein einziges Kraut, das zum Verzehr geeignet ist. Ich schreibe einen Einkaufszettel, den ich Benno übergeben werde, sollte er wider Erwarten doch noch eintrudeln. Er könnte mir Schnittlauch, Petersilie, Bärlauch und andere mediterrane Kräuter vom Großmarkt mitbringen. Statt mit Quark genieße ich die jungen Erdäpfel mit Salzbutter. Ich liebe einfaches Essen ohne viel Tamtam. Beim Wein bin ich anspruchsvoller. Ich öffne eine Flasche und gieße mir ein Glas ein. Was für ein göttlicher Tropfen, lobe ich den trockenen Grauburgunder von der Nahe und muss sofort an Anne denken, die auf dieses Vergnügen von nun an verzichten muss.

Ein Wagen fährt auf den Hof. Dem Motorengeräusch nach zu urteilen, ist es Bennos Transporter. Und richtig.

»Drei Stunden für achtzig Kilometer«, grummelt er und schaut mich entschuldigend an. Mir entgeht nicht, wie abgekämpft er aussieht.

Ich biete ihm einen Platz auf der Veranda an. »Komm erst mal runter.«

»Was ist mit unserem Date?«

»Das läuft uns nicht weg. Ich habe schon gegessen, aber was ist mit dir? Du hast doch bestimmt Hunger.«

Er bejaht. Ich hole ein zweites Glas und schlage vor, ihm auf die Schnelle etwas zu zaubern. Nach Durchsicht der Vorräte fällt meine Wahl auf einen strammen Max. Ich belege eine Scheibe Brot mit Schinken, Zwiebelringen und Gurkenscheiben. Obendrauf setze ich ein Spiegelei. Fertig.

»Was hattest du nördlich der Elbe zu tun?«, möchte ich wissen und stelle den Teller vor ihm ab.

Uli hat es gehasst, wenn ich ihn beim Essen ausgefragt habe. Mir mit vollem Mund zu antworten, kam für ihn nicht infrage. Deshalb schwiegen wir uns während der Mahlzeiten an. Benno hat damit kein Problem. Er kaut, schluckt den Bissen herunter und antwortet mir.

»Ich musste nach Barmstedt. Dort ist die einzige Baumschule, in der ich Rhododendren der Sorte ›Nova Sembla‹ bekommen kann. Kennst du die? Die blühen rubinrot.«

Natürlich kenne ich die. Die wuchsen in meinem Garten, bis der Nachbar sie abgesäbelt hat. »Was willst du noch damit? Wir haben Mitte Juni. Die Blühphase ist fast vorbei.«

»So ein reicher Pinkel aus Blankenese hat heute bei mir angefragt, ob ich zehn Pflanzen besorgen könnte. Mindestgröße ein Meter achtzig.«

Das kann kein Zufall sein.

»Er ist aus allen Wolken gefallen, als ich ihm den Preis genannt habe.«

»Ein Meter achtzig hoch«, wiederhole ich.

»Und breit. Aber das kann er vergessen. Mal davon abgesehen, dass so große Exemplare in der Menge gar nicht auf dem Markt zu haben sind, wäre schweres Gerät nötig, um sie auszugraben, zu transportieren und einzupflanzen. Ob sie überhaupt anwachsen würden, bleibt fraglich. Ich habe ihm gesagt, dass ich ihm maximal ein Meter vierzig hohe Pflanzen besorgen kann, aber keine Garantie übernehmen werde.«

Ich schlucke. »Hast du den Auftrag angenommen?«

»Noch nicht. Er hat sich bis morgen Bedenkzeit ausgebeten. Er muss sich erst mit seiner besseren Hälfte besprechen.

Die Frau soll ein wenig speziell sein, was ihren Garten angeht.«

Die spezielle Frau bin ich, liegt mir auf der Zunge. Und der reiche Pinkel aus Blankenese ist mein Mann, Uli, der dich lediglich kontaktiert hat, um dich kennenzulernen.

»Lehne den Auftrag ab«, bitte ich ihn.

»Auf gar keinen Fall. Hast du eine Ahnung, wie viel Geld der in meine Kasse spülen würde?«

Ich schaue ihn beschwörend an. »Bist du denn gar nicht über den Namen gestolpert?«

»Über welchen Namen? ›Nova Sembla‹?«

»Nein, Benno, ich meine nicht die Rhododendronsorte, sondern den Namen des vermeintlichen Auftraggebers.«

»Irgendwas mit Busch. Wie der Politiker. Ich komme nicht drauf, aber ich habe seinen Namen aufgeschrieben.«

»Mit Busch?« Mir fällt ein Stein vom Herzen. »Meinst du Buschmann, so wie Marco Buschmann?«

»Nein, keiner von der FDP.« Er denkt angestrengt nach. »Älter. Berlin. Buschkowsky! Ja, so lautet der Name. Wieso ist das wichtig?«

»Gar nicht wichtig«, platzt es erleichtert aus mir heraus. »Sag mal, fährst du morgen zum Großmarkt?« Ich stehe auf und hole meine Liste. »Könntest du diese Kräuter für mich mitbringen?«, bitte ich ihn und reiche ihm den Zettel.

Er greift nach meinem Handgelenk und zieht mich auf seinen Schoß. »Was bekomme ich dafür?«

Grinsend antworte ich ihm. »Gehe ich recht in der Annahme, dass du einen Kuss von mir erwartest?«

»Ich denke, der ist längst überfällig.«

Sanft, fast zaghaft berühren sich unsere Lippen.

»Du schmeckst salzig, Birte. So als hättest du heute im Meer gebadet.«

»Nach welchem Meersalz schmecke ich denn? Nach dem aus dem Mittelmeer in Griechenland, nach dem aus dem Roten Meer in Ägypten oder eher nach dem aus dem Atlantik in der Bretagne?«

»Eindeutig nach Fleur de Sel aus Guérande.«

Erst nachdem er mir geantwortet hat, fällt bei ihm der Groschen. »Was hat Caro noch über mich ausgeplappert?«

Ich muss lachen. »Es war sehr aufschlussreich.«

»Bist du jetzt schockiert?«

»Eher neugierig.«

Er schaut mich vielsagend an. »Wann kommt eigentlich deine Freundin nach Hause?«

Ich zucke mit den Achseln, denn ich weiß es wirklich nicht. Vielleicht jeden Moment, vielleicht auch gar nicht, weil sie über Nacht bei Robert bleiben muss. Ich rufe sie an. Anders als Tilda erreiche ich sie sofort.

»Hey, Süße, kommst du heute noch, oder bleibst du in Hamburg?«

»Ich bleibe über Nacht in Växjö. Erst lotsen Marius und Brigitta mich her, damit ich mit Tilda sprechen kann. Endlich angekommen, erfahre ich, dass sie längst auf dem Weg nach Hause ist.«

Ich weiß nicht, was mit Anne los ist. Seit sie ihre Diagnose bekommen hat, spricht sie nur noch in Rätseln.

»Du bist bei Marius in Schweden? Und wo ist Tilda?«

»Wenn sie geflogen ist, müsste sie gleich zu Hause ankommen.«

»Noch ist sie nicht hier.«

»Dann hat sie den Zug genommen und ist noch Stunden unterwegs. Würdest du sie um Mitternacht vom Hauptbahnhof abholen?«

»Ja, das mache ich. Aber sag mir, wer ist jetzt bei Robert?«

»Ella passt auf. Sie hat darauf bestanden.«

Oh, mein Gott. Ausgerechnet dorthin habe ich Tilda geschickt. Wenn sie auf Ella trifft, geht eine Bombe hoch. Ich beende das Gespräch und bitte Benno zu gehen.

»Es tut mir leid, aber ich muss ganz schnell nach Hamburg fahren und ein Unglück verhindern.«

»Was ist denn passiert?«, will er wissen, doch für lange Erklärungen bleibt jetzt keine Zeit.

»Ich hoffe, noch nichts«, antworte ich vage, drücke ihm einen schnellen Kuss auf den Mund und flitze zu meinem Wagen.

ANNE

Midsommarstång

Brigitta huscht abermals mit eingezogenem Kopf an mir vorbei. Sie weiß, dass sie einen Bock geschossen hat. Hätte sie mich früher darüber informiert, dass Marius meine Tochter bereits vor Stunden zum Bahnhof gebracht hat, wäre mir die unnütze Weiterfahrt zum Helgasjön erspart geblieben. Schon in Kopenhagen hätte ich den nächsten Flieger zurück nach Hamburg genommen und wäre längst wieder zu Hause und könnte mit meiner Tochter sprechen, statt dem regen Treiben in Brigittas Garten beizuwohnen.

Marius' Vater hat mit drei anderen Männern den Mast gebracht, den die Frauen und Kindern aus der Nachbarschaft mit Zweigen und Blumen schmücken werden, bevor er im Garten aufgestellt wird. In der Küche bereitet Brigitta Heringe in verschiedenen Variationen zu. Sild mit Roter Bete, mit Zwiebeln und Gurke, in Lake, mit Joghurt und in Sahnesoße, mit Äpfeln und Dill. Dazu wird sie kleine Kartoffeln reichen.

Ich möchte nichts davon probieren. Auch lehne ich ihren Hausschnaps ab, den sie selbst brennt. Bei ihren Helfern findet der jedoch reißenden Absatz. Aus einem großen Plastikkanister schenkt sie den Männern großzügig ein.

Um einen klaren Gedanken fassen zu können, begebe ich mich auf den Steg. Dort, wo Tilda Stunden zuvor gesessen und auf den See geblickt hat, erinnere ich mich an die Tage, die ich in all den Jahren hier verbracht habe. Zwischen den Holzbrettern steckt vertrocknetes Eichenlaub. Es ist ein Überbleibsel vom letzten Herbst. Aus einer Zeit, als mein Leben noch in geordneten Bahnen verlief. Mit den Fingern pule ich ein Blatt vorsichtig heraus und denke daran, wie ich Marius genau hier berichtet habe, dass bei Robert Demenz diagnostiziert wurde. Tröstend legte er den Arm um mich und sagte: »Du müsstest da nicht allein durch, wenn du dich damals für mich entschieden hättest.«

Nun ist es zu spät, denn du hast uns die Entscheidung abgenommen, dachte ich, sprach meinen Gedanken jedoch nicht aus. Warum auch? Ständig die gleichen Erklärungen und Vorwürfe zu wiederholen, änderte nichts an der Tatsache, dass der Mann, den ich liebte, eine andere geheiratet hatte. Den Mann, mit dem ich in jungen Jahren verheiratet war, konnte ich nicht glücklich machen. Er betrog mich, sogar mit meiner Schwester. Dennoch haben wir uns nicht scheiden lassen. Eine Scheidung hätte den Verlust des Hauses bedeutet, das ich unter keinen Umständen verlieren wollte.

»Trinkst du keinen mit?«, ruft Arne und schlurft auf mich zu. Ich mag diesen alten Kauz. Er war immer gut zu mir, sogar nachdem seine Schwiegertochter ihn zum Opa machte. Er versteht Marius und mich, denn ihm ist es nicht anders ergangen. Während einer Angeltour auf dem Helgasjön hat er mir vor langer Zeit gestanden, dass auch seine Frau nicht die erste Wahl für ihn war. Sein Herz schlägt seit frühester Jugend für Brigitta, die es sich jedoch strikt verbietet, seine Gefühle zu erwidern. Für sie kam und kommt es nicht in Betracht, sich auf einen verheirateten Mann einzulassen. Sie ist eine Frau mit Prinzipien. Die war ich offensichtlich nicht.

»Nein, ich darf nicht. Alkohol ist für mich tabu. Ich leide an Diabetes.«

»Seit wann?«

Ich hebe die Schultern. »Seit wann das so ist, kann ich nicht sagen. Ich weiß es erst seit gestern.«

»Guckst du deshalb so traurig?«

Den Blick auf den See gerichtet, schüttle ich den Kopf. »Nein, das ist nicht der Grund. Ich werde die Beziehung zu Marius endgültig beenden. So geht es nicht weiter.«

Arne lacht mich aus. »Wie oft hast du dir das schon vorgenommen und es doch nicht getan?«

»Dieses Mal ist es mir bitterernst. Die Lügen und Heimlichkeiten müssen aufhören.«

»Ich kenne meinen Sohn. Er wird dich nicht gehen lassen. Er liebt dich.«

Nun bin ich es, die Arne auslacht. »Du hättest hören sollen, wie er vorhin am Telefon mit mir gesprochen hat. Er hat mich angeraunzt, ich solle sein Leben nicht zerstören.«

»Welches Leben? Etwa seine trostlose Ehe, aus der er flieht, indem er jeden Auftrag annimmt, der weit genug von Växjö entfernt ist, um abends nicht nach Hause kommen zu müssen? Mensch, Leute! Bringt endlich den Mut auf und macht Nägel mit Köpfen. Das Leben ist zu kurz für faule Kompromisse!«

Ich schaue Arne verwundert an, denn seine Ausführungen decken sich nicht mit dem, was Marius mir bisher von seinem Alltag berichtet hat. Er hat stets betont, wie zufrieden er mit seinem Dasein sei. »Er ist gar nicht glücklich mit Tanne?«

»Er ist es nicht, und sie ist es auch nicht. Ich würde mich nicht einmischen, aber die Kinder leiden unter ihren ständigen Streitigkeiten. Ich lebe Wand an Wand mit ihnen und werde jedes Mal Ohrenzeuge, wenn Marius an den Wochenenden heimkommt und sie sich wie die Kesselflicker zoffen.«

Warum hat Marius mir das verheimlicht? Vermutlich wollte er vermeiden, dass ich mir Sorgen um ihn mache. Das würde ihm ähnlichsehen. Er will immer, dass es mir gut geht. Erst wenn ich ihm versichere, dass er mich bravourös aufgemuntert hat, beendet er unsere abendlichen Telefonate, wünscht mir eine gute Nacht und zuckersüße Träume.

Zuckersüß ist auch das Gebäck, das Brigitta im Garten an ihre Helfer verteilt. Nach zwei Schnäpsen serviert sie Morotskaka. Doch auch ihren Möhrenkuchen muss ich ablehnen.

»Anne leidet an Diabetes«, erklärt Arne ihr meine Absage.

Die Hausherrin erspart mir mitleidige Blicke. »Wie wäre es mit Vollkornknäckebrot mit Hüttenkäse und Tomate?«, preist sie alternativ an. »Und dazu koche ich dir einen aromatischen Tee.«

Das ist typisch Brigitta. Sie gibt erst Ruhe, wenn alle etwas zu essen und zu trinken haben und rundum zufrieden sind. Bevor sie noch weitere Vorschläge unterbreitet, nicke ich, nenne sie einen Goldschatz und werfe ihr einen Luftkuss zu.

»Dann bist du mir nicht mehr böse, Anne?«

»Wer kann dir schon lange böse sein?«

Sie verzieht das Gesicht. »Na, da fällt mir eine Person ein, die mir ganz lange nicht verzeihen konnte. Aber das ist gottlob Geschichte. Jetzt haben wir uns alle wieder lieb. Und das ist doch die Hauptsache, oder? Familie, Freundschaft und Liebe sind das Wichtigste im Leben. Nur so können wir diesem Wahnsinn, der die Welt gerade beherrscht, trotzen.«

»Darauf trinken wir noch einen«, schlägt einer der Helfer vor.

Brigitta schaut ihn strafend an. »Du willst noch etwas trinken, Helge? Dann bediene dich. Kaffee ist in der Kanne. Wasser findest du im See!«

»Ich dachte, du spendierst noch einen aus deinem Kanister.«

Sie stützt die Hände auf ihre Hüften und baut sich herausfordernd vor ihm auf. »Helge Pettersson, du hattest schon in der Schule Probleme mit dem Denken. Trink Kaffee oder geh nach Hause. Wir sehen uns am Samstag. Erst dann feiern wir die Sommersonnenwende.«

»Sommersonnenwende«, klingt es in mir nach. Nach dem längsten Tag dieses Sommers ändert sich nicht nur der Stand der Sonne, sondern erfahren auch die Leben meiner Liebsten eine Wendung. Das meines Vaters, Tildas, Birtes und auch meins. Hoffentlich wendet sich alles zum Besten für uns.

Ich greife zum Telefon, um mich bei Ella zu erkundigen, ob sie mit Robert zurechtkommt.

»Spar dir deine Kontrollanrufe! Du musst dir keine Sorgen machen. Bei mir ist Vater gut aufgehoben. Er hat gegessen, getrunken und mich mit seinem wirren Gerede zur Weißglut gebracht. Jetzt schläft er. Ich muss Schluss machen, es klingelt an der Tür.«

»Ella?«

Keine Antwort. Sie hat aufgelegt.

BIRTE

Beste Patentante der Welt

Ella öffnet die Tür. Die Wilde, wie ich sie früher in Anspielung auf ihre zahlreichen Jugendsünden genannt habe, hätte ich ohne Annes Vorwarnung niemals wiedererkannt. Die Frau, die sich ein Arschgeweih hatte stechen lassen, lange bevor Tattoos gesellschaftsfähig wurden, wirkt heute völlig verändert auf mich. Ihre weiblichen Attribute, die sie in jungen Jahren offenherzig zur Schau getragen hat, versteckt sie nun unter einem weiten Kaftan. »Bist du konvertiert?«, liegt mir auf der Zunge. Aber stattdessen frage ich: »Ist Tilda hier?«

»Bist du es, Birte?« Ich nicke. »Wie kommst du darauf, dass sie hier sei?«

Ich atme erleichtert auf, denn ich bin rechtzeitig gekommen, um ein Zusammentreffen zu verhindern. Gerade entdecke ich mein Patenkind. Sie überquert die Straße und schaut mich verwundert an.

»Hat sich erledigt«, sage ich zu Ella und gehe Tilda entgegen. Ich nehme ihr die Tasche ab und deute auf meinen Wagen. »Komm! Ich bringe dich nach Hause.«

Sie verhält sich widerspenstig. »Ich muss erst mit Mama sprechen.«

»Und sie mit dir. Aber daraus wird heute nichts. Ihr habt euch verpasst. Du musst warten, bis sie morgen aus Schweden zurück ist.«

»Sie ist mir gefolgt?«

Ich kann sehen, wie es in ihrem Kopf arbeitet.

»Verstehe, aber bitte warte noch einen Moment auf mich. Ich möchte Opa guten Abend sagen und mich der Pflegerin vorstellen.«

»Jetzt noch? Schau mal auf die Uhr! Robert schläft und vorstellen kannst du dich ein anderes Mal. Nun komm! Ich möchte nach einem anstrengenden Arbeitstag auch ins Bett«, schwindle ich, um sie davon abzubringen, ins Haus zu gehen.

Sie lenkt ein. »Es ist total lieb, dass du mich abholst. Ich hatte heute auch einen aufreibenden Tag.«

Noch bevor sie sich anschnallt, platzt es aus ihr heraus. »Meine Mutter hat seit Jahren ein Verhältnis mit einem Schweden. Wusstest du das?«

Sie zückt ihr Handy und zeigt mir ein Foto.

»Schön zu sehen, dass auch Marius älter geworden ist. Aber er ist noch immer ein Hingucker. Er hat sich kaum verändert.«

»Du kennst ihn?«

»Er hat eure Veranda gebaut.«

»Warum hat Mama mich glauben lassen, er wäre mein Vater?«

Ich atme tief durch. »Dein Erzeuger war kein Vorzeige-Papa. Er hat Anne sehr wehgetan.«

»Was hat er gemacht?«

Ich stoppe sie. »Kein weiteres Wort von mir zu diesem

Thema. Sprich morgen mit deiner Mutter. Ich habe bereits mehr gesagt, als ich wollte und durfte.«

»Luka muss mich für völlig durchgeknallt halten. Ich habe ihm gesagt, dass ich meinen tot geglaubten Vater wiedergesehen hätte.«

Ich wechsle das Thema und frage sie, weshalb sie schon zurückgekommen ist. »Habt ihr den Kanal in Turbogeschwindigkeit durchquert?«

Sie berichtet mir von Marie, der erpresserischen Schlange, von Greta Richter, in der sie sich getäuscht, und vom niedlichen Emil, der sich deutlich zugewandter gezeigt hat, als sie es für möglich gehalten hat. Zuletzt spricht sie von Luka. »Er hat zugestimmt, mit mir in die Heide zu ziehen. Ist das nicht ein wunderbarer Liebesbeweis?«

Nein, das ist der Anfang vom Ende. Es wäre das Remake von Anne und Holger. Mit vergleichbarer Euphorie erklärte mir meine schwangere Freundin damals, dass sie und ihr Angetrauter aufs Land ziehen würden. »Wir kaufen ein Haus. Es ist eine Bruchbude, aber wir werden es nach und nach in unser Traumhaus verwandeln.«

»Viel Glück«, wünschte ich ihr, obwohl ich schon in dem Moment ahnte, dass das nicht gut gehen würde. Holger war weder häuslich, noch war er handwerklich begabt. Er liebte das pulsierende Stadt- und Nachtleben. Anne nicht. Sie zog es schon immer in die Natur und hoffte aufs Beste, das erwiesenermaßen nicht eintrat.

Tilda schwärmt. »Hier in der Gegend werden wir uns ein Zuhause suchen, das auch ich mir leisten kann. Ich kann es kaum erwarten. Eventuell bauen wir ein eigenes Haus. Auf jeden Fall brauchen wir Platz, um auch Emil ein Zimmer einzurichten. Luka ist das Beste, was mir je passiert ist. Ich liebe ihn so unbeschreiblich und bin gerade dermaßen glücklich, ich könnte Bäume umarmen.«

Ich fahre auf den Hof. »Du willst Bäume umarmen? Dann beginne mit dem Pfirsichbaum in eurem Garten. Der ist von der fiesen Kräuselkrankheit betroffen. Vielleicht helfen deine Streicheleinheiten gegen den Pilz. Wenn nicht, werde ich Benno bitten, ein Mittel gegen die Schädlinge zu besorgen.«

Sie schaut mich prüfend an. »Was ist das zwischen dir und dem Gärtner?«

»Ich weiß nicht, wohin uns der Weg führt. Egal, wie es ausgeht, ich lasse mich auf dieses Abenteuer ein. Nicht zuzugreifen, wäre dumm und feige. Dumm war ich lange genug, aber feige war ich noch nie.«

Tilda schließt die Haustür auf. Während sie ihre Jacke an die Garderobe hängt, wandert ihr Blick über die Bilder, die in der Diele an der Wand hängen.

»Es gibt nicht ein Foto von meinem Vater. Ich möchte so gern wissen, wie er ausgesehen hat. Hast du welche von ihm?«

»Nicht viele, aber wenn ich am Samstag zu Uli fahre, bringe ich sie dir mit.«

Ich wünsche ihr gute Nacht und möchte mich ins Gästezimmer zurückziehen. Doch Tilda hat noch etwas auf dem Herzen.

»Würdest du mir morgen dein Auto borgen? Ich möchte die Umgebung nach Immobilien abklappern.«

Obwohl ich es für einen Fehler halte, überlasse ich ihr meinen Wagen. Hauptsache, sie kommt nicht auf die Idee, damit zu Robert zu fahren.

ANNE

Wer liebt, lässt los

Vergeblich habe ich auf Marius gewartet. Mir blieb nichts anderes übrig, als ihm zu schreiben, was ich ihm lieber persönlich gesagt hätte. Es ist mir nicht leichtgefallen, ihm Lebewohl zu sagen. Die eine oder andere Träne ist auf das Briefpapier getropft. Ich beendete meine Zeilen mit dem Versprechen, ihn auf ewig in Liebe und Dankbarkeit in meinem Herzen zu bewahren.

Nun nehme ich Abschied von der Stuga, in der ich zum letzten Mal übernachtet habe. Wenn ich künftig beruflich in Schweden zu tun habe, werde ich mich in einem Stadthotel einquartieren. Marius, Brigitta und der Helgasjön gehören fortan meiner Vergangenheit an. Gern würde ich noch ein Erinnerungsfoto vom See knipsen, aber mein Handy gibt seit gestern Abend keinen Mucks mehr von sich.

Ich schreite durch den Garten zu Brigittas Haus und bitte sie, mir ein Taxi zu rufen.

»Ich fahre dich. So viel Zeit habe ich noch.«

Das Geld für die Übernachtung lege ich auf den Tisch.

»Könntest du Marius diesen Brief diskret übergeben, wenn er am Wochenende bei dir ist?«

Sie nickt und nimmt mir den Umschlag kommentarlos ab.

Auf der Fahrt zum Bahnhof passieren wir Wiesen, auf denen Kinder und Frauen Blumen pflücken. Daraus werden sie Kränze binden, die sie an den Festtagen als Kopfschmuck tragen, mutmaße ich. Doch Brigitta weiß es besser.

»Wenn junge Mädchen und unverheiratete Frauen auf sieben Wiesen sieben Blumen pflücken und den Strauß in der Mittsommernacht unter ihr Kopfkissen legen, träumen sie von ihrem Zukünftigen. – Ach, Anne. Es ist zu schade, dass du nicht bleiben kannst. Midsommar ist in Schweden das wichtigste Familienfest nach Weihnachten.«

Sie sagt es. Es ist ein Familienfest. Deshalb habe ich hier nichts mehr verloren. Meine Familie ist in Hamburg, und mir graut davor, auf sie zu treffen.

TILDA

Fünf Sterne

Luka hat mir geschrieben, dass Marie und Emil in Motala von Bord gegangen sind. Warum, hat er nicht mitgeteilt. Ich rufe ihn an, aber er geht nicht ran.

In der Küche läuft bereits der Kaffee durch die Maschine. Mir steht nicht der Sinn nach Frühstück, doch Birte besteht darauf. Sie konfrontiert mich mit einer Neuigkeit, die mich regelrecht von den Socken haut.

»Bei Anne wurde Diabetes diagnostiziert. Ab sofort wird in diesem Haus gefrühstückt und diszipliniert gelebt.«

»Oh, mein Gott. Muss sie sich Insulin spritzen? Mama hat eine Höllenangst vor Spritzen.«

»Sollte es notwendig sein, wird sie ihre Scheu davor überwinden müssen. Das Leben ist kein Ponyhof.«

Statt zu duschen, frühstücke ich, obwohl ich gar keinen Appetit habe. Gleich danach bringe ich Birte zur Gärtnerei.

Auf dem Rückweg klingelt mein Handy. Mir wird Opas Nummer angezeigt. Ich begrüße ihn in freudiger Tonlage.

»Hier spricht nicht Robert. Ich bin es, Ella. Weißt du, wann deine Mutter zurückkommt? Ich kann sie nicht erreichen. Das Heim hat gerade angerufen. Es ist ein Platz frei geworden.«

Die vielen Informationen muss ich erst einmal verarbeiten. »Wieso Heim? Opa kommt nicht ins Heim. Er hat eine Pflegerin, die sich um ihn kümmert.«

Ich vernehme ein lautes Stöhnen am anderen Ende der Leitung. »Zofia ist weg. Und das ist auch gut so. Also, wann kommt Anne zurück?«

»Im Laufe des Tages. Was heißt, Zofia ist weg?«

»Richte deiner Mutter aus, sie möge sich bei mir melden. Dringend!«

Sie hat aufgelegt.

Meine Suche nach Immobilien kann warten. Erst muss ich wissen, was Mutters Schwester vorhat. Heim? Opa wird niemals in ein Heim verfrachtet. Das haben Mama und ich ihm fest versprochen.

Genau das sage ich meiner Tante Ella eine Stunde später mehr als deutlich.

Dass sie mir mit den Fingern über die Wangen streicht, ist mir äußerst unangenehm. »Du bist deiner Mutter wie aus dem Gesicht geschnitten.«

»Wo ist Opa?«

Robert sitzt draußen auf seiner Hollywoodschaukel und presst seine alte Aktentasche an den Bauch. Er hält mich für die Taxifahrerin.

»Wo willst du denn hin?«, frage ich ihn und versuche, ihm die Tasche abzunehmen. Doch er krallt sich fest daran. »Ich mache Urlaub. First Class, fünf Sterne.«

»Das habe ich ihm erzählt«, erklärt Ella und winkt mich zu sich in die Küche. Ich komme ihrer Aufforderung nach und frage sie nach Zofia.

Sie zeigt mir Videos auf ihrem Handy, die mich sprachlos

machen. Opa liegt im Bett und schreit. Er will, dass man ihm die Gurte abnimmt. Eine Frau erscheint im Schlafzimmer und beschimpft ihn. Sie droht, ihm ein Kissen aufs Gesicht zu drücken, sollte er nicht sofort Ruhe geben.

Entsetzt schlage ich mir die Hand vor den Mund. »Oh, mein Gott! Woher hast du diese Aufnahmen?«

Ella zeigt mir die Videokameras, die sie im Haus versteckt hat.

»Warum hast du ihn überwacht, statt selber herzukommen? Wieso tauchst du plötzlich in unserem Leben auf? Wo warst du all die Jahre?«

»Hat Anne noch nicht mit dir über mich gesprochen?«

Ich schüttle den Kopf.

»Warst du schon einmal verliebt, Tilda. Richtig verliebt?«

»Ja, das bin ich, aber ich verstehe deine Frage nicht.«

»Ich habe mich in dem Moment in deinen Vater verliebt, als Anne ihn zum ersten Mal mit nach Hause gebracht hat.«

Vermutlich begreife ich gar nicht, was sie mir gerade offenbart, denn ich frage: »Du kanntest meinen Vater? Meinen leiblichen Vater?«

»Holger war die Liebe meines Lebens.«

Ich schaue sie an, als würde sie in einer fremden Sprache zu mir sprechen. Aber ich habe sehr wohl verstanden, was sie gesagt hat. »Das ist ja ungeheuerlich! Du bist der Trennungsgrund meiner Eltern?«

»Nein, Tilda. So einfach ist das nicht. Wenn du einen Grund suchst, dann findest du ihn in deinem Zuhause. Holger war unglücklich in der Heide. Es war der Traum deiner Mutter, dort zu leben. Sie hatte die Wahl. Das Haus oder ihren Mann. Sie hat sich für das Haus und für ein Leben mit Marius entschieden.«

»Du kennst Marius?«

»Flüchtig«, erwidert sie und beißt sich auf die Lippen. Ich spüre, dass es ihr nicht leichtfällt, über die Vergangenheit zu sprechen.

Als ich sie direkt anschaue, sehe ich, wie sich ihre Augen mit Tränen füllen. »Ich habe dir deinen Vater nicht weggenommen. Er hatte dich immer lieb, und er hat sehr darunter gelitten, dich nicht bei sich zu haben.«

»Wie krank ist das? Anne ist deine Schwester, und Holger war ihr Mann!«

»Nenne es krank«, blafft sie mich an. »Aber ich habe ihn geliebt und tue es immer noch! Er fehlt mir jeden Tag.«

Sie geht hinaus zu Opa und lässt mich völlig konsterniert zurück.

»Können wir endlich los?«, fragt er.

Ella bittet ihn um Geduld. »Wir müssen erst auf Anne warten.«

»Wer ist Anne?«

»Sie hat deine Reiseunterlagen. Ohne die kannst du nicht einchecken.«

»Wohin einchecken?«

»In das Hotel, Papa.«

Er grinst. »Fünf Sterne.«

Ich höre Schließgeräusche. Mutter tritt in den Flur. Sie sieht müde aus. Ohne ein Wort zu sagen, falle ich ihr um den Hals. »Geht es dir gut, Mama?«, krächze ich und drücke sie ganz fest an mich. »Birte hat mir von deiner Diagnose berichtet.«

»Von welcher Diagnose«, will auch Ella wissen, die uns aus dem Türrahmen beobachtet hat.

»Mama hat Diabetes.«

»Das erklärt deine Schwäche und dein ständiges Zittern«, meint Ella. »Ich habe mich schon gefragt, was mit dir los ist.«

»Woher weißt du, dass ich zittere?«, pflaumt Mutter sie an.

Ella deutet auf eine ihrer Kameras. »Anne, du musst regelmäßig essen, sonst bekommst du einen Zuckerschock.«

»Was kümmert es dich?«

Ella reißt den Mund auf. »Was es mich kümmert? Du bist meine Schwester, und ich liebe dich. Ich will, dass es dir gut geht. Dich leiden zu sehen, bereitet mir körperliche Schmerzen.«

»Das hättest du dir überlegen sollen, bevor du dich an meinen Vater rangeschmissen hast«, mische ich mich ein.

Mama und Ella starren mich an.

Mutter findet als Erste die Stimme wieder. »Sie hat es dir gesagt?«

Ella tritt einen Schritt vor. »Ja, ich habe es Tilda erzählt, und ich frage euch, wäre es leichter für euch zu akzeptieren, wenn nicht ich es gewesen wäre, sondern eine wildfremde Frau, mit der Holger leben wollte?«

»Verdammt, Ella!«, kreischt Mutter. »Er wollte nicht mit dir leben. Er wollte zurück zu uns. In der Nacht, als er verunfallte, war er auf dem Weg zu mir.«

»Ja, das war er, aber nur, um dich um die Scheidung zu bitten. Wir wollten heiraten. Anders als du wäre ich bereit gewesen, seinen Namen anzunehmen.«

Mutter lacht. »Ella Knoblauch. Das hätte die Welt noch gebraucht.«

Ich schaue den beiden Streithennen wie bei einem Tennismatch zu. Mal blicke ich zu Mutter, mal zu Ella, in deren Gesicht ich mehr und mehr Ähnlichkeit zu Oma Lore erkenne.

»Ist das Taxi gekommen?«, ruft Opa draußen. Kurz darauf betritt er mit seiner Aktentasche die Küche.

»Was hast du denn eingepackt?«, fragt Mutter und nimmt ihm die Tasche ab. »Aha, ein Toastbrot und einen Kleiderbügel. Was hast du denn damit vor?«

»Ich verreise. Fünf Sterne mit Vollpension«, antwortet Opa und sorgt erneut für einen dicken Kloß in meiner Kehle.

Ella zieht Mama zur Seite. Sie tuscheln. Gleich darauf sehe ich Mutter tief durchatmen. »Also gut«, sagt sie. »Unverbindlich können wir es uns anschauen.«

Opa und Ella steigen zu Mutter in den Wagen. Ich folge ihnen in Birtes Auto in Richtung Süden. Wir überqueren die Elbbrücken und erreichen nach einer Viertelstunde die Hamburger Landesgrenze.

Die Residenz liegt im Grünen. Auf den ersten Blick sieht der Gebäudekomplex wie ein modernes Wohnhaus aus. Erst der gepflegte Außenbereich macht deutlich, dass es sich um ein Seniorenheim handelt. Vornehmlich ältere Damen sitzen auf Parkbänken oder bewegen sich mittels Rollatoren auf den gepflasterten Gehwegen fort.

»Hier herrscht ein gewaltiger Frauenüberschuss«, witzelt Ella und meint, dass Robert das gefallen würde.

Ich schaue Opa an und warte auf eine Reaktion von ihm. Jeden Moment rechne ich damit, dass er begreift, wohin wir ihn gebracht haben, und er fuchsteufelswild wird. Doch er ist die Ruhe selbst, deutet auf den Eingang und prescht vor. Wir haben Mühe, ihm zu folgen. Er steuert auf den Empfang zu. Hinter Glas sitzt eine Mitarbeiterin, die uns freundlich begrüßt.

»Mein Name ist Töpfer«, sagt Opa zu ihr. »Wo geht es denn hier zum Strand?«

Ella drängelt sich vor und übernimmt die Gesprächsführung. »Wir haben einen Termin mit Frau Fischer.«

Die junge Dame nickt, telefoniert und bietet uns einen Platz im Wartebereich an.

Mir kriecht eine Melange aus Desinfektionsmitteln und Essensgerüchen in die Nase. Noch immer sträube ich mich dagegen, Robert hier unterzubringen, obwohl das Haus einen guten Eindruck macht. Die Bereiche, die ich von hier einsehen kann, wirken freundlich und einladend.

Frau Fischer ist die Heimleitung. Sie lädt uns auf einen Rundgang ein und stellt sich für alle Fragen zur Verfügung.

Wir begehen zunächst das Erdgeschoss, in dem sich Gemeinschaftsräume und die Cafeteria befinden. Es ist gerade Essenszeit. Den Bewohnern scheint es ausgezeichnet zu munden. Hier herrscht eine entspannte Atmosphäre, mit der ich nicht gerechnet habe.

Weiter geht es zu den Wohnbereichen, die sich in der ersten und zweiten Etage befinden. An jeder Tür hängt ein Namensschild. Noch immer möchte ich mir nicht vorstellen, dass künftig ein Schild mit dem Namen Robert Töpfer an einer der Türen prangt. Doch Opa gefällt es hier.

Er tritt auf den Balkon. »Kann man von hier das Meer sehen?«

»Leider nicht, Herr Töpfer. Aber in der Ferne sind die Harburger Berge zu erkennen«, erklärt ihm Frau Fischer.

»Berge mag ich auch«, sagt Robert und lässt sich in den Sessel fallen.

Mutter und Ella nicken sich stumm zu. Als sie kurz darauf Frau Fischer ins Büro folgen, weiß ich, dass Roberts Schicksal besiegelt ist. Er wird den Rest seines Lebens dort verbringen, wo er niemals sein wollte.

ANNE

Tabula rasa

Damit, dass Ella und ich uns so schnell darüber einig werden, wie wir die horrenden Heimkosten finanzieren, habe ich nicht gerechnet.

»Lass uns das Haus verkaufen. Der Erlös sollte reichen, Vaters Unterbringung zu bezahlen. Ich will, dass er gut aufgehoben ist«, beteuert sie erneut.

Das will ich auch und bin inzwischen überzeugt, dass die Residenz der passende Ort für Robert ist. Tilda sieht das anders. Sie zieht noch immer einen Flunsch.

Meinen Vorschlag, Ella und Robert nach Hause zu fahren und beim Packen zu helfen, torpediert sie. »Nein, das erledige ich. Ich muss Birte den Wagen erst um achtzehn Uhr zurückgeben. Fahr heim und ruh dich aus!«, befiehlt sie mir in einem Ton, als wäre sie meine Mutter.

Ich habe nichts dagegen, meine Klamotten zu wechseln, die ich seit gestern trage, und düse ab.

In der Heide angekommen, führt mein erster Weg in die Küche. Dort liegt das Ladekabel. Endlich kann ich mein Handy aufladen. Es dauert nur Sekunden, bis mir mehrere Mitteilungen angezeigt werden.

Marius hat mir dreimal geschrieben.

Kann hier nicht weg. Melde mich morgen früh.

Du bist krank? Wieso erfahre ich das von meinem Vater und nicht von dir? Ruf mich an!

Wo steckst du? Du bist doch wohl nicht schon abgereist?

Ich antworte ihm nicht und bin versucht, den Kontakt zu löschen. Doch das bringe ich nicht fertig. Noch nicht.

Mit meinem Laptop gehe ich online und wundere mich, dass mir sogleich Werbeanzeigen von Kurkliniken angezeigt werden, die sich auf Patienten mit Diabetes spezialisiert haben. Das ist vermutlich das Resultat meiner umfangreichen Onlinerecherche. Statt die Offerten zu ignorieren, klicke ich auf eine Anzeige. Das Angebot spricht mich an. *In einer Woche lernen, mit Diabetes zu leben*, lautet der Slogan einer Privatklinik an der Ostsee. Die Kosten sind nicht von Pappe und liegen deutlich höher, als ich für eine Woche Urlaub auszugeben bereit bin. Andererseits ist es eine Investition in meine Gesundheit. Zudem habe ich mir nach den aufreibenden Monaten einen Tapetenwechsel redlich verdient.

Kurzerhand greife ich zum Telefon und melde mich an. Meine Hoffnung, noch im Juni einen Platz zu bekommen, zerplatzt wie eine Seifenblase. Bis Mitte Juli muss ich mich gedulden.

»Seeluft«, schwärme ich und träume von einem Fischbrötchen, das ich in einem Strandkorb verputzen werde, während ich kreischende Möwen beobachte und meine Füße in den warmen Sand stecke.

Mein Tagtraum endet, als Birtes Wagen vorfährt. Tilda steigt auf der Beifahrerseite aus und geht wortlos an mir vorbei.

»Lass sie«, rät Birte mir.

»Was hat sie denn? Ist es wegen Robert? Wegen Ella? Wegen Holger?«

»Von allem etwas.« Meine Freundin nimmt mich in den Arm und befürwortet meine Entscheidung. »Mach dir keinen Kopf. Tilda wird schnell erkennen, dass es für Robert die beste Lösung war. Und über Holger und Ella kommt sie auch hinweg.«

Birte hat Obst und Gemüse mitgebracht. Sie besteht darauf, für uns zu kochen. Während sie schnippelt, fragt sie mich nach meiner Schwester. »Habt ihr euch ausgesprochen?«

»Das hätte wenig Sinn. Sie geht noch immer davon aus, dass Holger sich scheiden lassen wollte, um sie zu heiraten. Ich habe sie in dem Glauben gelassen. Warum soll ich ihre Illusionen nach all den Jahren zerstören?«

Tilda hat uns belauscht. »Dann stimmt es, was du vorhin gesagt hast? Papa wollte zurück zu uns?«

Was würde ich in diesem Moment darum geben, ein Glas Wein trinken zu dürfen. Aber ich bleibe standhaft und setze den Wasserkessel auf, um eine Kanne Tee zu kochen.

»Dein Vater wollte zurück zu dir. Er hat mich angefleht, das Haus aufzugeben und mit ihm nach Berlin zu ziehen. Dort wollte er einen Neuanfang mit uns starten. Am Abend vor dem Unfall habe ich mit ihm telefoniert. Er war außer sich vor Wut, denn Ella hatte ihm gesteckt, dass Marius wieder bei uns ist. Holger drohte, herzukommen und dich zu holen. Er kam nie an.«

»Wolltest du ihn denn zurücknehmen, nachdem er dir das angetan hat? Er hat dich mit deiner Schwester betrogen.«

»Nicht nur mit ihr«, fügt Birte trocken an. »Dein Vater war ein Frauenheld. Gut aussehend, aber zur Treue nicht fähig. Natürlich hätte Anne sich kein zweites Mal auf ihn eingelassen.«

Wortlos nimmt Tilda drei Becher aus dem Schrank. Wir schweigen, bis ich nach fünf Minuten den Tee einschenke und sie mir die Frage stellt, die ich mir selbst seit zwanzig Jahren stelle.

»Warum ist Marius nicht geblieben? Er hat mir versichert, dass er liebend gern die Vaterrolle übernommen hätte.«

»Er wollte nicht in dem Haus leben, das dein Vater mit seinem Leben bezahlt hatte. Ich wollte nicht mit ihm nach Schweden ziehen. Hier waren meine Eltern und meine Freunde. Es war dein Zuhause. Meine Wirkungsstätte.«

Tilda schaut mich skeptisch an. »Dann hatte Ella in einem Punkt doch recht. Das Haus war dir wichtiger als alles andere. Statt mit dem Mann zu leben, der dich wirklich geliebt hat, unterhältst du ein jahrelanges Verhältnis mit ihm.«

»Unterhielt«, verbessere ich sie. »Ich habe die Beziehung zu Marius beendet.«

»Wieso hast du das getan?«, ereifert sich Birte.

Tilda antwortet statt meiner. »Weil er verheiratet ist und er seine Frau schändlich betrügt! Genau wie du Uli mit dem Gärtner hintergehst! Was stimmt nicht mit euch? Sind euch Treue und Loyalität denn gar nichts mehr wert?«

»Moment mal!«, greift Birte ein, doch Tilda lässt sich nicht bremsen.

»Nix Moment mal! Dein Verhalten ist schamlos. In deiner Ehe prickelt es nicht mehr? Dann ändere das oder sei wenigstens so fair und beende sie, bevor du dich ins Abenteuer stürzt. Das ist das Mindeste, das Uli nach all den Jahren verdient hat!« Nach dieser Ansage nimmt sie den Becher vom Tisch und erhebt sich. »Ich gehe jetzt auf mein Zimmer und rufe Luka an. Ich muss unbedingt mit einem Menschen reden, der nicht egoistisch und rücksichtslos ist.«

»Was ist denn in meine Tochter gefahren?«, frage ich verwundert und entschuldige mich bei Birte für ihren ungebührlichen Ton.

»Ihr Himmel hängt voller rosaroter Wolken. Noch! Das wird sich ändern, wenn sie ihre Absicht in die Tat umsetzt und sich mit Luka in der Heide niederlässt. Er will nicht auf dem Land leben. Genau wie Holger damals. Anne, rede ihr das aus. Du willst doch nicht, dass sich die Geschichte wiederholt.«

Ich nicke, denn Birte hat recht. Die Geschichte darf sich nicht wiederholen. Jetzt mit Tilda zu sprechen, macht jedoch keinen Sinn. Aber ich könnte mit Ella reden. Ich bin mir sicher, dass sie uns keine Steine in den Weg legen wird. Statt sie anzurufen, schreibe ich ihr.

Vergiss den Makler. Wir brauchen keinen
Käufer zu suchen.

Ich habe die Nachricht gerade abgeschickt, als mein Handy klingelt. In der Gewissheit, dass es meine Schwester ist, gehe ich ran.

»Was soll das, Anne? Sag mir sofort, dass das nicht dein Ernst ist!«

»Doch, Marius. Es ist sogar mein voller Ernst. Bitte ruf mich nicht mehr an.«

Ich lege auf und hole das nach, was ich längst hätte machen sollen. Ich lösche seine Nummer.

BIRTE

Alte Zöpfe

Benno hat mir heute die gewünschten Kräuter vom Großmarkt mitgebracht. Ich stelle sie noch vor Ladenöffnung in den Kofferraum, als ich ihn hinter mir spüre.

»Hast du schon mit der Planung begonnen?«

Ich schüttle den Kopf. »Gestern Abend bin ich nicht dazu gekommen. Wir Mädels hatten dringenden Redebedarf.«

Sein Blick gefällt mir nicht. »Dann hoffe ich, dass du am Wochenende Zeit findest. Ich möchte vermeiden, dass mir auch dieser Auftrag durch die Lappen geht.«

»Was denkst du dir? Um solch einen Entwurf anzufertigen, bedarf es einiger Tage Arbeit. Vor Dienstag brauchst du nicht damit zu rechnen.«

»Erst am Dienstag?«

»Am Samstag habe ich keine Zeit. Uli feiert Geburtstag, und wir erwarten zwanzig Gäste bei uns zu Hause. Ich werde euch morgen leider nicht unterstützen können.«

»Nimmst du mich auf den Arm?«

Mit ernster Miene schaue ich ihn an. »Nein, das käme mir nie in den Sinn. Schwereres als die Säcke mit Blumenerde kann ich meinem morschen Kreuz nicht zumuten.«

»Lass die Scherze, Birte! Du erklärst mir wie selbstverständlich, dass du morgen mit deinem Mann feiern wirst, und fragst nicht einmal, ob ich dir freigebe?«

»Ich muss dich doch nicht um Erlaubnis fragen. Ich habe noch nicht einmal einen Arbeitsvertrag mit dir geschlossen. Verstehe mich doch! Mein Mann wird fünfzig, und all unsere Freunde werden kommen.«

»Dein Mann? Eure Freunde? Euer Garten? Eure abgesäbelten Rhododendren? Wann wolltest du mir sagen, dass dein Uli mich zum Narren gehalten hat? Erst stellt er mir einen lukrativen Auftrag in Aussicht, kurz darauf sagt er ihn mit den knappen Worten ab: ›Hat sich erledigt.‹ Was treibst du für ein Spiel mit mir? Wer oder was bin ich für dich? Jemand, mit dem du deinen Mann eifersüchtig machen wolltest? Glückwunsch! Das scheint dir gelungen zu sein.«

Was redet er denn? Und wie redet er mit mir? »Heiße ich etwa Buschkowsky?«

»Ich weiß weder, was du im Schilde führst, noch kenne ich deinen wahren Namen. Bisher hast du noch keine Papiere bei mir abgegeben.«

Jetzt reicht es mir. »Dazu wird es auch nicht kommen, Benno. Such dir eine andere Aushilfe. Ich bin raus!«

Die Kräuter nehme ich mit, ohne zu bezahlen. Ich denke, wir sind jetzt quitt.

Wutentbrannt fahre ich zu Anne. Ich entdecke sie bereits, bevor ich auf ihren Hof abbiege. Entlang der Hauptstraße spaziert sie über eine Wiese und pflückt Blumen. Ich halte an und mache mich durch Winken bemerkbar.

»Kannst du Kränze binden?«, ruft sie mir zu. »Ich will am Wochenende Sommersonnenwende mit euch feiern.«

Ich gehe zu ihr, um zu überprüfen, ob sie noch bei Trost ist. »Du willst was?«

Sie erzählt mir eine Geschichte von sieben Wiesen und sieben Blumen, die unter das Kopfkissen gelegt werden. »Ich besorge Lachs, Heringssalate und Erdbeerkuchen. Dazu trinken wir Aquavit. Danach werde ich enthaltsam leben, so wie ich es während meiner Kur lernen werde. Unser Leben wird sich ändern, Birte, und ich habe das Gefühl, dass die Zukunft nur Gutes für uns bereithält. Wir müssen die alten Zöpfe abschneiden. Wie spät ist es? Um elf habe ich einen Termin beim Friseur.«

Ich scanne sie. »Ist wirklich alles in Ordnung mit dir?«

»Es ging mir lange nicht mehr so gut wie heute«, versichert sie mir. »Nachdem sich alle Sorgen in Luft aufgelöst haben, spüre ich, wie die Energie in meinen Körper zurückkehrt.« Sie verpasst mir einen Nasenstupser. »Wir sind noch nicht alt, Süße. Also, schminke dir die Idee mit der Alten-WG ab. Vielleicht denken wir in dreißig Jahren mal darüber nach. Aber jetzt ist es Zeit, das Leben zu genießen.«

»Ich habe bei Benno hingeschmissen.«

Sie veräppelt mich. »Immerhin hast du eine Woche durchgehalten. Wer hätte das gedacht?«

»Die Arbeit hat mir Spaß gemacht«, jaule ich. »Ich hatte endlich eine sinnvolle Aufgabe.«

»Suche dir eine im Westen von Hamburg, denn dort gehörst du hin. Übrigens, ich habe heute Post bekommen. Eine Einladung zum Brunch. Morgen um elf Uhr in Blankenese. Und es gibt keinen Dresscode. Ich soll nur gute Laune und dich mitbringen.«

TILDA

Schlitzohr

Ich habe mich breitschlagen lassen, Mama und Birte nach Hamburg zu kutschieren. Sie brauchen eine Fahrerin, die nüchtern bleibt, damit sie picheln können, wenn sie bei Uli feiern. Mehrmals habe ich Mutter ermahnt, es nicht zu übertreiben. »Du nimmst deine Erkrankung nicht ernst genug.«

»Und du machst dir viel zu viele Sorgen. Was soll mir passieren? Ich bin bei meinem Hausarzt zu Gast.«

Wir werden zu spät kommen, denn vor dem Elbtunnel herrscht mal wieder kilometerlanger Stau.

Als wir um halb zwölf vor dem Haus meiner Pateneltern vorfahren, rechne ich mit Girlanden und Luftballons. So hätte Birte das Haus geschmückt, hätte sie sich nicht kurzzeitig auf Abwegen befunden.

Statt ihrem Mann zu gratulieren, sagt sie: »Wow, du hast den Rasen gemäht. Es geschehen noch Zeichen und Wunder.« Danach stolziert sie zu einem der runden Stehtische und schnappt sich ein Glas Sekt. Uli hat einen Caterer engagiert, der auf der Terrasse einen Tresen mit warmen und kalten Speisen aufgebaut hat. Das Geburtstagskind klopft mit einem Löffelstiel ans Glas. Ich hoffe, er verkündet, dass das Büfett eröffnet ist, denn ich verspüre einen unbändigen Hunger. Doch er begrüßt lediglich seine Gäste, bedankt sich für ihr zahlreiches Kommen und für die schönen Geschenke, die sie ihm mitgebracht haben.

»Was hast du Uli geschenkt?«, will eine Kostümträgerin von Birte wissen. Sie antwortet nur mit einem Lächeln.

»Ich brauche kein Geschenk von meiner Frau. Sie allein ist Geschenk genug für mich«, tönt Uli und kommt mit drei glänzenden Umschlägen in der Hand auf uns zu. »Welchen möchtest du zuerst öffnen, Schatz? Gold, Silber oder Bronze?«

»Was soll das, Uli? Ist das hier eine Quizsendung?«, höre ich Birte flüstern. Sie greift nicht zu.

»Dann wählst du für sie, Tilda.«

»Bronze« lese ich von seinen Lippen ab und öffne das Kuvert. »Zwei Wochen Urlaub, wahlweise in Cornwall, um die englischen Gärten zu besichtigen, oder eine Rundreise durch die Provence zu den Lavendelfeldern. Du hast die Wahl«, lese ich vor und ernte laute »Ohs und Ahs« von den begeisterten Gästen.

Birte sagt nichts. Ihr hat es die Sprache verschlagen.

»Silber?«, erkundige ich mich leise. Uli nickt. Ich öffne den zweiten Umschlag und ziehe einen Gutschein heraus. »Anmeldung zu einem Fernstudium für den Fachbereich Landschaftsarchitektur. Beginn im Wintersemester dieses Jahres.«

»Was? Birte will noch studieren? In ihrem Alter?«, raunt ein Mann neben mir.

»Was heißt denn in ihrem Alter? Seht euch meine bildhübsche Frau an. Sie sieht keinen Tag älter aus als an dem

Tag, als ich mich in sie verliebt habe und wir wenig später geheiratet haben.«

»Gib mir den goldenen«, fordert Birte und öffnet ihn hastig. Ihr entweicht sämtliche Farbe aus dem Gesicht. Kreidebleich schaut sie ihren Mann an. »Du bist komplett verrückt, Uli Mertens!«, ruft sie und fällt ihm um den Hals.

Jeder der Anwesenden möchte wissen, was im letzten Umschlag gesteckt hat. Doch mit einer Auflösung ist nicht zu rechnen, denn Birte zieht Uli ins Haus und drückt ihm ohne Unterlass Küsse aufs Gesicht.

»Hast du eine Ahnung, was sie derart ausflippen lässt?«, frage ich Mutter, doch sie schüttelt unwissend den Kopf.

»Ich denke, ich kann Licht ins Dunkle bringen«, meldet sich ein Mann zu Wort. Bisher habe ich ihn noch nie auf einer Feier bei Birte und Uli gesehen.

»Mein Name ist Wolfgang Buschkowsky. Ich bin … falsch, ich war der Nachbar zur Linken. Gestern waren Uli und ich beim Notar. Er hat mir das Grundstück abgekauft. Jetzt könnt ihr ihn einen Großgrundbesitzer nennen«, frotzelt er und grinst.

Mutter schnappt ihn sich. »Sie waren das, der die Hecke gerodet und den Grenzstein versetzt hat?«

»Was Punkt eins der Anklage betrifft, bekenne ich mich schuldig. Was Punkt zwei angeht, wasche ich meine Hände in Unschuld. Ich habe den Grenzstein nicht versetzt.«

»Warum haben Sie letztendlich doch verkauft? Birte hatte Ihnen doch bereits ein Angebot unterbreitet.«

»Ein inakzeptables Angebot. Aber nach der Rodung hat Uli den tatsächlichen Wert der Parzelle erkannt und war bereit, meiner Preisforderung zuzustimmen.«

»Was sind Sie bloß für ein Schlitzohr, Wolfgang? – Prost, ich heiße Anne.«

Mein Handy klingelt. Es ist mein Schatz, der mich anruft und mich nicht weniger überrascht als Uli seine beinahe treulose Frau zuvor. »Was? Du bist schon gelandet? Ich habe frühestens morgen mit dir gerechnet. Bleib, wo du bist. Ich hole dich ab.«

»Du willst schon los? Wir sind doch gerade erst gekommen«, beschwert Mutter sich. »Wie soll ich ohne dich nach Hause kommen?«

»Ich kann dich fahren«, bietet Wolfgang an. Mutter wirft ihm einen Blick zu, den ich zuvor noch nie bei ihr gesehen habe.

»Was machst du eigentlich beruflich?«, will sie von ihm wissen und rückt näher an ihn heran.

»Ich bin gelernter Zimmermann.«

»Ist nicht wahr«, quietscht sie. »Ich hatte schon immer ein Faible für Männer, die mit Holz umgehen können. Mein Haus in der Lüneburger Heide hat eine Veranda. Sie ist schon zwanzig Jahre alt. Die Balken sind noch relativ gut in Schuss, aber die Brüstung könnte mal erneuert werden. Nimmst du auch Aufträge außerhalb von Hamburg an?«

»Ich kann es mir später gern einmal ansehen.«

Von klein auf habe ich von meiner Mutter gelernt. Wie man richtig flirtet, zeigt sie mir erst heute. Den Blick, den sie draufhat, werde ich mir merken.

Ich wende ihn an, als Luka am Flughafen zu mir ins Auto steigt und ich ihm eröffne, dass sich unsere Suche nach einem eigenen Zuhause erledigt habe.

»Wenn wir wollen, können wir in Roberts Haus ziehen und es umbauen und modernisieren, bis es unseren Wünschen entspricht. Anne und Ella sind einverstanden.«

»Wer ist diese ominöse Ella?«, fragt er mich.

Ich küsse ihn und warne ihn vor. »Das ist eine sehr lange Geschichte.«

ENDE